Jürgen Breest

Nachstellungen
oder:
Wesermordlust

Jürgen Breest

Nachstellungen
oder:
Wesermordlust

Igel Verlag *Literatur*

Jürgen Breest

Nachstellungen oder: Wesermordlust

1. Auflage 2008 | 2. Auflage 2010

ISBN: 978-3-86815-010-0

Umschlaggestaltung unter Verwendung zweier Fotos von photocase.com
Igel Verlag Literatur & Wissenschaft ist ein Imprint der
Diplomica Verlagsgruppe
Hermannstal 119 k, 22119 Hamburg
Printed in Germany

Die Deutsche Bibliothek verzeichnet diesen Titel in der
Deutschen Nationalbibliografie.
Bibliografische Daten sind unter http://dnb.d-nb.de verfügbar.

1

Er stellte das Fahrrad an den Holzzaun und legte die Kette um Rahmen und Hinterrad. Obwohl es stockdunkel war, leuchtete die Kette und fügte sich fast von selbst ins Schloß. Auch die Gartenpforte gehorchte anstandslos wie ein lebendiges Wesen, das ihn kannte und sich seinem Willen unterwarf.

Er ging den vertrauten Steinplattenweg ums Haus und kniete sich vor das Kellerfenster neben dem Fallrohr der Dachrinne. Er mußte das Gitter vom Schacht entfernen und fürchtete, verräterischen Krach dabei zu machen. Aber das Gitter leistete keinen Widerstand, lag leicht in seiner Hand, als wollte es ihm einen Gefallen tun. Er zog die Drahtschlinge und den Schraubenzieher aus der Brusttasche, stemmte mit dem Schraubenzieher die Lüftungsklappe des Kellerfensters auf und schob die Schlinge zum Sicherungshebel des Fensters. Eine kleine Taschenlampe half ihm dabei, den Hebel zu finden und die Schlinge darübergleiten zu lassen. Ein kräftiger Ruck, und der Hebel bog sich in die Vertikale. Das Fenster gab nach.

Er stieg ein, wie er es schon einmal gemacht hatte, als er den Schlüssel vergessen hatte und sonst niemand zu Hause war. Doch damals hatte er sich abschinden müssen dabei, während sich heute alles wie von selbst fügte.

Er mußte kein Licht machen. Der Weg vom Keller über den Korridor hinauf zum Schlafzimmer war ihm in Fleisch und Blut übergegangen. Und die zwei Schritte beiseite in die Küche zum Messerblock waren genau kalkuliert. Er nahm das größte Messer an sich.

Der kleine Flur im Obergeschoß wurde von einer Straßenlaterne sanft beleuchtet. Die Schlafzimmertür war nur angelehnt. Als er sie vorsichtig aufstieß, sah er die Frau unter einer weißen Decke, die von innen geheimnisvoll schimmerte und die Umrisse des Körpers deutlich hervorhob.

Er trat ans Bett, beugte sich über das zur Seite gedrehte Gesicht und strich eine Haarsträhne aus der Stirn. Die Haut war kalt. Er beugte sich noch tiefer und sah eine Fremde, eine Fremde mit glasigem Blick, eine Tote, eine fremde Tote in seinem Haus. Das Messer polterte zu Boden. Er schrie.

Der Wecker klingelte. Schlegel warf sich auf die linke Seite und schlug auf den Ausknopf. Er bemerkte eine feuchte Stelle auf dem Kopfkissen. Er mußte geschwitzt haben. Aber er hatte durchgeschlafen, obwohl er am Abend vorher in der festen Gewißheit, die ganze Nacht kein Auge zuzutun, ins Bett gegangen war, nachdem er sich wie üblich eine Linie reingezogen und anschließend seine Flasche Wein getrunken hatte.

Als er die Decke zurückschlug, sah er den zerknautschten ‚Weser Kurier‘, in dem er abends noch zu lesen versucht hatte, neben seinen nackten Beinen. Er trug nur eine kurze Pyjamahose, denn die Nächte waren für April schon erstaunlich warm. Das spürte man besonders direkt unterm Dach, weil sein Schlafzimmer ein ausgebauter Spitzboden war.

Er stellte sich auf die Beine und reckte sich. „Jetzt bist du also vorbestraft!“ sagte er laut und lachte. Er schaute aus dem Veluxfenster und freute sich über die zarten Blätter, die von der weißstämmigen Birke bis hier ins dritte Obergeschoß hinaufgereicht wurden. Er liebte die Eleganz des Baumes.

„Vorbestraft für nichts“, fügte er hinzu, legte sich auf den Boden und begann mit seinen üblichen Liegestützen. Dabei könnte man mir durchaus etwas anhängen, wenn man wollte, dachte er. Aber da gab es einige Leute, die kein Interesse daran hatten, daß man ihn zur Rechenschaft zog, weil sie dann selbst in Schwierigkeiten geraten würden.

Mit weiteren Gymnastikübungen brachte er sich zum Schwitzen, um das Gift aus dem Körper zu spülen. Solange er sich mit

Radfahren und Gymnastik fit hielt, konnten ihm seine ‚kleinen Helfer', wie er sie nannte, nicht ernsthaft etwas anhaben.

„Verdammt", sagte er und ärgerte sich über seine banalen Gedanken. Er hatte allen Grund, wütend zu sein über das, was Bärbel mit ihm anstellte. Nur fand er in sich keine Wut. Was hatte der Mann, der gestern vor Gericht gestanden hatte, mit ihm zu tun? Mit diesem keuchenden, schwitzenden Körper, der nach einer Dusche verlangte, nach einem Frühstück, nach einer gründlichen Entleerung auf der Toilette.

Es hatte ihn schon immer erstaunt, wie sehr sein Körper nach eigenen Gesetzen funktionierte, sich oft völlig selbständig machte. Dann mußte er ihn zurückholen. Und das gelang am besten, wenn er die ‚kleinen Helfer' bemühte, wenn zum Beispiel das Kokain in seinem Kopf aufräumte, oder wenn der Joint seine Seele aufmunterte, jedenfalls das, was er für seine Seele hielt.

Ja, er hatte gestern seinen Körper zur Verhandlung geschickt, und der hatte sich brav verhalten. Seine Beine hatten nicht gezittert, die Haut hatte sich nicht abgelöst, der Hals hatte den Kopf wacker getragen. Er hatte den Angeklagten Jens Schlegel würdig vertreten.

Schlegel stieg die Treppe hinunter zum Bad. Die Dusche überfiel ihn mit kaltem Wasser und nahm ihm den Atem. Er seifte sich ein, ließ danach das Wasser noch einmal auf sich los und schmiegte sich dann in das weiche Badelaken. Mit dem Abrubbeln nahm er seinen Körper wieder an sich, fühlte sich eins mit sich selbst in wohliger Wärme, geborgen in gutdurchbluteter Haut.

Neun Monate zur Bewährung. Die elektrische Bürste tanzte auf den Zähnen und schäumte die Creme auf.

Totales Kontaktverbot mit Bärbel. Keine Annäherung an ihr Haus, an ihre Praxis, keine Telefonate, keine Briefe. Und zu einer Therapie hatten sie ihn verpflichtet. Lachhaft. Er sprühte den Rasierschaum in seine linke Hand und verteilte ihn mit der rechten im Gesicht. Die Naßrasur gehörte ebenso wie die Dusche zur Selbstfindung. Jeden Morgen genoß er die weichen Wangen, wenn er sie mit Aftershave-Balsam massierte. Auch wenn er noch so verkatert war, diese kleine Belohnung mußte sein. Ja, er empfand seine Reinigungsrituale als Belohnung. Er verstand nur zu gut, weshalb gewisse Religionen rituelle Waschungen und Taufzeremonien veranstalteten. Jeden Morgen verließ er das Bad mit den besten Vorsätzen und unschuldig wie ein Kind.

In der kleinen Küche stellte er die Kaffeemaschine an, kochte sich ein Ei und toastete Weißbrot. Er deckte den Tisch vor der Mansardentür, die auf den kleinen Balkon führte. Vom Tisch aus hatte man einen freien Blick über eine Flucht von Obst- und Blumengärten. Frühlingsfarben überall. Wieso gab es Probleme?

Er frühstückte gemächlich, schmeckte die zerlaufene Butter auf dem noch warmen Toast, das Bio-Ei, den Rapshonig, schluckte den duftenden Kaffee und fragte sich, warum verdammt noch mal er sich nicht wohlfühlen sollte in seiner Haut. Was war denn so Schlimmes passiert? Was wollte Bärbel noch? Er hatte ja alles getan, was sie verlangte. Er hatte der Scheidung zugestimmt, er hatte ihr das Haus in Oberneuland überlassen, obwohl sie es gemeinsam finanziert hatten, nahm vorlieb mit dieser kleinen Dachgeschoßwohnung in der Neustadt, hatte sogar auf Möbel verzichtet und sich billig und neu bei IKEA eingerichtet. Was also noch?

Plötzlich überfiel ihn die Unruhe. Der Brustkorb zog sich zusammen, das Herz hämmerte gegen die Rippen, Schweiß überzog das Gesicht. Woher nahm sich ein Richter das Recht, seine Bewegungsfreiheit derart einzuschränken? Wieso galt nur Bärbels Aussage? Sie hatte eine Schau abgezogen vor Gericht, ihre Angst maßlos übertrieben, denn Bärbel war alles andere als ängstlich, und seine Drohungen waren doch nicht ernst gemeint. Das wußte sie genau, sie kannte ihn besser als jeder andere Mensch. Niemals hätte er ihr etwas antun können. Warum also mußte sie ihn so demütigen, ihn als Verbrecher brandmarken lassen?

Er riß die Balkontür auf und trat hinaus, brauchte frische Luft. Er beugte sich übers Geländer und sah Frau Strauß aus dem Erdgeschoß Wäsche aufhängen. Sie winkte ihm zu, und er grüßte mit einem Kopfnicken zurück. Frau Strauß litt unter Haarausfall, und man sah ihr an, daß sie eine Perücke trug, weil sie zu sparsam war, sich was echt Aussehendes zu leisten. Sie sparte auch mit dem Licht, saß abends im Dunkeln vorm Fernseher. Ihr Mann war gleich nach der Pensionierung gestorben, und ihre Witwenrente reichte hinten und vorne nicht, wie sie ständig klagte. Dabei hat sie sicher ein dickes Bankkonto, dachte Schlegel. Seine eigenen Finanzen hingegen...

„Ach!“ sagte er unwillig und wischte sich den Schweiß von der Stirn. Es würde warm werden, auch wenn das Sonnenlicht im Moment noch von der Birke abgefangen wurde. Er sollte seine Radtour um den Werdersee machen, sich irgendwo auf eine Bank setzen, aufs Wasser schauen und sein Gehirn abschalten.

Im Wohnzimmer sah er das Telefon warten. Es war nicht einfach nur da, nein, es wartete geradezu penetrant. Er müßte lediglich die Telefonnummer von Bärbels Praxis wählen und würde sofort ihre Stimme hören. Und sie konnte ihn nicht einfach harsch abwimmeln, sondern mußte Rücksicht nehmen auf die Kunden, die auf ihre Gymnastik oder Massage warteten. Wenn Andreas an den Apparat ginge, könnte er sofort auflegen, doch in der Regel nahm Bärbel alle Anrufe selbst entgegen. Die Leute sollten ja mit der Chefin reden und nicht mit einem Angestellten, zumal sie die ganze Terminplanung nicht aus der Hand gab.

Es war einfach absurd, daß der Richter ihm verboten hatte, seine Frau anzurufen. Gut, sie waren geschieden, aber deshalb konnte man doch miteinander sprechen. Man hatte ein Kind miteinander. Man war sich über Jahrzehnte so vertraut gewesen, daß man sogar des anderen Gedanken lesen konnte. Bärbels jetzige Gedanken waren ihm allerdings nicht mehr zugänglich, sie verschloß sich vor ihm wie vor einem Fremden.

Wie oft hatte er versucht, vernünftig mit ihr zu reden, aber sie hatte ihn nur abgewiesen, eiskalt. Wenn er ihr nachgestellt hatte, wenn er sie bedroht hatte, wenn er sie sogar mal geschlagen hatte, dann doch nur, um irgendein erlösendes Wort von ihr zu hören.

Was hatte er falsch gemacht?

Er nahm das Telefon in die Hand, wählte die Nummer mit den Augen, dann mit dem Zeigefinger, bis auf die letzte Zahl. Würde man ihn einsperren, wenn er gegen die Bewährungsauflagen verstieß? Unsinn! Doch nicht wegen eines kleinen Anrufs. Er wollte ja nur ihre Stimme hören, würde sofort auf die Austaste drücken. Er wußte, er mußte nur das eine richtige Wort finden, damit Bärbel sich wieder öffnete für ihn. Es war das Code-Wort für ihre Gemeinschaftsdatei, das er vergessen hatte. Käme es ihm wieder in den Sinn, würde Bärbel wie Dornröschen aus ihrem Schlaf erwachen und die alte sein, das schlanke Mädchen mit dem Pferdeschwanz und dem unwiderstehlichen Julia-Roberts-Lächeln.

Er legte das Telefon auf den Tisch. Er durfte sie nicht überfallen, das würde alles nur verschlimmern, vor allem jetzt, nachdem sie sich hatte amtlich bestätigen lassen, daß sie ein Opfer krimineller Machenschaften war.

Er deckte den Tisch ab, spülte das Geschirr und stand plötzlich hilflos in der Küche. Er konnte sich nicht vorstellen, jetzt einfach sein Rad zu besteigen und sinnlos herumzufahren. Er brauchte ein Ziel. Damit das Warten sich lohnte. Ja, er befand sich in einem permanenten Wartezustand, seit Bärbel ihn vor die Tür gesetzt hatte. Seine jetzige Existenz konnte nicht endgültig sein. Nicht mal fünfzig war er, hatte bestimmt noch eine Lebenserwartung von zwanzig Jahren und keinerlei Zukunftsperspektive, wie sein Anwalt gesagt hatte.

Ständig hatte der davon gefaselt, Schlegel müsse eine Zukunftsperspektive entwickeln, dürfe nicht unentwegt der Vergangenheit nachtrauern. Dabei hatte er nervös an seiner Krawatte gezupft oder sich mit der rechten Hand den Nacken gekrault. Schlegel hatte irgendeinen Anwalt unter der Rubrik ‚Familienrecht' aus dem Telefonbuch herausgesucht, einen Herrn Hummel aus Hemelingen, dessen Anzeige klein und unauffällig war. Schlegel hatte gehofft, mit einem Anwalt aus der Vorstadt die Kosten in Grenzen halten zu können.

Herr Hummel war korpulent, kahlköpfig und kurzatmig. Das Auffälligste an ihm war ein bombastischer Ehering. Herr Hummel gab gute Ratschläge, die darauf hinausliefen, daß man mit Bescheidenheit am weitesten käme. Gepflegt und gut gekleidet vor Gericht erscheinen und allein schon durch das Äußere die Vorwürfe entkräften. Der Richter muß denken: dieser sympathische, bescheidene, solide Mann soll seiner Frau so übel zusetzen? Nicht in der Sache direkt widersprechen, sondern den Eindruck erwecken, daß die Anklage schlicht absurd ist.

Schlegel hatte sich daran gehalten und sich von seiner besten Seite gezeigt, sich entschuldigt für Tätlichkeiten und vollstes Verständnis für die Sorgen von Bärbel geheuchelt. Hummel hatte nach dem Verfahren die Bewährungsstrafe als großen Erfolg gefeiert und dabei seinen kolossalen Ehering triumphierend in die Höhe gestreckt.

Nein, nicht anrufen. Gesprochene Worte konnten schnell zu Mißverständnissen führen, neue Kränkungen bewirken. Aber irgendwie mußte er auf den gestrigen Tag reagieren. Er war es sich und Bärbel schuldig, etwas darüber zum Ausdruck zu bringen. Ja, zum Ausdruck bringen. Das war der richtige Begriff. Er würde ihr einen Brief schreiben.

Mit der Post durfte er ihn allerdings nicht schicken, er mußte ihn ihr quasi unter der Hand zukommen lassen, am besten durch Sabine. Wie oft hatte Sabine versucht, zwischen den Eltern zu vermitteln. Und der Brief würde nur versöhnlich klingen, so daß Sabine keinen Grund hatte, den Botendienst zu verweigern. Natürlich sollte sie den Text lesen, bevor sie aktiv wurde. Ja, er mußte Sabine sofort anrufen. Vermutlich war sie im Moment an der Uni, aber sicher per Handy zu erreichen. Endlich durfte er telefonieren.

Sabine meldete sich nicht. Bestimmt wusste seine Mutter, wann und wo er sie erwischen konnte, denn Sabine lebte zur Zeit bei seinen Eltern, weil die in Lehe in der Tietjenstraße gleich neben der Uni ein Häuschen hatten, so daß Sabine ein langer Anmarsch zu den Instituten erspart blieb. Es rührte ihn, daß sie sein ehemaliges

Zimmer bewohnte und sogar seinen alten Schreibtisch benutzte. Er hielt das für ein Zeichen besonderer Verbundenheit. Sabine hatte eben ihren eigenen Kopf, auch wenn Bärbel jede Gelegenheit nutzte, die Tochter gegen den Vater einzunehmen. Da sie mündig war, hatte das Gericht es Sabine überlassen, selbst zu entscheiden, ob sie Kontakt zum Vater hielt oder nicht.

Die Mutter meldete sich so schnell, als habe sie gleich neben dem Telefon gestanden. „Ach, da bist du endlich“, sagte sie ein wenig atemlos. „Ich habe schon auf ein Zeichen von dir gewartet. Schließlich macht man sich Sorgen.“

Er lachte. „Aber Mama, du kennst meine Nummer. Warum hast du nicht schnell angerufen, wenn dich was bedrückt?“

„Wäre es nicht deine Pflicht, uns zu informieren über das, was gestern geschehen ist? Wenn Sabine es nicht von ihrer Mutter erfahren und es uns erzählt hätte, würden wir völlig im Dunkeln tappen.“

„Ich hatte dir das Datum von der Verhandlung gesagt. Aber du bist nicht gekommen.“

„Papa hat mir davon abgeraten. Er meinte, ich würde mich zu sehr aufregen.“

„Es hätte mir sicher geholfen, wenn meine Tochter oder meine Eltern durch ihr Erscheinen ihre Anteilnahme gezeigt hätten.“

„Und weshalb rufst du jetzt an?“

„Ist Sabine da?“

„Sie hat ein Seminar. Aber sie kommt zum Essen.“

„Prima. Darf ich mich auch zum Essen einladen?“

„Oh!“

„Das klingt, als wäre es eine Zumutung.“

„Nein, nein, aber ich war schon einkaufen, und nun weiß ich nicht, ob wir alle vier satt werden. Ich habe nur drei Schnitzel. Vielleicht, wenn du dir eins mit mir teilst...“

„Deine Sorgen möcht ich haben, Mama!“

„Wie sich das nun wieder anhört. Schließlich bist du es, der immer alles durcheinanderbringt. Gut, daß Papa das nicht mitbekommt. Sein Blutdruck ist sowieso schon zu hoch. Also um eins. Und pünktlich, wenn ich bitten darf."

Sie hatte aufgelegt. Für einen Moment spürte er eine heftige Abneigung gegen seine Eltern, die ihn nur noch als Belastung empfanden, auch wenn sie angeblich Verständnis für ihn hatten. Er sah seine Mutter vor sich in grünem Pullover und brauner Wollhose, die das üppige Hinterteil unschön betonte. Jetzt strich sie sich eine imaginäre Haarsträhne aus dem Gesicht und wischte unsichtbaren Staub vom Telefonhörer. Sie wandte sich ihrem Mann zu, der im großen Sessel vor dem breiten Fenster zur Gartenterrasse saß und den ‚Weser Kurier' las. „Jens kommt heute zum Essen", würde sie sagen, und er würde seufzen, weil ihm jede Störung des normalen Tagesablaufs zu schaffen machte. Er würde die Stellung der Beine wechseln und die Zeitung unwirsch umblättern. Vielleicht würde er auch noch den Kopf schütteln, denn der Sohn erlaubte sich seiner Auffassung nach völlig überflüssige Eskapaden wie jetzt gerade wieder mit diesem beschämenden Prozeß. „Jaja, so ist das..." würde seine Mutter resigniert sagen, in die Küche gehen und sich in hektische Geschäftigkeit retten.

Schlegel liebte seine Eltern, aber ihre Existenz deprimierte ihn. Ihre Zufriedenheit mit sich selbst hatte etwas Provozierendes. Runzlig saßen sie in ihrem Käfig und hielten die Gitterstäbe für einen Schutzzaun gegen das böse Draußen. Und so mußten sie auch ihn abwehren. Sie waren mit einem Kind wie ihm wahrhaft geschlagen. Verdammt, er mochte sich ja selbst nicht.

Er setzte sich mit Briefblock und Kugelschreiber an den kleinen Gartentisch auf dem Balkon. Er würde mit der Hand schreiben, um sofort eine vertraute Atmosphäre herzustellen.

Liebe Bärbel,

hoffentlich kann Sabine Dich überreden, diesen Brief zu lesen, denn ich werde ihn Dir durch unsere Tochter zustellen lassen, um nicht gegen irgendwelche gerichtlichen Auflagen zu verstoßen.

Wenn Sabine Dir den Brief gibt, hat sie das selbst so entschieden, denn ich lasse ihn vorher von ihr lesen. Du siehst, ich will keine Fehler mehr machen.

Ich habe eine schlimme Nacht hinter mir, stehe immer noch fassungslos vor der Tatsache, daß fremde Menschen darüber entscheiden, wie wir miteinander umzugehen haben. Es tut mit unendlich leid, daß es soweit gekommen ist, und ich weiß, daß ich in erster Linie die Schuld bei mir selbst suchen muß. Ich hätte Dir nicht so zusetzen dürfen, ich hätte Dir mehr Freiraum lassen müssen, vor allem aber hätte ich Dir gegenüber nie Gewalt anwenden dürfen.

Ich habe das ja schon vor Gericht betont, aber vielleicht hast Du das nur für Gerede gehalten, um möglichst ungeschoren davonzukommen. Jedes Wort in diesem Sinn war ernst gemeint. Wenn ich Dich schon nicht mehr für mich einnehmen kann, sollst Du wenigstens wissen, daß meine Zuneigung zu Dir unverändert ist. Wenn ich sage, ich kann ohne Dich nicht leben, so klingt das womöglich übertrieben und lächerlich, aber für mich ist es eine Tatsache. Alles, was ich Dir angetan habe, war ständig der Versuch, Dich zurückzugewinnen, die Bärbel in Dir wiederzuerwecken, die voller Zärtlichkeit und Hingabe das Leben mit mir teilen wollte. Ich erschrecke jedes Mal, wenn ich erlebe, wie sehr Du Dich verändert hast. Deine Kälte mir gegenüber gestern vor Gericht läßt mich noch jetzt zittern.

Du hältst mich für einen Versager, nun gut. Aber ich bin noch derselbe Mensch mit denselben Gefühlen, den Du damals unbedingt heiraten wolltest. Ich habe Pech gehabt im Beruf, habe Fehler gemacht wie so viele andere auch. Ist das ein Grund, mich zu verdammen, meine Existenz quasi zu annullieren, indem Du mich aus Deinem Leben streichst?

Aber was rede ich? Ich hab Dir das alles schon tausendmal gesagt. Ich will ja auch nichts weiter von Dir als ein kleines Zeichen, daß jenseits von all dem Unerfreulichen zwischen uns irgendwo noch ein winziger Grundkonsens existiert, eine klitzekleine Mög-

lichkeit, eines Tages wieder miteinander zu reden oder - viel besser - miteinander zu lachen, so wie damals, als wir zum ersten Mal ‚Manche mögen's heiß' zusammen gesehen haben ...
Jens

Die Mutter führte ihn wie einen fremden Gast ins Wohnzimmer, in dem festlich gedeckt war: weiße Tischwäsche, das gute Geschirr und Silber, ein dreiarmiger Leuchter mit brennenden Kerzen. Die Mutter trug ein dunkles Kleid mit Goldbrosche und zeigte eine feierliche Miene. Das graue Haar war aufgeplustert und mit Festiger stillgelegt, das rundliche Gesicht mit Stupsnase und Hängebäckchen rosig gestrafft von der Küchenwärme. Sie lächelte, ohne sich zu freuen.

Der Vater steckte wie immer in einer grauen Strickjacke, hatte aber eine Krawatte umgebunden. Seine hohe Stirn war von Sorgenfalten gekräuselt, die trüben kleinen Augen hinter der Brille schauten skeptisch. Er stand an der Terrassentür und machte den Eindruck, als würde er am liebsten fliehen.

Sabine in T-Shirt und Jeans saß schon am Tisch und spielte mit der Serviette. Sie blickte ihm nicht in die Augen, als sie „Hallo Papa" sagte. Mit ihren einundzwanzig Jahren wirkte sie noch sehr kindlich, vor allem jetzt, als sie mürrisch und mit Schmollmund deutlich machte, daß sie zu keinerlei Kontakt bereit war. Sie wollte sich ihn um jeden Preis vom Leibe halten, dachte Schlegel. Eigentlich war sie hübsch und anziehend mit ihren großen blauen Augen und dem blonden Lockenschopf, aber sie tat alles, um ihre Attraktivität nicht zur Wirkung kommen zu lassen. Sie verhielt sich auch männlichen Verehrern gegenüber abweisend. Ihre Eltern hatten in ihr vermutlich jedes Bedürfnis nach Beziehungen erstickt, dachte Schlegel.

„Na, mein Junge." Der Vater setzte sich langsam. Seine Gelenke waren allesamt lädiert. „Du siehst gut aus."

„Unsinn, Reinhard. Er ist viel zu blaß." Die Mutter setzte sich ebenfalls und breitete sorgfältig die Serviette über ihren Schoß.

„Aber er ist braun wie frisch aus dem Urlaub.“

„Er ist blaß unter der Bräune. Er hat ja wohl Sorgen genug.“

„Wir werden schließlich auch nicht jünger.“

Sabine schniefte durch die Nase. „Ich hab Hunger. Ich muß gleich wieder weg. Können wir essen?“

„Wenn dein Vater sich endlich setzen würde ...“

Schlegel stand mitten im Wohnzimmer und wußte nicht, wie er den Tisch in der Eßecke erreichen sollte. Die drei Menschen hatten alles besetzt. Sein Stuhl an der Schmalseite wirkte wie nicht dazugehörig.

„Ich habe dir extra einen Rotwein aufgemacht.“ Die Mutter zeigte auf eine Karaffe neben Schlegels Teller.

„Danke, Mama. Ich weiß nicht, ob es richtig wäre, jetzt schon Wein zu trinken.“ Er zwang sich, an den Stuhl zu treten. Es kostete ihn große Überwindung, in diesem Raum, der einmal sein Zuhause gewesen war, das Übliche zu tun, zum Beispiel seine siebzig Kilo diesem Stilmöbelstuhl aus Eiche anzuvertrauen. Alles um ihn herum, die Menschen, die Gegenstände, ja, sogar die Luft im Zimmer lehnten ihn ab. Und dazu noch der Geruch nach gebratenem Fleisch, der ihn an seine Kindheit erinnerte, als Schnitzel sein Lieblingsgericht war.

„Also dann.“ Die Mutter hob den Deckel von der Fleischplatte. Vier Schnitzel, garniert mit Zitrone, Tomate und Salatblatt kamen zum Vorschein. „Was sagst du nun, Jens?“

„Bitte?“ Er entfaltete seine Serviette.

Sie lachte. „Ich dachte, du könntest noch bis vier zählen.“

„Deine Mutter ist extra wieder losgelaufen zum Schlachter.“ Der Vater nahm sich ein Fleischstück, legte Kartoffeln und Gemüse daneben, löffelte Soße darüber.

„Das wäre wirklich nicht nötig gewesen.“ Schlegel wartete, bis die Mutter und Sabine sich bedient hatten.

„Sag du mir nicht, was nötig ist oder nicht. Ich kenne meine Pflichten. Ich denke, nach so einem Tag wie gestern brauchst du was Ordentliches auf dem Teller.“

„Danke, Mama.“ Schlegel füllte sich den Teller und begann appetitlos zu essen. Er wußte, daß er zumindest das Fleisch nicht liegenlassen durfte. Seine Eltern hatten als Kinder noch die Hungerjahre nach dem Krieg erlebt und waren deshalb in Essensfragen unerbittlich. Eßbares zu mißachten, war eine Todsünde.

„Willst du über gestern reden?“ fragte die Mutter.

„Nicht unbedingt. Es macht mich nur traurig.“

„Traurig?“ knurrte der Vater. „Das hast du dir doch selbst eingebrockt. Wie kann man eine Ehe so verkommen lassen! Deine Mutter und ich ...“

„Ich weiß, euch hätte so was nie passieren können“, sagte Schlegel unwillig.

„Dein patziger Ton ist völlig unangemessen. Es hätte uns wirklich nicht passieren können. Wir haben uns zeitlebens immer respektiert. Und das genau ist es, was eurer Generation fehlt. Gegenseitiger Respekt. Ich frage gar nicht danach, wer die Schuld trägt an euerm Desaster, ich stelle nur fest, daß es euch an Würde und Verantwortungsgefühl fehlt. Wie kann man von Liebe reden, wenn man sich später gegenseitig zerfleischt?“

„Ihr verderbt mir den ganzen Appetit.“ Sabine ließ ihre Haare vors Gesicht fallen und warf das Besteck auf den Teller.

„Tut mir leid. Ich wollte nicht darüber sprechen.“ Schlegel trank nun doch vom Wein, den seine Mutter ihm eingeschenkt hatte. „Du hast ja völlig recht, Papa. Es ist furchtbar, was Eheleute sich antun können. Ich habe Mama und dich immer beneidet um eure enge Beziehung, um euren gegenseitigen Respekt, um eure Zuverlässigkeit und Treue. Aber könnte es nicht sein, daß Menschen, denen so viel Glück widerfährt, intolerant gegenüber anderen weniger gesegneten Wesen reagieren? Will nicht jeder so wie ihr beide sein Glück bei einem Partner finden? Nur gibt es eben Pechvögel wie mich.“

„Dein Selbstmitleid ist zum Kotzen, Jens.“ Sabine warf die Haare zurück und richtete sich auf.

„Sagst du nicht mehr ‚Papa‘ zu ihm?“ fragte ihre Großmutter sie.

„Nein, das hat er sich verscherzt. Verhält er sich denn wie ein Vater?“ Sabine sprang auf.

„Es gibt noch Nachtisch.“

„Deine Mahlzeiten sind ein einziger Terror, Oma!“ Sabine fiel wieder auf den Stuhl.

Schlegel mußte lachen.

„Was ist jetzt komisch?“ fragte der Vater.

„Entschuldigung. Sabine kann sich so schön aufregen. Schaut, wie sie blitzt vor Zorn. Und dann wundert sie sich, wenn ich manchmal ausflippe. Das sind meine Gene, Kindchen. Ich weiß, du würdest mich am liebsten als deinen Erzeuger verleugnen, aber gewisse Ähnlichkeiten kannst du nicht ignorieren. Warum bist du nicht beim Prozeß gewesen? Ich hatte dich so darum gebeten.“

„Ich will mit all dem nichts mehr zu tun haben. Der Staatsanwalt hat mir ja auch Befangenheit zugestanden. Also was sollte ich da?“

„Als angehende Juristin hätte dich das Phänomen Stalking interessieren sollen, wie ich dir neulich schon gesagt habe. Da hättest du mal was Neues lernen können. Es gibt ja erst seit kurzem die einschlägige Rechtssprechung. Und ich bin eins ihrer ersten Opfer.“

„Ja, du bist ein Opfer, Jens. Und Mama hat dich fertiggemacht, ich weiß. Außerdem interessiere ich mich nicht so sehr für Strafrecht.“

„Auch nicht, wenn es um dein eigen Fleisch und Blut geht?“

„Ach Kinder, ich hatte mich so auf das Essen gefreut“, klagte die Mutter.

„Ja, Mama hat sich so viel Mühe gegeben. Ist extra noch mal zum Schlachter gegangen. Das könntet ihr ruhig ein bißchen anerkennen“, fügte der Vater hinzu, zerdrückte eine Kartoffel im Soßenrest und hinterließ einen blitzsauberen Teller.

„Du hättest am konkreten Fall feststellen können, wie fragwürdig und ungerecht die ganze Juristerei sein kann. Das Gericht hat nur Mamas Version zugelassen, hat nur äußere Fakten gewertet, die natürlich gegen mich sprachen, wie ich ja auch eingeräumt habe, aber nie nach den Hintergründen gefragt. Wie kommt ein Mensch dazu, sich so zu verhalten, wie ich es getan habe? Wie hat das sogenannte Opfer, sprich Mama, vielleicht selbst dazu beigetragen, daß alles so schiefgelaufen ist? Ich bin wahrhaft nicht stolz auf das, was ich angestellt habe, aber ich habe nie vorsätzlich gehandelt, ich bin da irgendwie reingeschliddert, auch weil ich provoziert worden bin, und habe schließlich keinen Ausweg mehr gesehen. Ich habe gelitten, das kannst du mir glauben, Kleines."

„Mir kommen die Tränen." Sabine schüttelte wütend den Kopf und riß sich an den Haaren.

„Die Mousse ist zwar aus dem Beutel, aber ich habe sie selbst angerührt und noch mit Vanille und Rahm verfeinert. Bitte laßt mich nicht damit sitzen. Ihr hättet wenigstens eure Schnitzel aufessen können. Was soll ich nun damit anfangen?"

„Bring sie zur Hemmstraße, Oma. Im Tierheim hat man bestimmt dafür Verwendung." Sabine schob ihren Teller von sich.

„Willst du dich über mich lustig machen?" Die Mutter schaute hilflos.

„Deine Ungezogenheit ist beispiellos!" schimpfte der Alte.

„Ihr müßt ihr das nachsehen. Das alles nimmt sie sehr mit", versuchte Schlegel zu vermitteln.

„Du mußt dich nicht zu meinem Anwalt aufspielen, Jens. Es tut mir leid, ich wollte euch nicht kränken. Manchmal geht mir eben das ganze Gewese ums Essen auf die Nerven. Füllen wir uns also mit der Mousse und machen friedlich auf Familie."

„Weißt du, Sabine, es gibt Entschuldigungen, die in ihrer Impertinenz die Kränkung noch übertreffen. Diesen Charakterzug hast du jedenfalls nicht aus unserer Familie. Ich kann mich erinnern, von deiner Mutter schon ähnliche Töne vernommen zu haben, auch zu Zeiten, als wir wirklich noch eine Familie waren. So, Inge, nun gib mir mal die Schüssel mit deiner Mousse. Einer muß ja den Anfang machen. Danke.“ Er legte seine welke Hand auf ihre und griff dann nach der Schüssel.

Sie aßen schweigend den Nachtisch. Schlegel war es nicht recht, daß sein Vater quasi indirekt seine Partei ergriffen und Vorwürfe gegen Sabine und Bärbel erhoben hatte. Vor allem, daß er beide in einen Topf warf, störte ihn, denn es war ihm wichtig zu differenzieren und Sabine primär als seine Tochter zu sehen, auch wenn Ähnlichkeiten von Mutter und Tochter nicht zu leugnen waren.

„Es tut mir leid, daß es zu Mißstimmungen gekommen ist“, sagte Schlegel leise. „Das ist ja vor allem mir anzulasten, das weiß ich wohl. Sabines Gereiztheit geht schon auf mein Konto und ist nicht so sehr genetisch bedingt. Ich danke dir jedenfalls, Mama, für die tadellose Bewirtung. Bitte, pack mir mein Schnitzel ein. Ich werde es heute abend gern kalt essen und dabei an dich denken. Und dir, lieber Papa, möchte ich sagen: bleib dir treu und vergiß nie die Toleranz, die dich immer ausgezeichnet hat. Bärbel ist zwar manchmal schwierig, aber sie ist und bleibt ein wunderbarer Mensch, der hoffentlich doch noch eines Tages zu mir zurückfindet.“

„Ich weiß nicht, wovon du redest. Wenn du uns alle miteinander versöhnen willst, meinen Segen hast du. Mit ein bißchen gutem Willen auf beiden Seiten – wer weiß. Inge und ich hatten nie Probleme, unsere Fehler einzugestehen und den gesunden Mittelweg zu finden.“

„Hauptsache, es hat geschmeckt.“ Die Mutter wischte sich den Mund und stellte die leeren Dessertschälchen ineinander. „Es geht doch nichts über einen guten Nachtisch. Willst du dein Schnitzel auch für heute abend aufbewahrt haben, Sabine? Wäre doch schade, das wegzuwerfen.“

„Ja, Oma, heb’s mir auf. Aber jetzt muß ich weg.“

„Einen Moment noch, Sabine. Können wir nur ganz kurz auf dein Zimmer gehen? Ich muß was mit dir besprechen.“

„Wenn's unbedingt sein muß." Sabine schüttelte verdrossen den Kopf.

„Es muß."

Sabine warf sich aufs Bett, das sorgfältig gemacht war, doch bestimmt nicht von ihr. Schlegel schaute sich um: sein Zimmer und dennoch fremd. Bis auf die Möbel war alles, was an ihn erinnerte, verschwunden. Die Bücher in den Regalen, die Poster an den Wänden, der Computer auf dem Schreibtisch, die Stofftiere auf dem Bett und auf dem Schrank – Sabine hatte sich ihre kleine Welt geschaffen.

„Was ist eigentlich mit deinem Zimmer in Oberneuland?" Schlegel setzte sich auf den Schreibtischstuhl.

Sabine zuckte die Achseln. „Gästezimmer, wenn du so willst. Mama nennt es ihr Arbeitszimmer, tut aber nie was darin. Ich jedenfalls vermisse es nicht."

Schlegel hörte das gern. Daß Sabine lieber bei seinen Eltern wohnte als bei ihrer Mutter, war eindeutig ein Pluspunkt für ihn. Nach seinem ehemaligen Zimmer fragte er nicht, wußte er doch, daß es von diesem Andreas in Besitz genommen worden war.

„Vielleicht suche ich mir bald eine eigene kleine Wohnung, wenn ich einen Job finde. Kellnern hat man mir schon angeboten, aber das ist eine üble Viecherei. Andererseits die beiden Alten, so lieb sie sind ... Na ja, du kennst sie."

„Wenn alle so bescheiden und friedfertig miteinander leben würden wie die beiden, ginge es besser zu auf dieser Erde."

„Ach Papa, du mußt mir die Vorzüge der Alten nicht anpreisen. Ich weiß, was ich an ihnen habe. Aber glückliche Paare können auch nerven. Sie sind so schrecklich eins mit sich. Da kann doch irgendwas nicht stimmen. Ihre Selbstzufriedenheit macht mich oft einsam. Also, was liegt an? Ich hab wirklich nicht viel Zeit."

„Wer wartet denn auf dich?" Er lächelte anzüglich.

„Ein sechzigjähriger Professor, der nicht mal meinen Namen kennt. Also, was ist?"

„Ich möchte dich um etwas bitten." Schlegel zog den Brief aus der Gesäßtasche. Er glättete ihn mit der Hand. „Was ich vorhin gesagt habe, war nicht einfach so dahingeredet, ich meine es ernst. Ich glaube wirklich, daß es an der Zeit ist, für klare Verhältnisse zu sorgen. Mama hat nun alles erreicht, was sie wollte, und ich hab klein beigegeben und bin zu Kreuze gekrochen, weil ich meine Fehler eingesehen habe. Warum können wir nicht endlich Frieden miteinander schließen und das Geschehene geschehen sein lassen? Es kann doch Mama nicht daran liegen, mich weiterhin zu demütigen ..."

„Du hast schon wieder die falsche Perspektive", unterbrach ihn Sabine genervt. „Es ist eben die Frage, wer hier wen gedemütigt hat. Wird wirklich Zeit, daß du eine Therapie machst. Vielleicht kannst du dann endlich akzeptieren, daß es aus ist zwischen euch. Für jetzt und alle Zeiten aus!"

„Nein. So wie Mama und ich einmal zusammengelebt haben, muß da noch etwas existieren von den Gefühlen, die uns bewegt haben. Man kann einen Menschen, den man geliebt hat, mit dem man ein Kind hat, nicht einfach annullieren. Damit annulliert man doch sich selbst oder wenigstens einen Teil von sich."

„Menschen ändern sich. Mama liebt dich nicht mehr. Und die Reste von Zuneigung, die vielleicht noch da waren nach eurer Scheidung, hast du systematisch zerstört."

„So darfst du nicht mit mir reden. Du bist meine Tochter. Ich habe einen Anspruch darauf, daß du dich um Verständnis für mich bemühst. Wer, wenn nicht du?"

„Du willst nicht mein Verständnis, du willst meine Zustimmung zu deiner Egomanie, zu deiner Wirklichkeitsblindheit. Ich habe deine Not, deine Einsamkeit immer verstanden, hab ja selbst genug abgekriegt bei euerm Rosenkrieg, aber ich habe dich verachtet für deine Art, mit eurer Trennung umzugehen."

„Du hast mich verachtet?"

„Ja. Und ich tu's auch noch, wenn du's unbedingt hören willst. Was ist mit dem Brief da?"

„Das sagt nicht meine Tochter, aus dir spricht Bärbel, der Ungeist der Kruses. Diese ganze Familie mitsamt den alten Kruses und Bruder Jochen, diese dünkelhafte Bagage steckte von Anfang an voller Vorurteile gegen mich, weil ich kein Akademikerkind war."

„Du spinnst."

„Aber du machst das jetzt wieder gut, wirst Jurist wie Großvater Kruse, fügst dich ein in die Sippschaft, die auf Leute wie mich mit Verachtung herabschaut."

„Du drehst wieder alles so hin, daß ich blöd dastehe. Wenn ich von Verachtung rede, dann meine ich keine Standesunterschiede, dann meine ich deinen Selbstzerstörungstrieb, deine Unfähigkeit, dich so zu akzeptieren, wie du bist. Vielleicht ist es auch weniger Verachtung als Bedauern."

„Jedenfalls hättest du gern einen anderen Vater. So einen wie Andreas?"

„Andreas! Gerade der. Dieser eitle Kraftprotz. Dieser oberflächliche Schönling."

„Doch du siehst Mama nach, daß sie sich mit dem eingelassen hat. Kannst du nicht nachempfinden, wie kränkend es für mich ist, daß so einer mir vorgezogen wird?"

„Warum bin ich wohl von Zuhause weggezogen? Mama geht auf die Fünfzig zu und hat Torschlußpanik. Aber Sex ist nicht alles. Es ist peinlich, mit ansehen zu müssen, wie sie sich erniedrigt vor Andreas."

„Sie also auch! Armes Kind."

„Du sagst es. Papa, wir müssen jetzt Schluß machen. Die Vorlesung wartet nicht auf mich. Was ist das für ein Brief?"

„Nur eine Minute. Du glaubst nicht, wie gut es mir tut, so offen reden zu können. Haben wir lange nicht getan, eigentlich noch nie. War der Prozeß also doch für was gut. Was du über Mama sagst, bewegt mich tief, tut mir weh. Um so wichtiger ist es, sie rauszureißen aus dem Schlamassel mit Andreas, sie zu erinnern an Zeiten, als sie noch stolz auf sich sein konnte. Ich glaube einfach nicht, daß all das verschüttet bei ihr ist, was uns einmal zusammengehalten hat. Es war ja nicht nur Sex. Wir lagen genau auf derselben Wellenlänge, konnten uns mit einem Blick verständigen, hatten denselben Geschmack. Wie oft waren wir überrascht über telepathische Erlebnisse, hatten im selben Moment denselben Gedanken. Bei mir ist das alles noch so präsent, als hätte es nie einen Bruch gegeben. Mama macht sich was vor, wenn sie sagt, daß sie fertig mit mir ist. Wir waren ein Paar und werden es immer bleiben. Ich hab ihr einen Brief geschrieben. Ich will ihr nur helfen. Aber warum weinst du, Sabine?"

Schlegel kniete sich erschrocken vor das Bett. Sabine drehte sich schluchzend zur Wand. „Ich meine es doch gut. Es wäre ja auch für dich das beste, wenn Mama und ich wieder zueinanderfänden." Er traute sich nicht, sie anzufassen.

„Leg den Brief auf den Tisch. Ich werd ihn ihr geben. Nur laß mich jetzt allein."

„Kann ich dir irgendwie helfen?"

„Ja, indem du endlich verschwindest."

„Jetzt verstehe ich überhaupt nichts mehr. Wir hatten doch ein gutes Gespräch. Warum plötzlich dieser verletzende Ton? Aber gut, ich haue ab. Ich habe den Umschlag nicht zugeklebt. Ich möchte, daß du den Brief vorher liest und dann entscheidest, ob du ihn für angemessen hältst. Wenn nicht, dann vernichte ihn. Nur sei mir um Gottes willen nicht böse."

„Ich werde ihn nicht lesen. Ich weiß ja, was drinsteht. Vernichte ihn selbst, das wäre für alle Beteiligten das beste."

„Wenn du dich beruhigt hast, wirst du anders darüber denken. Ich kenne doch meine kleine Sabine. Mach's gut und entschuldige, daß ich dich solange aufgehalten habe."

Er legte den Brief auf den Schreibtisch und beschwerte ihn mit einem rundgewaschenen Stein, den Sabine als Kind von einem Spanienurlaub mitgebracht hatte. Er sah Bärbel im gelben Bikini in der Brandung stehen und ihnen zuwinken. Das Bild hatte sich ihm für immer eingebrannt.

Er fuhr über Herzogenkamp und Luisental an der Bahn entlang Richtung Oberneuland. Von der Oberneulander Landstraße bog er bei Heinekens Park links ab in den Aumundsdamm. Wie immer überraschte es ihn, schon nach wenigen hundert Metern aus der Stadt heraus zu sein und im Hollerland einen freien Blick bis zum Horizont zu haben. Hier gab es nur noch Radfahrer und Fußgänger, Leute, die ihre Hunde ausführten, und Jogger in bunten Trikots, die dem Löwenzahn und anderen Wiesenblumen in ihrer Farbenpracht Konkurrenz machten.

Die Luft hatte sich erwärmt und weitete die Lungen. Feldlerchen stiegen fröhlich in die Luft, und Kiebitze torkelten über die Wiesen. Das Vieh war schon draußen. Pferdekoppeln wechselten sich ab mit Kuhweiden. Gräben und kleine Fleete durchzogen die Landschaft, über die sich ein riesiger, fast wolkenloser Himmel spannte.

Schlegel stieg vom Fahrrad und ging zu Fuß, um die Schönheit um ihn herum noch besser in sich aufnehmen zu können. Plötzlich rückte alles in weite Ferne, was ihn bedrückte. Er fühlte sich wie berauscht. Der leichte, seidenweiche Südwind streichelte seine Haut, die Sonne wärmte ihn bis in die Eingeweide. Nur schade, daß Bärbel nicht bei ihm war, um all die einzigartigen Eindrücke mit ihm zu teilen.

Eine Gruppe von halbwüchsigen Jungen näherte sich auf Rädern. Lautes Gebölke und Gelächter hallte über die Wiesen. Alle Vögel verstummten, wie es schien. Schlegel schob sein Rad an die Seite, um die jungen Leute vorbeizulassen, aber sie klingelten wie besessen, und einer schrie: „Mach Platz, Alter!“

Eine heftige Wut überfiel ihn. „Halt die Schnauze! Es ist Platz genug da!“ schrie er hinter der feixenden Bande her. Einer bremste scharf und kam zurück. Die anderen blieben stehen. Einer von ihnen sagte: „Laß doch den Wichser!“

Aber der Wortführer ließ sich nicht stoppen. „Hab ich da eben was von Schnauzehalten gehört, Alter?“

„Ganz recht, wenn du sie nicht poliert haben möchtest.“ Schlegel konnte sich nicht zurückhalten, obwohl er wußte, was er riskierte. Er schaute sich um. Andere Fußgänger oder Radfahrer waren weit weg. Er war allein gegen ein halbes Dutzend streitlustiger Rabauken.

„Du willst mir die Fresse polieren?“ Der Junge trat ganz nah an Schlegel heran. Der sah überdeutlich den Oberlippenflaum und die Aknepickel auf der Stirn. Er roch Alkoholatem. Die Burschen hatten nach der Schule getrunken.

„Aber mit Vergnügen. Offenbar kann man dir nur so Benehmen beibringen.“

Der Schlag in die Magengrube kam plötzlich und so heftig, daß Schlegel nach vorn und auf die Knie stürzte. Das Fahrrad kippte auf den Weg. Der Junge trat einmal kräftig in die Vorderradspeichen. Er bestieg sein eigenes Rad, verkündete seinen Sieg mit erhobenem Daumen und gesellte sich zu den Kumpanen, die beifällig lachten und sich ebenfalls auf ihre Räder schwangen.

Es dauerte eine Weile, bis Schlegel wieder auf die Beine kam und unbeschwert atmen konnte. Er wischte sich Tränen aus den Augen und besah sich den Schaden am Rad. Zwei Speichen waren gebrochen und die Felge verzogen. Die kaputten Speichen wickelte er um intakte, die Felge bog er so zurecht, daß der Reifen nicht mehr an der Gabel scheuerte.

Er konnte weiterfahren, auch wenn das Rad eierte. Aber das Vergnügen an diesem Ausflug war ihm sowieso genommen. Er verfluchte sich, weil er sich ohne Not der Brutalität dieses Burschen ausgeliefert hatte. Statt für die Kränkung der Anpöbelei Genugtuung zu erhalten, hatte er sich eine noch größere Demütigung eingehandelt.

Auf dem Hollerdeich fand er eine leere Sitzbank. Er nahm sein Handy aus der Brusttasche und wählte Sabines Nummer. Er wollte sich bei ihr entschuldigen und danach fragen, ob sie den Brief an Bärbel gelesen hatte. Vor allem wollte er ihre Stimme hören, um die Erinnerung an die zuvor erlittene Schmach loszuwerden. Es mußte eine junge Stimme sein. Nicht die seiner Mutter, die ihm jederzeit zur Verfügung stand. Sabine hatte das Handy abgestellt.

„Darf ich mich einen Moment zu Ihnen setzen?“ Eine Frau in seinem Alter stand vor ihm und hielt ihr Rad. „Freie Bänke sind bei diesem Wetter Mangelware.“ Sie lächelte nett. Ein sympathisches Gesicht unter einem angegrauten Bubikopf, eine schlanke Figur in weißer Hose und blauem T-Shirt.

„Nur zu. Ich muß sowieso gleich weiter.“ Er gab sich Mühe, nicht zu schroff zu klingen, obwohl er es nicht mochte, wenn man ihm sein Sitzrecht einschränkte. Im Moment war das seine Bank. Die Frau verletzte sein Territorium.

„Ich will Sie aber nicht stören. Ich verstehe es nur zu gut, wenn man diese herrliche Landschaft für sich allein genießen möchte.“

„Die Bänke sind für alle da, also bitte.“ Sein Lächeln fiel eher kläglich aus. Trotzdem war er nicht unbeeindruckt. Die Frau hatte eine gewisse Ausstrahlung. Er betrachtete ihre Hände, suchte nach einem Ehering. Nichts. Aber das sagte wenig aus. Viele Eheleute trugen heutzutage keine Ringe.

„Wie schön, daß hier kaum Autos fahren. Das liebe ich an Bremen. Man ist schnell aus der Stadt und gleich auf dem platten Lande. Wissen Sie, ich stamme aus Süddeutschland und vermisse die Berge überhaupt nicht. Diese unglaubliche Weite und diese phantastischen Wolkenhimmel mit ihren immer wieder neuen Farben und Formen. Selbst das Regenwetter macht hier mehr Spaß.“ Sie hob ihre nackten Arme in die Luft und verschränkte sie über dem Kopf. Ein leiser Duft von einem herben Parfum drang ihm in die Nase. „Malen müßte man das alles wie damals die Worpsweder. Aber leider bin ich völlig unbegabt.“ Sie lachte. „Ich bin vielleicht eine. Erst mach ich Ihnen Ihre Bank streitig, und nun quatsche ich Sie auch noch voll. Pfui, Angelika.“

„Sie haben ja recht. Auch ich liebe diese Stadt und diese Gegend, obwohl ich hier geboren bin. Haben Sie sich hierher verheiratet?“

„Nein. Ich bin hierher versetzt worden. Meine Firma hat in Bremen eine Filiale aufgemacht. Im Moment hab ich ein paar Tage Urlaub. Deshalb kann ich schon um diese Zeit draußen sein. Sonst nur am Wochenende, aber da ist es mir hier zu voll. Und Sie? Kommen Sie oft her?"

„Gelegentlich. Wissen Sie, ich bin verheiratet und habe Familie. Da bleibt nicht viel Zeit. Und deshalb muß ich jetzt auch weiter. Meine Frau wartet mit dem Tee."

„Na, denn nichts wie los." Sie lachte. „War nett, Sie kennenzulernen. Vielleicht sieht man sich mal wieder."

Beinahe fluchtartig verließ Schlegel die Bank und die Frau, die ihm plötzlich gefährlich vorkam mit ihrer Aufdringlichkeit. Trotzdem schämte er sich, daß sein Vorderrad eierte.

Als er in den Hohenkampsweg einbog, spürte er sein Herz. Er mußte vorsichtig sein. Wenn er Bärbels grauen VW sah, mußte er sofort umkehren. Dann war sie zu Hause. Aber das war unwahrscheinlich. Um diese Zeit herrschte in der Praxis Hochbetrieb. Sollte er schnell am Haus vorbeifahren oder einfach mal stehenbleiben? Was konnte schon passieren?

Der Carport war leer. Also hatte er freie Bahn. Er lehnte das Rad gegen den Holzzaun und betrat den Vorgarten. Bärbel hatte wenig verändert. Die Rosenbeete hatte er angelegt und auch die Tulpenzwiebeln gesteckt, die ihre Triebe aus dem Boden schickten und kleine grüne Blütenknospen bildeten. Er ging den Plattenweg ums Haus. Die Gartenmöbel standen schon auf der Terrasse, und der Rasen war gemäht. Er setzte sich auf einen Klappsessel und schaute auf die Fliederbüsche, die zu blühen begannen. Auch die Knospen vom weißen Rhododendron waren kurz vorm Platzen.

Durch das große Terrassenfenster schaute er ins Wohnzimmer. Alles unverändert, als wäre er nie weggewesen. Selbst die Sessel standen im vertrauten Winkel zum Couchtisch.

Ja, sie hatten das Einfamilienhaus aus den dreißiger Jahren für ihre gemeinsamen Bedürfnisse hergerichtet, umgebaut, modernisiert. Vieles hatte er selbst gemacht, weil er nicht ungeschickt war bei handwerklichen Arbeiten. Es hatte ihm immer wieder größte Freude bereitet, dieses Zuhause für Bärbel und sich zu schaffen.

„Hallo, Herr Schlegel!“

Er zuckte zusammen, fuhr herum. „Guten Tag, Herr Wellhausen“, sagte er stotternd.

„Lange nicht gesehen.“ Der Nachbar stand am Zaun. „Ihre Frau sieht man öfter.“

„Ja, ich bin viel unterwegs.“

„Verstehe. Wie weit die Natur dieses Jahr ist! Der Frühling explodiert geradezu.“

„Da haben Sie recht.“ Wie sollte er jetzt wegkommen, wie verhindern, daß der Nachbar Bärbel von seinem Besuch erzählte? Natürlich wußten alle Bescheid in der Nachbarschaft über ihre Scheidung. Doch dieser Wellhausen machte sich einen Spaß daraus, ihn in Verlegenheit zu bringen. „Nichts für ungut, Herr Wellhausen, ich muß los. Tschüß.“ Nur weg, was immer der Kerl auch dachte.

2

Jochen Kruse hatte eine hübsche Altbauetage in der Herderstraße im ersten Stock. Er wohnte komfortabel, wenn man bedachte, daß er keinem Beruf nachging. Wie er selbst sagte, wurschtelte er sich so durch mit Gelegenheitsjobs. Aber hauptsächlich verdiente er sein Geld wohl mit Geschäften in der Drogenszene. Jeder in der Familie wußte davon, auch Schwester Bärbel, und jeder schwieg dazu, wollte es nicht wahrhaben. Der gutbürgerliche Schein mußte gewahrt bleiben. Man ging davon aus, daß er sich mit Konzerten und Plattenaufnahmen über Wasser hielt, denn er war ein begabter Gitarrist, dem man früher eine gewisse Zukunft vorhergesagt hatte.

Doch seine Faulheit und Schlamperei hatten eine Karriere verhindert, und mit Dealen konnte man schneller und bequemer Geld verdienen. Jochen Kruse genoß das Leben auf seine Weise, war meist gut gelaunt, einer, mit dem man gerne soff und der fabelhaft Witze erzählen konnte. Ein Sonnyboy, dem es keine Mühe machte, die andere Seite seiner Existenz auszublenden.

Zwar hatte Schlegel schon Streit mit seinem Schwager gehabt wegen Bärbel, hatte sogar einmal Prügel bezogen, nachdem er Bärbel aufgelauert und angegriffen hatte, doch er vertraute auf die Sonnenseite von Kruse und war sicher, daß er weiterhin seine ‚kleinen Helfer' von ihm beziehen konnte. Schließlich war das ja auch ein Geschäft für den Schwager.

Er kettete sein frisch repariertes Fahrrad am Schmiedeeisengitter vorm Haus an und stieg eine Treppe hinauf in den ersten Stock. Er klingelte und wartete. Er wußte, daß er zunächst einmal durch den Spion begutachtet wurde. Kruse war vorsichtig und ließ nicht jeden in sein Refugium. Seine Geschäfte wickelte er normalerweise in Kneipen ab, Zutritt hatten hier nur ausgewählte Personen, die sein Vertrauen besaßen.

Die Tür wurde einen Spalt geöffnet, die Sperrkette nicht abgenommen. „Was willst du?“ Nichts von Kruses sonstiger Verbindlichkeit.

„Ja, was wohl. Soll ich’s hier im Flur herumposaunen? Laß mich rein. Bitte.“

„Glaubst du, du kannst dich hier weiter zu Sonderkonditionen eindecken?“

„Warum nicht? Ich zahle ja schließlich dafür.“

„Hau ab.“

„Bitte, laß mich rein. Wir sind doch trotz allem Freunde. Haben wir uns nicht immer gut verstanden? Laß mich hier nicht so kläglich rumstehen.“

„Freunde? Daß ich nicht lache. Also gut, aber nur für zwei Minuten. Ich hab Bärbel versprochen, daß ich dich nicht mehr beliefere, dabei bleibt’s.“ Er nahm die Kette von der Tür und ließ Schlegel eintreten.

„Darf ich mich setzen?“ Das Wohnzimmer war sauber und mustergültig aufgeräumt. Nichts deutete auf einen unordentlichen Lebenswandel hin. Nur eine Zeitung lag aufgeschlagen auf dem Sofa. Die TAZ.

„Wenn’s sein muß.“ Kruse faltete die Zeitung zusammen und setzte sich aufs Sofa. Schlegel nahm einen Sessel, schlug die Beine übereinander und gab sich selbstsicher. Er betrachtete die Popplakate an den Wänden, das Bücherregal, die CD-Sammlung, die riesige Stereoanlage. Hier wohnte ein Künstler mit Sinn für Raum. Kein unnötiges Möbel verstellte den gebohnerten Parkettfußboden, und keine Vorhänge hielten das Licht zurück. Nur Jalousien, die hochgezogen waren, konnten für Intimität sorgen.

„Also, was ist?“ fragte Kruse ungeduldig.

„Ich möchte das grundsätzlich mit dir klären. Meine Schwierigkeiten mit Bärbel müssen ja unsere Beziehung überhaupt nicht tangieren.“

„Schwierigkeiten mit Bärbel? Hast du immer noch nicht verstanden? Das ist das endgültige Aus für euch beide. Und deshalb möchte auch ich nichts mehr mit dir zu tun haben."

„Du machst es dir sehr leicht. Dabei vergißt du, daß ich so einiges über dich weiß."

Kruse lachte und zündete sich eine Zigarette an. „Willst du mir drohen?"

„Nenn es, wie du willst. Ich möchte nur, daß unsere geschäftlichen Beziehungen erhalten bleiben. Wir profitieren doch beide davon."

„Mit dem Profit ist das so eine Sache. Mein Risiko ist größer als mein Gewinn, weil ich dir armem Schlucker immer Sonderkonditionen eingeräumt habe. Quasi zum Selbstkostenpreis hab ich dir das Zeug beschafft. Verwandtschaftsbonus. Und der fiele nun sowieso weg. Aber ich möchte darüber hinaus einen endgültigen Schlußstrich ziehen. Wie stehe ich Bärbel gegenüber da, wenn ich weiter mit dir verkehre?"

„Gib dich nicht ehrbarer, als du bist, Jochen. Sonst kennst du doch auch keine Skrupel. Dein Gaunergemüt wird so einen kleinen Treuebruch gegenüber deiner Schwester verkraften. Du zierst dich nur, um den Preis hochzutreiben."

„Paß auf, was du sagst, mein Lieber. Du gehst mir schon lange auf die Nerven. Ich finde dein Verhalten absolut widerlich. Und was das Gaunergemüt anbetrifft, solltest du dich an die eigene Nase fassen. Meinst du, ich weiß nicht, weshalb du damals bei Hess rausgeflogen bist?! Bärbel hat mir alles erzählt. Gut, ich mache meine kleinen Geschäfte, aber du hast gleich im großen Stil abzusahnen versucht. Wer hat denn den Umbau eures Hauses damals bezahlt? Hast du auch nur eine Mark dazu gegeben?"

„Das meiste hab ich selbst gemacht, mit diesen meinen Händen." Er hob sie in die Höhe. „Und die größeren Baumaßnahmen sind über die Firma gelaufen und ordentlich bezahlt worden."

„Von dir? Oder von einem deiner dubiosen Kunden?"

„Ich habe mir nichts vorzuwerfen, weil ich niemanden geschädigt habe außer vielleicht ein paar öffentliche Bauträger. Du aber bedienst die Sucht dieser armen Schweine aus dem Ostertor, verdienst an deren Leiden und, wenn's bös ausgeht, an deren Tod."

„So, jetzt reicht's!" Kruse sprang auf. „Ich muß mir von dir nicht Moral predigen lassen, du ausgeflippter Jammerlappen. Mach, daß du rauskommst!" Er packte Schlegel am Arm und wollte ihn aus dem Sessel zerren.

„Entschuldige, Jochen, ich wollte dich nicht kränken", sagte Schlegel kläglich. Er klammerte sich in die Sessellehnen. „Ich bin einfach nicht gut drauf. Der Prozeß und meine finanzielle Misere! Laß mich bitte nicht hängen. Ich rede manchmal dummes Zeug, wenn mir 'ne kleine Dröhnung fehlt. Ich kann es mir schlicht nicht leisten, auf dem freien Markt einzukaufen. Und dieses ganze schmierige Milieu ... Bitte hilf mir, um unserer alten Freundschaft willen."

„An deiner finanziellen Misere bist du doch selber schuld. Warum arbeitest du nicht?" Kruse ließ Schlegel los, der zurück in den Sessel fiel. Kruse blieb vor ihm stehen.

„Weil ich keine Stelle finde. Ich hab's doch immer wieder versucht. Was hab ich mich abgemüht damals im Baumarkt. Aber irgendeiner hat denen einen Hinweis gegeben, und schon war ich draußen. Hier in Bremen bin ich untendurch. Die stille Post funktioniert."

„Ja, im Baugewerbe. Es gibt ja noch andere Jobs."

„In der Immobilienfirma haben sie mich auch rausgeekelt, weil ich angeblich nicht genug Aufträge reingeholt habe."

„Das weiß ich ja alles. Warum bewirbst du dich nicht in der Industrie oder in der Verwaltung?"

„Weil ich nun mal im Immobilien- und Baugeschäft groß geworden bin. Davon verstehe ich was, nur daß das keiner wahrhaben will."

Kruse seufzte. „Ich hab dir schon so oft gesagt: geh nach Süddeutschland. Da kennt dich keiner. Fang noch mal von vorne an. Das wäre für alle das Beste. Was hält dich hier in Bremen?"

„Frag nicht so blöd. Hier hab ich meine Wurzeln, meine Familie, meine vertraute Umgebung."

„Familie hast du eben nicht mehr, wenn man mal von deinen Eltern absieht."

„Und was ist mit Sabine?"

„Der würdest du auch einen Gefallen tun. Das ist für sie weiß Gott kein Zuckerschlecken, mit so einem Vater gesegnet zu sein."

„Ich habe zu Sabine ein wunderbares Verhältnis. Meinst du, die durchschaut ihre Mutter nicht? Sabine steht ganz auf meiner Seite."

„Du spinnst. Aber ich habe keine Lust mehr, mit dir herumzustreiten. Und Stoff gibt's bei mir nicht mehr. Basta."

„Das wirst du bereuen." Schlegel richtete sich auf.

„Klar. Ich werde bitterlich weinen. Wenn du wenigstens Arbeitslosenunterstützung beantragen würdest, jetzt, wo deine Abfindung aufgebraucht ist."

„Ich nehme nichts vom Staat."

„Nein! Dafür bist zu stolz und kassierst statt dessen lieber bei deiner geschiedenen Frau. Auf deinen Stolz scheiß ich. Wenn du mir imponieren willst, dann nimm dein Leben endlich selbst in die Hand und verschone uns mit deiner Schmarotzerei."

„Bärbel ist verpflichtet, für mich zu zahlen. Wenn ich schon sonst für sie nicht mehr existiere, soll sie wenigstens an ihrem Bankkonto merken, daß ich noch da bin."

„Schmarotzer, ja."

„Schließlich hat sie viele Jahre auf meine Kosten gelebt, als Sabine klein war und ich allein verdienen mußte. Außerdem habe ich ihr das Geld für die Praxis gegeben. Es ist nur gerecht, wenn sie jetzt zahlt."

„So denken eben Schmarotzer."

Schlegel schob sich aus dem Sessel, stand dicht vor Kruse, der nicht zurückwich.

„Hör auf, mich Schmarotzer zu nennen!“

„Wie denn sonst? Aasgeier? Hyäne?“

„Hör auf!“ schrie Schlegel und stieß Kruse heftig von sich weg. Kruse rutschte auf dem glatten Parkett aus und stürzte. Schlegel trat ihm in die Seite. Kruse kam mühsam wieder auf die Beine und fiel über Schlegel her.

Sie prügelten sich, bis Schlegel aus der Nase blutete und den Fußboden verschmierte. Kruse ließ von ihm ab.

Eine halbe Stunde brauchte Schlegel auf dem Rücken liegend, bis das Bluten aufhörte. Er verließ die Wohnung ohne Stoff, während Kruse ein Bad nahm.

Er fuhr zurück auf dem Radweg unterhalb des Osterdeichs zur Wilhelm-Kaisen-Brücke. Die Weser hatte Ebbe. Das ablaufende Wasser hatte die schmutzigbraunen Steine der Uferbefestigung freigelegt. Ein deprimierender Anblick, fand Schlegel. Ein Sportruderboot wurde gegen die Strömung Richtung Weserwehr gejagt. Die vier Ruderer strengten sich an, gehorchten den Taktrufen des Steuermanns und hielten genau den Rhythmus. Teamgeist. Vermutlich hatten sie Vergnügen dabei, nicht aus der Reihe zu tanzen, sondern sich widerstandslos einzufügen. Beneidenswert, dachte Schlegel. Hinterher würden sie duschen und sich heil in ihrer Haut fühlen. Das ‚Rundumsorglospaket‘ fiel ihm ein Begriff aus der Versicherungswerbung ein.

Er befühlte seine Nase. Gebrochen war sie nicht, aber geschwollen. Um die Nasenlöcher hatte sich eine Kruste gebildet. Wahrscheinlich sah er verboten aus. Doch entgegenkommende Radfahrer oder Spaziergänger beachteten ihn nicht.

Über den St.Pauli-Deich nahm er den Weg an der kleinen Weser entlang, hinter dem Rote-Kreuz-Krankenhaus und dem Martinshof vorbei bis zur Dorotheenstraße, von wo aus er über die Möckernstraße in die Hardenbergstraße gelangte.

Er schloß sein Rad an den Vorgartenzaun, was Frau Strauß nicht schätzte, weil er angeblich den Lack des Gitters damit beschädigte, doch er scheute den anstrengenden Transport des Rads in den Keller, zumal er es heute noch brauchte. Denn er mußte ins Viertel, um sich Stoff zu besorgen, wollte das jedoch erst abends tun. Jetzt in der Mittagszeit unter dieser hohen Sonne konnte er sich Kriminelles nicht vorstellen.

Im Bad untersuchte er seine Nase. Ein wenig geschwollen war sie, aber nachdem er die Blutkruste abgepult hatte, sah er wieder wie ein Mensch aus. Ja, er mußte sich nicht schämen. Volles dunkles Haar, an den Schläfen leicht angegraut, eine hohe Stirn, braune ausdrucksvolle Augen, eine schmale Nase und gut geformte Lippen über einem tadellosen Gebiß. Man konnte sich nicht vorstellen, daß er Probleme mit Frauen hatte, jedenfalls mit einer. Früher war Bärbel von Freundinnen um ihn beneidet worden. „Zu recht", sagte er laut.

Er briet sich zwei Eier, legte sie auf ein Schinkenbrot und aß unter Schmerzen. Auch sein Unterkiefer hatte etwas abbekommen. Zum Glück waren die Zähne heilgeblieben. Daß Kruse ihn so gedemütigt hatte, ließ ihm keine Ruhe. Vor allem das Gefühl der Ohnmacht quälte ihn. Er mußte sich die Unverschämtheit dieses Kriminellen gefallen lassen, wußte keine Möglichkeit, den Kerl in die Schranken zu weisen. Körperliche Gewalt war natürlich genau die falsche Reaktion gewesen. Zum einen war er Kruse von den Kräften her unterlegen, zum anderen waren Prügeleien überhaupt würdelos und primitiv. Er empfand so etwas als Entgleisung und als Anlaß zu Depressionen. Er hatte sich in jeder Hinsicht schwach gegenüber Kruse gezeigt und dessen Dünkel sicher noch gefördert. Selbst wenn Kruse eigentlich eine gescheiterte Existenz war, der Familienhochmut war ihm genauso zu eigen wie Bärbel oder dem alten Kruse. Das lag denen im Blut. Hochmut und Gefühlskälte.

Er stieg hinauf unters Dach und legte sich aufs Bett. Es war heiß und stickig, obwohl die Veluxfenster gekippt waren. An Erholung oder gar Schlaf war nicht zu denken. Er kehrte zurück ins Wohnzimmer und schaltete den PC an. Er startete das Online-Banking und rief sein Konto auf. Nicht mal mehr sechstausend Euro. Und die Rechnungen vom Gericht und vom Anwalt standen noch aus.

Obwohl er den Kontostand genau im Kopf hatte, mußte er immer wieder nachschauen. Vielleicht gab es eine Überraschung, und von irgendwoher geriet Geld auf sein Konto. Er lebte eben in jeder Beziehung in Wartestellung. Deshalb erhoffte er auch ständig E-Mails oder Briefe unten im Kasten. Jeder Postbote ließ sein Herz höher schlagen. Das konnte damit zusammenhängen, daß früher öfter Verrechnungsschecks völlig überraschend bei ihm eintrafen oder plötzlich Beträge auf dem Konto gutgeschrieben wurden, mit denen er nicht gerechnet hatte. Kleine Aufmerksamkeiten von dankbaren Kunden. Steuerfrei natürlich. Solche Vergünstigungen waren das Salz in der Suppe gewesen. Er hatte ihretwegen nie Skrupel gehabt, genausowenig wie ein Kellner wegen seiner Trinkgelder. Daß man für seine Arbeit Geld erhielt, war selbstverständlich, aber die Extras waren echte Belohnungen, die sogar Glücksgefühle auslösten. Bärbel gegenüber hatte er die Zahlungen, sofern sie überhaupt davon erfuhr, heruntergespielt. Er hatte sich ein Sonderkonto dafür angelegt, von dem sie nichts wußte. Auch wenn sie ansonsten die Finanzen der Familie gemeinsam planten, brauchte er dieses kleine Geheimnis. Es bereitete ihm ein diebisches Vergnügen, über Geld zu verfügen, das ihrem Zugriff entzogen war. Er machte ihr gern großzügige Geschenke und gab sich geheimnisvoll. Wenn sie fragte, wie er so was bezahlte, redete er sich raus. Er hatte das Gefühl, auf diese Weise Macht zu haben über seine Frau. Es war tröstlich, sie in Abhängigkeit zu wissen.

Bis zur Einschulung von Sabine war alles gut gelaufen, doch dann wurde Bärbel der Tag zu lang. Nur den Haushalt zu führen, füllte sie nicht mehr aus. Über kein selbstverdientes Geld zu verfügen, sei demütigend, klagte sie. Überall war von Selbstverwirklichung und Emanzipation die Rede. Bärbel übernahm die Schlagworte der Frauenbewegung, ohne jemals politisch sonderlich interessiert gewesen zu sein.

Er leistete Widerstand, aber ihm fehlten die Argumente. Bärbel benutzte souverän das Vokabular der Feministinnen und hatte leichtes Spiel, ihn als Pascha, als Macho abzuqualifizieren. Ein Freundinnenkreis leistete ihr Beistand, so daß er als Einzelkämpfer vollends ins Hintertreffen geriet. Außerdem tat er sich schwer, die Berechtigung von Bärbels Forderungen zu bestreiten. Sein Verstand sagte ihm, daß Bärbel eigentlich Selbstverständliches verlangte, auch wenn sein Bauch rumorte und das für Liebesentzug hielt. Er resignierte, gab klein bei. Er beschaffte ihr das Geld für die Praxis, denn Bärbel wollte nicht als Angestellte arbeiten, sondern ihren eigenen Laden haben. Er ordnete sich unter, wurde jedoch das Gefühl nicht los, daß er seine Frau verloren hatte.

Bärbel veränderte sich. Ihre Selbständigkeit und Unabhängigkeit machte sie freier, aber auch kritischer ihm gegenüber. Sie wurde ruppiger und unduldsamer, kanzelte ihn manchmal ab wie einen kleinen Jungen, reagierte auf Zärtlichkeiten unwirsch und war im Bett die Fordernde oder die sich Verweigernde. Wenn ihm dann die Lust verging, wurde er als Versager beschimpft.

Schlegel schaltete den Computer ab. Auf der Festplatte war alles gespeichert. Nicht nur die unzähligen Briefe an Bärbel hatte er aufbewahrt, auch Gedanken und Analysen seiner Situation hatte er dem Apparat, den er oft als Gesprächspartner empfand, anvertraut.

Über die nächsten Stunden mußte ihn der Fernseher retten. Nach dem ‚Sturm der Liebe‘ suchte er Zerstreuung beim ‚Strafgericht‘, um dann bei der ‚Tagesschau‘ und ‚Brisant‘ zu landen. Mit ‚Verbotene Liebe‘ und ‚Marienhof‘ brachte er den Nachmittag hinter sich.

Er belegte sich ein Brot und aß es ohne Appetit. Wieder schmerzte der Unterkiefer und hielt die Erinnerung an Kruse wach.

Er ging zu Fuß ins Viertel. Es war ein milder Frühlingsabend, der junge Pärchen auf die Straße trieb, Verliebte, die damit beschäftigt waren, ihre leichtbekleideten Körper zu befühlen und sich ihrer Gegenwart zu versichern. Besonders am Osterdeich machten sie sich breit, saßen auf Bänken, lagen im Gras oder hockten am Wasser, das inzwischen mit der Flut zurückgekehrt war.

Schlegel war froh, in den engen Straßen des Viertels untertauchen zu können. Am Sielwall fand er eine Kneipe, um die normale Bürger einen Bogen machten. Junge Leute aus der Szene, selbst bei diesem Wetter meist in schwarz, belagerten die Theke oder lümmelten um kleine Tische herum. Trotz der offenen Tür war die Luft stickig und roch nach heimlich gerauchten Zigaretten.

Schlegel ließ sich ein Bier geben und setzte sich auf eine Fensterbank, weil er sich nicht traute, in diese festgefügte Welt einzudringen. Er befürchtete, sofort Ärger zu bekommen, wenn er hier zu jemandem Kontakt suchte. Er war etwa doppelt so alt wie die Anwesenden und viel zu solide gekleidet. Ein Fremdkörper schlechthin.

Er starrte auf die Spitzen seiner eleganten Sommerschuhe und fragte sich, wie er hier oder in anderen ähnlichen Kneipen Leute auftun sollte, die ihm zu dem nötigen Stoff verhelfen konnten. Vielleicht war es leichter, jemanden auf der Straße zu finden, denn gedealt wurde an jeder Ecke, wenn man dem Ruf des Viertels trauen durfte.

Als er den Blick hob, sah er eine junge Frau, die mit dem Rükken zur Theke saß, Cola aus einem Glas schlürfte und ihn fixierte. Sie war etwas älter als die meisten hier, hatte hennarote Haare und ein sympathisches Gesicht, das allerdings durch kränklich-blasse Haut und tiefe Falten um den Mund entstellt wirkte. Jetzt lächelte sie ihm zu. Ihre übergroßen schwarzgerandeten Augen schienen ihn etwas zu fragen.

Schlegel riskierte ein kleines Lächeln. Langsam rutschte sie vom Barhocker und kam auf ihn zu. Ihr Gang sollte wohl sinnlich wirken. Jedenfalls schwang sie die Hüften, was bei ihren vom Alkohol oder von Drogen aufgeweichten Knien grotesk aussah.

„Hallo, Fremder“, sagte sie mit rauher Stimme. „Hast du dich verirrt, oder suchst du deine Tochter hier?“ Sie ließ sich neben ihm auf die Fensterbank plumpsen. Ihr enger Rock fiel zur Seite und gab hübsche schwarzbestrumpfte Beine zur Besichtigung frei. Sie hatte sich gut parfümiert, und ihre roten Fingernägel waren lang und gepflegt.

„Ich hatte nur Durst. Ist ziemlich warm heute." Schlegel gab sich Mühe, ihre körperliche Nähe nicht zur Kenntnis zu nehmen.

„Soviel zum Wetter." Sie lachte. „Brauchst du Gesellschaft?"

„Wie man's nimmt."

„Magst du mir einen Wein spendieren? Diese Cola wirkt kontraproduktiv. Mein Rausch ist mir heilig."

„Hol dir einen. Reicht das?" Er zog einen Zehneuroschein aus der Hosentasche. Die größeren Scheine hatte er in der zugeknöpften Gesäßtasche.

„Klar." Sie nahm das Geld und lief mit kleinen Schritten zur Theke. Die Zeit des Hüftenschwingens war vorbei, hatte ihren Zweck erfüllt. „Udo, gib mir einen Valpolicella bitte." Das Wechselgeld verschwand blitzschnell in ihrer Rocktasche. Sie drehte sich um und trug das Weinglas wie eine Hostie vor sich her.

„Auf dein Wohl." Sie nahm einen kräftigen Schluck. „Wie heißt du?"

„Hans", log er.

„Schön, Hans. Ich bin Ingrid. Du gefällst mir. Du bist zwar ein Typ, der sich am liebsten sofort die Hände waschen würde, wenn er hier was angefaßt hat, aber du hast was, das Frauen schwach macht. Willst du was aufreißen im Viertel, oder warum bist du hier?"

„Nur 'n bißchen umschauen."

„Ach, einer, der Studien treibt. Das haben wir besonders gern. Geht dir einer ab beim Zugucken? Bist'n Spanner, was?"

„Sie mißverstehen mich. Ich will gar nichts. Ich will nur wissen, wo meine Tochter sich so rumtreibt am Wochenende."

„Also doch die Tochter. Hast du sie schon entdeckt?"

„Nein, jetzt ist sie an der Uni. Sie studiert Jura."

„Sieh an. Feine Leute also. Ich war auch mal an der Uni, bis ein Prof mich mit auf eine Party genommen hat, wo's ganz besondere Pralinen gab. Ich hab ein bißchen zuviel davon gegessen. Glaubst du mir nicht, oder? Du kannst sicher sein, daß hier mehr Bürgerkinder rumhängen, als du ahnst. Wenn du mit zu mir nach Hause kommst, zeig ich dir mein Abiturzeugnis. Hängt gerahmt an der Wand, ehrlich. Also, was kann ich für dich tun?"

„Kannst du mir Stoff besorgen?"

„Ach, da liegt der Hund begraben! Und duzen kann er mich plötzlich auch!" rief sie.

„Nicht so laut", sagte Schlegel ängstlich.

„Meinst du, das interessiert hier wen? Natürlich kann ich dir Stoff besorgen. Aber wo bleib *ich* dabei? Das bißchen Provision reicht nicht mal für einen Schuß. Ein Vorschlag zur Güte: du kommst erstmal mit zu mir, und da machen wir's uns gemütlich. Kannst alles haben. Blasen, normal, französisch, mit oder ohne Gummi, ganz, wie's dein Herz begehrt. Und danach ruf ich meinen Freund Charly an, und der bringt dir, was du brauchst. So haben wir alle am meisten davon. Du mußt keine Angst haben. Bei mir ist es blitzsauber. Ich habe sogar frische Bettwäsche aufgezogen, Ehrenwort."

„Einfacher geht's nicht? Ich meine, kannst du nicht den Charly hierherrufen? Ich hab mein Handy dabei."

„Nee, so läuft da gar nichts. Dann sieh zu, wie du an das Zeug kommst. Andere Männer lecken sich alle zehn Finger danach, mich ins Bett zu kriegen. Und du spielst hier den keuschen Josef." Sie stand demonstrativ auf.

„Also gut", seufzte er.

Er hielt Abstand zu ihr, während sie Richtung Steintor gingen. Doch niemand beachtete sie. Es schien etwas Normales zu sein, daß jemand abgeschleppt wurde. Die kleine Souterrainwohnung in der Sophienstraße hatte einen eigenen Eingang vom Vorgarten aus. Schlegel war überrascht, wie ordentlich es in Ingrids Domizil aussah. Das winzige Wohn- und Schlafzimmer war mit Sperrmüllmöbeln gemütlich eingerichtet. Die Stühle paßten ebensowenig zusammen wie die Sessel, und eine große Matratze lag einfach auf dem Boden, war aber mit Kissen und Knautschtieren für kuschelige Tête-à-têtes wie gemacht. An den Wänden Kunstdrucke aus einem Worpswede-Kalender und wie angekündigt das gerahmte Abiturzeugnis.

Ingrid lachte, als sie sah, wie beeindruckt Schlegel von dem Ambiente war. „Ja, da staunst du, was? Jetzt fragst du dich natürlich, wie eine Frau, die so wohnt und sogar Abitur hat, auf den Strich kommt. Laß es mein Geheimnis bleiben. Nur so viel: eine mit abgebrochenem Studium und ohne jede Berufsausbildung hat auf dem Arbeitsmarkt null Chancen. Und für ’ne Kassiererin bei Lidl war ich mir zu schade. Ich hab meine feste Kundschaft und ab und zu so ’nen Gelegenheitsfick wie mit dir. Willst du was trinken? Ich hab Eistee im Kühlschrank.“

„Gern.“ Schlegel wollte Zeit gewinnen. Die Frau reizte ihn zwar, aber er hätte lieber mit ihr geredet. Solche Nuttenbiografien hatten ihren eigenen Zauber, jedenfalls in den Augen geborener Ehemänner. Die offensichtliche Drogensucht von Ingrid, die sie zu dieser Existenz zwang, konnte man ja ausblenden. Er setzte sich in einen Sessel.

Sie kam mit zwei Gläsern aus der winzigen Küche und reichte ihm eines mit einem kleinen Knicks. „Bitte, mein Herr und Gebieter. Also, wie hättest du’s gern? Soll ich mich gleich ausziehen, damit du siehst, was du dir eingehandelt hast? Wenn nicht, können wir’s auch in Klamotten tun. Ist billiger. Außerdem ist es kühl hier. Diese Souterrains kriegste sogar im Sommer nicht warm. Und heizen will man ja schließlich nicht bei solchen Temperaturen.“ Sie legte sich aufs Bett und schob sich Kissen unter den Kopf.

„Laß mir Zeit. Vielleicht können wir einfach ein wenig quatschen. Du bist ein interessantes Mädchen.“

„Bitte, komm mir nicht so. Ich bin für klare Verhältnisse. Unsere Geschäftsgrundlage ist: ein guter Fick für gutes Geld. Für die ganze Psychoscheiße bin ich nicht zu haben. Such dir ’ne hübsche Psychiaterin. Manche sollen es ja sogar mit ihren Patienten treiben. Oder hast du Angst, daß du dir was einfängst? Ich bin absolut sauber. Mache regelmäßig meinen Bluttest. Außerdem kannst du ja ein Gummi benutzen. Ist im Preis mitinbegriffen. Also zur Sache, Schätzchen."

„Du gibst dich rüder, als du bist. Das sehe ich dir an. Hinter dieser Fassade aus zynischer Schnoddrigkeit verbirgt sich ein sehr empfindsamer Mensch, der einmal schlimm verletzt worden ist."

„Wo hast du das denn gelesen? Es gibt für uns Stricherinnen nichts Öderes als solche Nuttenromantik. Wir verkaufen unseren Körper und damit basta. Wenn dir das nicht genug ist, dann verschwinde."

„Warum legst du so viel Wert auf schönes Wohnen, auf eine gepflegte Umgebung?"

„Du nervst."

„Du bist auf der Suche, genau wie ich. Du erwartest etwas Besonderes, eine Befreiung aus deinem unappetitlichen Trott. Deshalb diese penible Ordnung um dich rum. Wir sind beide Menschen in Wartestellung, darum interessierst du mich. Du kannst mir nicht weismachen, daß deine momentanen Lebensumstände für dich der Weisheit letzter Schluß sind, daß du nicht rauswillst aus dem Elend."

„Mein Gott, auf was hab ich mich da eingelassen", sagte Ingrid resigniert und nippte an ihrem Eistee. „Ich will Kohle, jetzt sofort. Du raubst mir meine kostbare Zeit. Wieviele Freier hätte ich inzwischen schon abfrühstücken können. Mach dir endlich klar, daß ich nicht zu meinem Vergnügen hier mit dir rumhänge."

„Du kriegst dein Geld. Mir ist völlig klar, was du von mir willst. Und ebenso klar ist, daß ich nicht mit dir schlafen will. Das tue ich nur mit meiner Frau."

„Heiliger Bimbam, der Typ ist verheiratet und monogam. Ja, verdammt noch mal, was willst du dann überhaupt?"

„Stoff. Und ganz nebenbei habe ich einen interessanten Menschen entdeckt, mit dem ich mich gern unterhalte. Paß auf: ich zahle dir deinen Verdienstausfall mit fünfzig Euro."

„Spinnst du? Fünfzig plus zwanzig Dope-Vermittlung, plus dreißig Gequatsche-Zulage macht runde hundert Mäuse. Dann darfst du noch so lange bei mir warten, bis Charly deine Muntermacher bringt, und mir aus deinem Leben erzählen.“

„Okay. Abgemacht.“

Ingrid kramte ein Telefon aus dem Kissenwust neben ihr und wählte eine Handynummer. „Hallo Charly, Ingrid. Du, ich hab hier einen Kunden, der mit dir ins Geschäft kommen möchte. Was er haben will? Moment.“ Sie schaute Schlegel fragend an.

„Fünf Gramm Koks und fünfzig Gramm Hasch.“

Ingrid gab die Bestellung weiter. „Okay, also dann in zehn Minuten bei mir.“

„Danke. Gibst du mir deine Telefonnummer? Vielleicht hab ich Lust, dich gelegentlich zu sehen. Würdest du zum Beispiel mal mit mir essen gehen?“

„Ach, Gott, jetzt kommt diese blöde Pretty-Woman-Nummer. Ich soll mich zur Schwachhausen-Lady aufbrezeln, damit du mich ins Parkhotel einladen kannst? Danke bestens. Ich war da mal mit dem Pralinen-Prof. Das hat mir für immer gereicht. Diese Kellner sind nicht nur vornehmer als der Gast, wie Polizeihunde den Heroin-Schmuggler riechen die sofort, ob du da hingehörst oder nicht und behandeln dich entsprechend. Nein, besten Dank.“

„Ich hätte trotzdem gern deine Telefonnummer. Auch wenn ich wieder Stoff brauche, würde ich den gern über dich beziehen.“

„Warum? Das kostet dich nur unnötig Geld. Erledige das direkt mit Charly. Dessen Nummer schreib ich dir auf.“ Sie riß ein Stück Papier aus einer Zeitschrift und notierte eine Handynummer. “Hier. Und jetzt die Kohle bitte. Wenn Charly erst da ist, kommen wir leicht drüber hin.“

Schlegel zog ein Bündel Scheine aus der Gesäßtasche und gab ihr hundert Euro. Sie steckte sich den Schein in die Strumpfhose, zeigte dabei für einen Moment nacktes Fleisch. Schlegel schluckte.

„Ich würde dich wirklich gern wiedersehen. Bitte, gib mir deine Nummer.“

„Ich weiß nicht, ob das gut für uns ist."

„Hast du was gegen mich?"

„So rein äußerlich nicht. Siehst ja passabel aus für dein Alter. Aber dein ganzes Gewese nervt. Warum soll ich mir das antun? Ich habe meine Freunde und meine Kunden. Als Freund wärst du mir nicht ganz geheuer, und als Kunde zickst du rum. Ich bin es einfach nicht gewöhnt, daß man mich als Frau im Bett ablehnt. Und irgendeine Sonderrolle kann und will ich dir nicht zugestehen, capito?"

„Und ich mag es nicht, wenn mir eine Nutte dumm kommt, capito?"

„Oh, der Herr geruhen, ungnädig zu werden. Wußte ich's doch, daß du ein hinterfotziges Arschloch bist."

„Paß auf, was du sagst, sonst ..."

„Was sonst? Willst du mir drohen? Ich brauche bloß laut zu rufen, dann läuft das ganze Haus zusammen. Das ist hier so was wie eine WG. Wir sind alle befreundet, und jeder hilft jedem, klar? Also tob deine sexuellen Verklemmungen woanders aus. Raus hier! Auf Charly kannst du draußen warten. Mir wird schlecht bei Typen wie dir!" Sie stieß wütend mit einem Bein nach Schlegel.

„Tut mir leid", sagte er kleinlaut und wich ihrem Tritt aus. „Ich bin im Moment nicht gut drauf. Eine berufliche Krise, verstehst du? Krach mit dem Chef. Wenn man auf die Fünfzig geht, muß man immer Angst um seinen Job haben."

„Aber laß deinen Frust nicht an mir aus. Ich hab selber Ärger genug."

„Siehst du. Ich seh dir doch an, daß du was auf dem Herzen hast. Also raus damit. Wenn ich kann, steh ich dir gern mit Rat und Tat zur Seite."

Ingrid wälzte sich stöhnend auf den Bauch. „Er kapiert's nicht. Muß man dir ins Gesicht schreien, daß du ein Ekelpaket bist?! Damit es ein für allemal in deinen Kopf reingeht: ich kann dich nicht leiden! Du bist mir unsympathisch! Sonst noch was gefällig?!"

Schlegel lachte. „Das war deutlich. Ich mag Menschen, die kein Blatt vor den Mund nehmen. Du kannst mich nicht kränken, weil ich weiß, daß du nicht meinst, was du sagst. Dein Temperament geht einfach mit dir durch. Du gibst dich saugrob, um dich zu schützen. Du hast dir eine Hornhaut aus Ruppigkeit zugelegt, damit man dich nicht verletzen kann. Du siehst unsere Verwandtschaft, siehst dein anderes Ich in mir, das du nicht mehr wahrhaben willst. Deshalb mußt du mir solche Gemeinheiten an den Kopf knallen. Wir sind Geschwister im Elend, ob du willst oder nicht."

„Ich sag jetzt gar nichts mehr. Ich mach mir was zu essen in der Küche. Wenn Charly da war, verschwindest du einfach ohne weiteren Kommentar, oder ich trommle ein paar Rausschmeißer zusammen." Sie kroch vom Bett und richtete sich an einem Stuhl auf. Es klingelte an der Tür. „Gottseidank, da ist er. Also verpiß dich dann, oder es setzt was. Capito?"

Sie ließ Charly herein. „Hallo. Er wartet im Wohnzimmer. Beeilt euch, ich krieg gleich Besuch." Sie verschwand in der Küche und machte die Tür hinter sich zu.

„Hallo." Charly war stämmig und schmuddelig. Strähniges Haar fiel ihm ins Gesicht. Der Dreitagebart wirkte schuppig. Ein Kleindealer wie aus der Polizeikartei. Er blieb an der Tür stehen, als traute er dem Braten nicht. Jeder neue Kunde konnte ein verdeckter Ermittler sein.

„Hallo. Nett, daß Sie vorbeischauen. Ingrid hat sich dankenswerterweise um einen Kontakt bemüht."

„Komm zur Sache, Alter. Bleibt es bei der Bestellung?"

„Natürlich. Haben Sie die Sachen dabei?"

Charly klopfte auf seine Hosentasche. „Klar, Mann."

„Kann ich auch weiterhin bei Ihnen einkaufen? Ingrid hat mir Ihre Telefonnummer gegeben."

„Kein Problem. Sag mir deinen Namen, damit ich Bescheid weiß."

„Hans."

„Ich hab schon einen Kunden mit dem Namen. Du bist ‚Hans von Ingrid‘, okay?“

„Okay. Also, lassen Sie sehen.“

„Erst die Kohle.“

„Sie sind aber mißtrauisch.“ Schlegel zog das Geld aus der Gesäßtasche. „Was bekommen Sie?“

„Tausendzweihundert.“

„Wie bitte?“ Schlegel versagte die Stimme. Er hustete.

„Tausendzweihundert. Tagespreise. Ich verdiene kaum was dran. Hundertfünfzig für das Gramm Koks macht siebenhundertfünfzig, und neun für das Gramm besten Marokkaner macht vierhundertfünfzig.“

„Das ist nicht Ihr Ernst!“ Schlegel schnappte nach Luft. „Ich habe zuletzt sieben für schwarzen Afghanen bezahlt und achtzig für Koks. Und alles beste Qualität. Sie wollen mich abzocken.“

„Hör mal, Freundchen, beleidigen laß ich mich nicht. Ich weiß nicht, wo du das Zeug so billig gekriegt haben willst. Hier im Viertel jedenfalls nicht. Acht Euro für schwarzen Afghanen – daß ich nicht lache. Wenn der überhaupt noch mal auf den Markt kommt, zahlen die Leute Liebhaberpreise. Koks gibt’s auch schon für achtzig, aber dann kannst du dir gleich die Kugel geben, wenn du dir das reinziehst. Mein Stoff ist absolut sauber und ungefährlich.“

„Bei den Preisen kommen wir nicht zusammen.“ Schlegel stand auf.

„Soll das heißen, ich bin umsonst hergekommen? Verarschen kann ich mich selber. Du hast bestellt, also nimmst du jetzt das Zeug. Ich geb dir zehn Prozent Rabatt, weil du neu bist. Man will ja seinen Kundenstamm ausbauen.“

„Achthundert und keinen Euro mehr.“

„Nee, Freundchen, so läuft das nicht. Wir sind hier ja nicht auf’m Türkenmarkt. Die Preise werden nicht von mir gemacht. Mein Lieferant diktiert mir gnadenlos seinen Preis, und meine Gewinnspanne ist minimal. Bei achthundert würde ich noch zusetzen. Nee, bei aller Liebe. Tausend ist mein letztes Angebot. Entweder du greifst zu, oder du mußt ungedopt in die Heia gehen."

„Ihr seid ja immer noch da. Um neun kommt ein Freier. Da brauch ich hier Platz. Also kommt zu Potte oder zieht Leine." Ingrid hielt ein belegtes Brot in der Hand und biß davon ab.

„Der Kerl zickt rum. Behauptet, ich will ihn abzocken." Charly verzog angewidert das Gesicht.

„Kann ich mir vorstellen." Ingrid lachte. „Der hat's einfach drauf, das Miesmachen."

„Neunhundert." Schlegel knirschte mit den Zähnen. Der schmerzende Kiefer ließ ihn aufheulen. „Verdammtes Saupack", flüsterte er.

„Tausend. Und wenn du jetzt nicht rausrückst mit der Kohle, wird das verdammte Saupack ungemütlich. Dann gehst du ohne Dope aber mit einem blühenden Veilchen nach Hause." Charly rückte auf Schlegel zu.

„Das ist Nötigung! Erpressung! Ich werde euch anzeigen!"

„Ach, nee. Nun guck sich einer den Schlaumeier an. Droht uns mit der Polizei. Da kriegen wir aber einen fürchterlichen Schrekken, was Ingrid? Ich denke, wir sollten hier jetzt wirklich für Platz sorgen. Faßt du eben mit an, diesen menschlichen Müll zu entsorgen?" Charly baute sich vor Schlegel auf. Ingrid legte ihr Brot auf einen Stuhl und stellte sich neben Charly.

„Also gut, tausend. Ich zahle unter Protest. Es wird euch leid tun, aber darauf kann ich nicht warten." Er nahm sein Geldbündel aus der Tasche und zählte zehn Hunderter in Charlys Hand. Er erhielt das Haschpäckchen und die Kokstütchen. Aus der Brusttasche des Oberhemds zog er einen zusammengefalteten Plastikbeutel und verstaute seine ‚kleinen Helfer' darin.

„Na also, warum nicht gleich so?" sagte Charly jovial, küßte Ingrid auf die Wange und drückte Schlegels Hand. „Jederzeit zu Diensten." Schon war er draußen.

„Kann ich dich noch einen Moment sprechen?" Schlegel streichelte ihren nackten Arm.

Sie drehte sich weg, griff nach ihrem Butterbrot. „Wenn du nicht so ein Traumtänzer wärst, könnte man sogar Mitleid mit dir haben."

„Das wäre doch ein Ansatz. Gib mir bitte deine Telefonnummer."

„Nein und raus!" Sie stürzte zur Haustür, riß sie auf und scheuchte ihn auf die Straße.

„Kruse, was mutest du mir zu!" fluchte Schlegel immer wieder auf dem Heimweg. Es hatte sich stark abgekühlt, und er vermißte eine wärmende Jacke. Vermutlich ginge es ihm besser, wenn er sich an Kruse rächen könnte.

Daß eine Schlampe wie diese Ingrid ihn wie den letzten Dreck behandeln durfte, nagte an seinem Selbstbewußtsein. Warum um alles in der Welt hatte er ihr die Gelegenheit dazu gegeben? Warum wollte er von ihr anerkannt werden? Was nützte ihm die Wertschätzung einer vom Strich? Er konnte sich sein Verhalten selbst nicht erklären, und das verunsicherte ihn um so mehr.

Zu Hause grinste ihn das Telefon an. Er schenkte ihm keine Beachtung, kochte sich Tee und reicherte ihn mit Hasch an. Danach war ihm wohler. Er wählte die Nummer von Sabine, aber wie fast immer um diese Zeit hatte sie ihr Handy abgestellt. Merkwürdig. Ein Mädchen in ihrem Alter, das Freundinnen oder auch Freunde hatte, würde doch gerade abends gesprächsbereit sein. Sie schottete sich offensichtlich ab. Warum?

Bei Kruse erreichte er nur den Anrufbeantworter. Die Nummer von Bärbel wählte er wieder bis auf die letzte Zahl. Er wartete ein paar Sekunden, dann machte sich sein Zeigefinger selbständig und tippte einfach auf die Sechs. Schlegel zuckte zusammen, als er Bärbels Stimme vom Band hörte. Fröhlich verkündete sie, daß sie zur Zeit nicht erreichbar sei, aber sofort zurückrufen würde. Das galt allen Menschen auf der Welt, nur ihm nicht. Würde er ihrer Aufforderung folgen und nach dem Signalton Namen und Nummer hinterlassen, hätte er die Polizei am Hals, da war er sicher.

Er schaltete den Fernseher an und machte ‚channelhopping', wie die Amerikaner es nannten. Er hielt es nie lange aus bei einer Sendung, am längsten noch bei Ratespielen wie ‚Wer wird Millionär?', weil er dabei kleine Triumphe feierte, wenn er mehr wußte als die Kandidaten. Er hätte schon mehrmals einen hohen Gewinn einstreichen können, hätte er im Studio gesessen. Er hatte sich auch einige Male bei RTL als Kandidat beworben, war aber nie ausgewählt worden. Dabei könnte ein Sieg bei Jauch sein Leben grundlegend ändern. Sicher würde ihn auch Bärbel anders behandeln, käme er mit Ruhm und Geld nach Hause.

Er nahm eine Videokassette aus dem Bücherregal und legte sie in den Recorder neben dem Fernseher. Sabines sechster Geburtstag, gefeiert im Garten in Oberneuland an einem heißen Junitag. Sabine hatte ein halbes Dutzend Freundinnen eingeladen und Bärbel eine festliche Kaffeetafel auf der Terrasse aufgebaut. Schlegel hatte mit der Videokamera gedreht, war also selbst nie im Bild. Das vermißte er nicht. Es hatte ihm großes Vergnügen bereitet, die Mädchengesichter – aufgeregt, albern, grimassierend – aufzunehmen, aber auch Bärbel kam nicht zu kurz. Sie bedeutete ihm zwar, daß sie nicht gefilmt werden wollte, aber das hatte er nicht ernst genommen, er hatte sie im Gegenteil mit Zoom in Großaufnahmen festgehalten, ihr frisches Gesicht mit den leuchtenden Augen, ihr Dekolleté, wenn sie sich über den Tisch beugte, oder vom Garten aus ihre nackten Beine, wenn sie herumlief und Kaffee nachschenkte. Natürlich tauchten auch die Großeltern Kruse und Schlegel auf, doch Schlegels Hauptinteresse galt den Kindern und ganz besonders der schönen jungen Frau, die sich so natürlich bewegte, so umwerfend lächelte, so temperamentvoll den Kopf zurückwarf, wenn sie darüber lachte, wie sich Sabine einen Negerkuß um den Mund schmierte. Diese junge Frau hatte ihm gehört, diese Arme und Beine hatten ihn umschlungen, diese üppigen Lippen hatten seine berührt, diese strahlenden Augen hatten immer wieder seinen Blick gesucht, waren darin versunken. Und eben diese Frau sollte angeblich nicht mehr existieren, weil die Person, die heute ihren

Namen trug, die Vergangenheit, wie sie durch das Video dokumentiert wurde, nicht mehr wahrhaben wollte. Sie bestritt, daß sie den Mann mit der Kamera geliebt hatte. Dabei war überdeutlich, daß sie mit ihm flirtete, obwohl sie so tat, als störte sie die Aufnahme.

Wie weich ihre Züge damals noch waren, wie gefühlvoll der Ausdruck der Augen. Da war nichts von der Härte, die sie heute zeigte. Wie konnte ein Mensch sich so verändern? Natürlich hatte auch er sich verändert. Damals befand er sich auf dem Höhepunkt seiner beruflichen Erfolge, verdiente viel Geld und bewegte sich entsprechend unbefangen und selbstsicher durchs Leben. Er war stolz auf das, was er erreicht hatte, und betrachtete die Zuneigung dieser attraktiven Frau als besondere Auszeichnung, als Trophäe, als Anerkennung für seine Leistungen. Er spiegelte sich in ihr und fand sich in ihr als Verführer und Eroberer abgebildet. Sie gab ihm das Gefühl, etwas Besonderes zu sein. Er genoß es, von Kollegen und Bekannten um sie beneidet zu werden, litt nicht darunter, wenn der eine oder andere mit ihr flirtete. Eifersucht war ihm fremd, denn er war sich ihrer sicher. Sie gehörte ihm.

Er hielt das Bild an, als sie groß in die Kamera lachte, holte sich aus dem Kühlschrank eine Flasche Wein und füllte sich ein Wasserglas randvoll. Er prostete ihr zu und goß sich das halbe Glas in die Kehle. Natürlich hatte er sich verändert, aber nicht im Wesen, nicht in seinen Gefühlen. Es führte eine klare Linie von dem Schlegel, der damals die Kamera bediente, zu dem, der sich jetzt betrank. Man hatte ihm Veränderungen aufgezwungen, ja, doch er war sich treu geblieben. Hatte zum Beispiel nie etwas mit einer anderen Frau angefangen, während Bärbel nach ihrer Trennung und Scheidung ständig die Männer gewechselt hatte, vor allem jüngere. Dieser verdammten Ingrid gehörte mal kräftig der Hintern versohlt. Und wer dankte es ihm, wenn er sich nicht zu Ingrid auf die Matratze legte? Schön blöd war er gewesen. Sicher hätte er viel Spaß haben können. Wenn er sie für den ganzen Abend gekauft hätte, säße er jetzt nicht allein in dieser öden Wohnung.

„Und warum hab ich mir das Liebchen nicht genommen? Weil ich dir nicht weh tun wollte, du undankbares Miststück!“ sagte er zu Bärbel auf dem Bildschirm. „Sie mochte mich, das hab ich gleich in der Kneipe gemerkt. Die hat mir Blicke zugeworfen, da hättest du gestaunt. Nicht die übliche Nuttenmasche, nein, da war viel mehr dahinter. Auch solche Mädchen haben noch echte Gefühle, kannst du mir glauben.“ Er prostete dem Fernseher zu und füllt sofort wieder das leere Glas.

„Ich geb ja zu, ich war nah dran, meine Beherrschung zu verlieren. Schließlich hatte sie einiges zu bieten. Tadellose Figur, hübsches Gesicht, schöne Hände. Und gar nichts Nuttenmäßiges. Da muß man innerlich schon sehr fest sein und wissen, zu wem man gehört. Ja, liebe Bärbel, da siehst du mal, was du an mir hast.“ Das zweite Glas leerte er in einem Zug.

„Mit deinem Bruder muß ich mal ein ernstes Wort reden. Wie der mich heute behandelt hat! Was bildet der sich eigentlich ein?! Der lebt doch ständig mit einem Bein im Zuchthaus und tut so, als könnte er anderen Moral predigen. Jedenfalls soll er sich vor mir in acht nehmen, ungestraft kommt der mir nicht davon. Das kannst du ihm gern von mir ausrichten.“ Er trank jetzt aus der Flasche. „Lauf mir nicht weg, ich muß nur man schnell aufs Klo.“

Schwankend kehrte er zurück und ließ sich vor dem Fernseher auf den Boden fallen. „Ich werde hier jetzt ein bißchen schlafen. Ich wäre dir dankbar, wenn du ein Auge auf mich haben könntest. Sag mir nur eins zum Schluß: wie schaffst du es, deine Gefühle für mich so konsequent zu verbergen? Und vor allem: wer zwingt dich dazu? Gute Nacht.“

3

Bärbel Kruse – sie hatte nach der Scheidung ihren Mädchennamen wieder angenommen – lag auf der Couch und lauschte dem Vogelgesang aus dem Garten. Sie hatte die Terrassentür weit aufgestellt. Ein Glas Prosecco stand auf dem Couchtisch. Das brauchte sie dringend zur Aufmunterung, denn der Tag war anstrengend gewesen. Sie hatte mehrere anspruchsvolle Kundinnen hinter sich, bessere Damen, die nicht nur massiert, sondern auch noch gut unterhalten werden wollten. Dabei mußte sie sich die neuesten Familiengeschichten anhören und kommentieren, oder gehässigem Klatsch über böse Nachbarn beipflichten. Der körperliche Einsatz war weniger stressig als die Konzentration auf das Gerede. Eigentlich müßte man sie noch zusätzlich als Beichtmutter und Eheberaterin bezahlen.

Außerdem hatte sie sich mal wieder über Andreas geärgert, weil der nun schon das dritte Mal in dieser Woche den Abend im Sportverein verbrachte. Angeblich mußte er sich auf irgendwelche Landesmeisterschaften vorbereiten und deshalb sein Training intensivieren. Sie wußte es zu schätzen, daß er Sport trieb, hielt er doch damit seinen Körper in Topform, und sie hatte nicht nur einen jungen, sondern auch überaus attraktiven Mann an ihrer Seite. Aber man konnte alles übertreiben, zumal seine sportlichen Aktivitäten auf Kosten seiner sexuellen Bedürfnisse gingen. Was hatte sie von dem Muskelmann im Bett, wenn der nur seine Ruhe haben wollte?

Sie nahm einen Schluck und genoß den leicht säuerlichen Kitzel am Gaumen. Vergeblich versuchte sie, einen Gedanken abzuschütteln, der ihr seit einigen Wochen schon öfter gekommen war: es gab in diesem Sportverein auch weibliche Wesen, jung, hübsch und sexy in den engen Trikots. Sie hatte sich selbst davon überzeugen können, als sie Andreas einmal in der Halle abgeholt hatte. Es mußte einfach ihr Mißtrauen wecken, daß Andreas in jüngster Zeit öfter seine Abende nicht mehr bei ihr verbracht hatte und daß er, wenn er endlich nach Hause kam, zu müde war, um sie überhaupt noch zur Kenntnis zu nehmen. Da halfen die sündhaftesten Dessous nichts.

Sie war eben fünfundvierzig und er dreißig. Diese Tatsache sprach für sich. Natürlich war er abhängig von ihr, nicht nur als Freund, der ihre Lebenserfahrung zu schätzen wußte, sondern auch als ihr Angestellter. Auf dieser Ebene funktionierte ihre Beziehung nach wie vor, fand sie. Doch mit ihrem Körper war sie nicht mehr konkurrenzfähig im Vergleich zu diesen jungen Dingern, die ihn im Verein umgaben. Sie konnte nicht ausschließen, daß er sich Sex woanders holte. Mal eben ein Quicky in der Umkleidekabine oder auf einer Studentinnenbude?

Daß er neben ihr eine feste Beziehung hatte, konnte sie sich nicht vorstellen. Dazu war ihre Bindung zu eng. Er betonte immer wieder, wie sehr er sie brauchte, wie sehr sie ihm Halt gab. Aber nur als mütterliche Freundin? Das war ihr zu wenig. Sie hatte ihn vor allem im Bett nötig, und gerade da erwies er sich mehr und mehr als Niete. Merkwürdig, daß solche Muskelpakete in der Hinsicht versagen konnten. Ihr Exmann Jens Schlegel zum Beispiel hatte nie Sport getrieben, und sein Körper war eher schlaff, aber sexuell hatte er keine Wünsche offen gelassen.

Sie seufzte, stand auf, leerte das Weinglas im Stehen und reckte sich. Sollte sie den Tisch auf der Terrasse decken? Ihre Freundin Christa hatte sich zum Abendessen angesagt, und darüber war sie froh, denn sie brauchte dringend Ablenkung. Die Gerichtsverhandlung saß ihr in den Knochen. Diese Anhäufung von Peinlichkeiten ließ sie jetzt noch innerlich frösteln.

Nein, lieber drinnen essen. Abends wurde es schnell zu kühl. Außerdem neigte Christa dazu, nach einem Glas Wein ziemlich laut zu werden, und die Nachbarn mußten nicht unbedingt Zeugen ihrer Unterhaltung sein, zumal Christa bestimmt das Gespräch auf den Prozeß bringen würde.

Sie deckte den Tisch vor dem Seitenfenster. Der Couchtisch der Sitzgruppe war zum Essen zu niedrig, auch wenn man von dort aus den schöneren Blick in den Garten hatte. Die Polstermöbel hatte sie mit Jens bei den Vereinigten Werkstätten gekauft, teuer, aber unverwüstlich. Selbst Sabine und ihre Freundinnen hatte ihnen nichts anhaben können. Ansonsten viel Teak, weil Eiche zu spießig und Kiefer zu armselig ausgesehen hätten. Dazu keine Ölbilder, sondern coole Grafik, die sie zusammen mit Jens bei diversen Ausstellungen erstanden hatte. Nichts davon hatte er mitnehmen wollen, um das Ensemble nicht zu zerstören, wie er sagte. Für den Bruchteil einer Sekunde war sie gerührt, schüttelte sich und sagte wütend: „Alles Erpressung. Er wollte mir ein schlechtes Gewissen machen, sonst nichts." Er war zwar ausgezogen, hatte sich jedoch nur ein Provisorium in der Neustadt geschaffen, weil er fest entschlossen war, in dieses Haus zurückzukehren. Er wollte die endgültige Trennung nicht durch äußere Umstände vollzogen sehen.

In der Küche lärmte sie mit Geschirr, um die Stille im Haus, die sich bedrohlich bemerkbar machte, zu vertreiben. Sie setzte Kartoffeln auf, würzte die Lammkoteletts mit Salz, Rosmarin und Wacholder, stellte den Grill an. Sie öffnete eine Flasche roten Bordeaux und trank schon mal ein Glas, um in Stimmung zu kommen.

Pünktlich um acht erschien Christa, das rosige Kindergesicht so lieb und erwartungsvoll geöffnet, daß man es einfach mit Küßchen auf die Wangen belohnen mußte. Die frischgewaschenen Locken, die bis auf die Schultern fielen, verstärkten den engelhaften Eindruck. Der mollige Körper war in einer weiten Hose und unter einer kaftanähnlichen Bluse versteckt. Zweierlei Rot zu blauen Augen und blonden Haaren, das ließ die Fülle vergessen. Christa hatte Erfolg bei Männern, nahm das aber überhaupt nicht zur Kenntnis, war ihrem Lukas treu ergeben und fühlte sich schon als Großmutter, obwohl ihre Tochter Jasmin erst im dritten Monat schwanger war.

„Wie schön, daß du kommst. Ich hab mich den ganzen Tag darauf gefreut." Sie spürte, daß Christa die Umarmung nicht erwiderte, war das aber gewohnt. Christa hatte Schwierigkeiten mit Taktilitäten unter Frauen. Überhaupt war sie spröde und betrachtete den Körper nur als notwendiges Übel. Wie die Frauen früherer Jahrhunderte bestand sie darauf, daß Lukas das Licht ausmachte, bevor er mit ihr schlief. Um so mehr liebte sie Essen und Trinken und achtete dabei nicht auf ihre Linie.

Sie hob das kleine Näschen schnuppernd in die Höhe und blähte die Nasenlöcher. „Gut riecht's hier. Da, zum Nachtisch!" Sie drückte Bärbel eine bunte Packung in die Hand. Vermutlich Süßigkeiten aus ihrem kleinen Laden in der Langenstraße. Lukas arbeitete bei der Telekom, und sie verdiente dazu, indem sie Schokolade unter die Leute brachte. „Mokkatrüffel. Ganz frisch."

Während Bärbel das Essen auf den Tisch stellte, ging Christa, einen Choral vor sich hinsingend, auf der Terrasse auf und ab. Sie war sehr fromm und sang Sopran im Kirchenchor. Schon in der Schule war sie durch ihre schöne Stimme aufgefallen, hatte sich aber geweigert, die Musikschule zu besuchen und lieber eine kaufmännische Ausbildung gemacht. Sängerin war eben kein Beruf. Seit damals war Bärbel mit ihr befreundet, auch wenn sie rein äußerlich betrachtet wenig gemeinsam hatten. Die eine weich und scheu, die andere drahtig und draufgängerisch, die eine verfressen, die andere asketisch, die eine fromm, die andere aufmüpfig, die eine von den Eltern verhätschelt, die andere vom strengen Vater geschunden.

„Essen steht auf dem Tisch. Kommst du, Christa?"

„Mit Wonne." Sie verließ die Terrasse. „Wo ist eigentlich Andreas?"

„Der trainiert für die Landesmeisterschaften. Setz dich doch."

„Macht er immer noch Langlauf?" Christa setzte sich vorsichtig, als wollte sie prüfen, ob der Stuhl ihr Gewicht trug.

„Ja. Das liegt ihm. Im Sommer will er auch beim Marathonlauf starten."

„Paß bloß auf, daß er dir nicht eines Tages entwischt.“ Christa lachte glucksend und belud sich den Teller. Bärbels Portion fiel wesentlich bescheidener aus.

„Das wird sowieso passieren. Ich fürchte, daß ich ihn auf die Dauer nicht halten kann. In ein paar Jahren bin ich eine alte Frau. Also guten Appetit.“

„Wie kaltschnäuzig sich das anhört! Andreas ist schließlich nicht nur dein Liebhaber, sondern auch dein Geschäftspartner.“

„Geschäftspartner ist er nicht, sondern mein Angestellter. Und den kann ich genauso rausschmeißen wie meinen Lover.“

„Du redest wie immer über dein Herz weg. Aber deine Lammkoteletts sind wunderbar. Ich krieg die nie so hin. Bei mir sind die meistens zäh. Dann ißt Lukas sie allein. Dem ist das egal. Ich mag Andreas. Er kann so einfühlsam sein. Gar nicht so wurschtig wie die meisten jungen Männer heutzutage. Bei uns im Chor ...“

„Du mußt mir seine Vorzüge nicht anpreisen“, unterbrach Bärbel. „Meinst du, ich würde mich mit so einem Hänfling einlassen? Nur bin ich eben bald im Klimakterium. Danach ist eine Frau in den Augen der Männer einfach Schrott.“

„Vielen Dank.“ Christa lachte. „Ich bin froh, daß ich das hinter mir habe. Und ich fühle mich durchaus noch als Frau.“

„Entschuldige. Ich bin heute etwas gereizt. Die Gerichtsverhandlung hat mich ganz schön fertig gemacht.“

„Aber du hast doch auf der ganzen Linie gewonnen.“

„Die Frage ist nur, ob Jens sich an das Urteil hält. Ich trau ihm nicht über den Weg. Er ist schon zu oft rückfällig geworden. Immer wieder hat er mir versprochen, mich in Ruhe zu lassen. Und jedesmal hat er seine guten Vorsätze vergessen.“

„Und wie hat er das weggesteckt? Es muß für ihn nicht einfach sein, ganz offiziell wegen seines Verhaltens verurteilt zu werden. Das ist ja eine erhebliche Bloßstellung.“

„Hast du etwa Mitleid mit ihm?“

„Er ist und bleibt ein sympathischer Mensch. Nur daß er sich da in etwas verrannt hat. Ein bißchen leid kann er einem schon tun.“

„Kannst ihn ja trösten. Würde ihm sicher gefallen, wenn meine beste Freundin sich auf seine Seite schlägt." Bärbel zerknüllte ärgerlich ihre Serviette und warf sie neben den Teller.

„Ich versuche nur, ein wenig Verständnis für ihn aufzubringen." Christa genehmigte sich einen Nachschlag. „Schließlich kenne ich ihn fast genau so lange wie du. Und ich mochte ihn immer gern. Ich hab dir damals sogar zugeraten, ihn zu heiraten."

„Ja, leider. Guten Appetit weiterhin", sagte Bärbel ironisch.

„Ich kann bis heute nicht recht nachvollziehen, was zwischen euch schiefgelaufen ist", sagte Christa mit vollem Mund. „Du warst mal sehr verliebt in ihn."

„Das ist ein Vierteljahrhundert her. Verliebtsein hält, wenn's hoch kommt, zwei Jahre. Danach muß was anderes an die Stelle treten. Das hat es bei mir eben nicht getan."

„Unsinn. Ihr habt über viele Jahre gut zusammengelebt. Da war von Glück die Rede. Es gibt Belege dafür: deine Briefe aus dem Urlaub, die Briefe, als ich in der Klinik war. Soll ich sie dir bei Gelegenheit vorlesen? Ich hab sie aufgehoben."

Bärbel schüttelte unwillig den Kopf. „Der Jens von damals existiert nicht mehr. Du hättest ihn vor Gericht erleben sollen. Ein Schmierenkomödiant. Verständnisvoll, devot, bescheiden. Gibt dem Staatsanwalt in allem recht, kriecht dem Richter in den Hintern und flirtet mit mir auf Deubel komm raus. So einer kann doch kein Bösewicht sein, einer, der seine Frau belästigt, bedroht, mißhandelt. Ein unwürdiges Schauspiel."

„Er muß seine Haut retten. Was soll er tun, wenn du ihm ein Verfahren aufzwingst?"

„Was willst du eigentlich? Mich fertigmachen? Hast du mir nicht zugeraten, ihn anzuzeigen?"

„Nein. Ich habe dir immer Deeskalation empfohlen. Ein wenig Kompromißbereitschaft von dir hätte das Schlimmste verhindert. Ich hätte nur allzugern zwischen euch vermittelt."

„Wenn du dich hier eingeladen hast, um mir den Marsch zu blasen, hast du den denkbar falschesten Zeitpunkt gewählt. Was willst du? Versöhnung, nachdem ihm gerade sein kriminelles Verhalten gerichtlich bestätigt worden ist?"

„Ihr tut mir beide leid."

„Weißt du eigentlich, was es heißt, ständig in Angst zu leben? Was es heißt, wenn ein Mensch, den du genau zu kennen glaubst, plötzlich Eigenschaften entwickelt, die du nie bei ihm vermutet hättest? Wenn dieser Mensch dir nach dem Leben trachtet?"

„Das hat er doch nicht ernst gemeint." Christa wischte sich den Mund und faltete die Serviette sorgfältig zusammen.

„Woher willst du das wissen?!" schrie Bärbel.

„Weil ich ihn kenne."

„Das tust du eben nicht!"

„Entschuldige."

Es wurde still zwischen ihnen. Bärbel schob ihr Besteck auf dem Teller hin und her, während Christa den Zeigefinger auf dem Rand des Weinglases kreisen ließ, ohne es zum Klingen zu bringen.

„Nochmals: entschuldige", flüsterte Christa schließlich. „Ich will dich nicht kränken. Trotzdem tut mir Jens einfach leid."

„Er verdient kein Mitleid. Hat er dich geschickt, um mich weich zu klopfen?"

„Warum kannst du seinen Zustand nicht als Krankheit begreifen?"

„Weil ich diese Masche hasse, jedes Fehlverhalten zur Krankheit zu erklären."

„Du siehst, man kann bei dir mit keinem Argument landen."

„Weil die alle längst ausgetauscht sind."

„Mit deiner Radikalität drängst du einen in eine Ecke, in die man gar nicht möchte. Du interpretierst jede Art von Mitgefühl für Jens als Angriff auf dich."

„Er hat mir einfach zu viel angetan."

„Du ihm aber auch." Christa hob entschuldigend beide Hände. „Tut mir leid, ist mir so rausgerutscht. Laß uns Frieden schließen."

„Ich erwarte von meiner besten Freundin, daß sie ohne Wenn und Aber meine Partei ergreift. Ich bin diese Art von Dialogen endgültig leid.“

„Also gut.“ Christa seufzte.

„Das klingt nicht sehr überzeugend.“

„Willst du einen Kniefall?“ Christa standen Tränen in den Augen.

„Komm mir jetzt bitte nicht als Heulsuse, Christa. Das geht wirklich zu weit.“

„Vielleicht würden dir Tränen auch mal gut tun.“ Christa wischte sich die Augen und aß von den Mokkatrüffeln, die Bärbel in ein Glasschälchen geschüttet hatte.

„Wozu Tränen? Es geht hier um knallharte Sachverhalte. Jens hat in den fünf Jahren seit unserer Trennung und in den drei Jahren nach der Scheidung seine Haltung in nichts geändert. Er behauptet Besitzansprüche an mich, die jeder Grundlage entbehren.“

„Du redest wie ein Anwalt.“ Christa versuchte zu lachen.

„Ich war ja gerade vor Gericht. Und Jens faselt von Gefühlen, von Liebes- und Treueversprechungen, als hätte es all das, was inzwischen passiert ist, nicht gegeben, als säßen wir immer noch händchenhaltend im Bayernzelt wie beim Freimarkt zweiundachtzig.“

„Auch wenn Lukas und ich nicht mehr Händchen halten, unsere Gefühle füreinander sind seit dreißig Jahren unverändert.“

„Beneidenswert oder bekloppt, wie man’s nimmt. Zwischen euch hat es ja auch keinen Vertrauensmißbrauch gegeben. Jahrelang hat Jens krumme Geschäfte gemacht, ohne mich etwas davon wissen zu lassen. So was zerstört eine Ehe. Diese Heimlichtuerei hat ihn mir völlig entfremdet.“

„Eure Entfremdung hat doch schon früher angefangen. Mit dem Aufbau deiner Praxis bist du ihm immer mehr entrückt. Die Selbständigkeit hat dich hart gemacht und Jens gegenüber kritischer.“

„Nein, Christa, nein und abermals nein. Ich bin wirklich aus allen Wolken gefallen, als sie ihn damals rausgeschmissen haben. Das weißt du genau. Wie oft haben wir darüber gesprochen."

„Mag sein. Trotzdem ..."

„Nix trotzdem!" unterbrach Bärbel. „Denn danach hatte ich ihn am Hals. Nicht nur, daß ich mir sein Gejammer anhören mußte, er hat auch auf meine Kosten gelebt."

„Dafür steckt ja viel Geld von ihm in der Praxis."

„Das ist längst aufgebraucht. Ich zahle ihm Miete, Krankenkasse und jeden Monat fünfhundert Euro Taschengeld. Wußtest du das?"

Christa schüttelte den Kopf.

„Na bitte. Und seine Abfindung hat er für Drogen verpulvert. Auch nett, oder? Aber wieso rechtfertige ich mich vor dir? Ständig dieser stille Vorwurf."

„Vielleicht vermisse ich wirklich mal Tränen bei dir. Die ‚knallharten Sachverhalte' sind ja nur eine Seite der Medaille."

„Gefühlsduseleien kann ich mir nicht leisten. Ich muß mich darauf einstellen, daß er plötzlich mit einem Revolver vor mir steht. Glaubst du im Ernst, der gibt jetzt Ruhe? Der ändert sich nicht."

„Aber du. Du hast dich sehr verändert."

„Wie schön, daß du dir da mit Jens einig bist. Ich denke eher, daß sich eure Sicht auf mich verändert hat. Jens sucht in mir das zärtliche, unterwürfige Frauchen, das ich nie gewesen bin ..."

„Doch. Du warst früher durchaus gefühlvoll, hast das allerdings gern versteckt."

„Unsinn. Ich hab mich lieber auf meinen Verstand verlassen. Ihr habt etwas in mich hineininterpretiert, das nie da war. Meine Entwicklung ist völlig homogen. Ich bin mir immer treu geblieben. Verändert hat sich Jens, kriminell und drogenabhängig, wie er jetzt ist. Er hat ohne Not seine berufliche Karriere aufs Spiel gesetzt. Und du wirst auf deine alten Tage sentimental."

„Zack, das saß! Ich glaube, ich möchte jetzt nach Haus."

„Genau das meine ich. Ein solcher Abgang wäre eben sentimental. Wehr dich, verdammt noch mal! Sag mir, daß du mich für eine gefühlskalte, grausame Emanze hältst."

„Emanzipiert bist du nicht. Du benutzt nur das Vokabular der Frauenbewegung. Mißbrauchst es. Echte Emanzipation zeigt sich gerade im Umgang von Frauen mit den Schwächen der Männer. Aber ich mag nicht mehr. Solche Kräche führen zu gar nichts, höchstens zu noch schlimmeren Verletzungen."

„Ich fühle mich durch dich nicht verletzt. Du hast einfach vorbeigezielt. Sollte ich dich getroffen haben, tut es mir leid. Entschuldige mich einen Moment, ich muß schnell aufs Klo." Sie sprang auf. Während Christa vor Aufregung glühte, war Bärbel alles Blut aus dem Gesicht gewichen.

Es klingelte an der Haustür. Im Weglaufen rief Bärbel: „Kannst du mal eben aufmachen? Das wird Andreas sein."

Christa erhob sich langsam. Ihr war schwindlig. Einen Moment mußte sie sich an der Tischkante festhalten, ehe sie zur Tür gehen konnte. Sie öffnete, und sofort drängte Jens Schlegel in den Flur. „Oh Christa! Das trifft sich gut. Da wird sie mich nicht gleich rauswerfen. Wo ist sie?"

„Im Bad. Jens, ich weiß nicht, ob es klug ist, hier einfach einzudringen. Das gibt einen Riesenärger. Bärbel ist sowieso auf hundertachtzig. Wir hatten einen handfesten Krach. Bitte, verschwinde, bevor sie dich sieht."

„Keine Sorge, Christa. Deine Gegenwart sorgt für Entspannung, glaub mir. Ich war froh, als ich deinen Wagen vor der Tür gesehen habe. Sonst hätte ich nicht gewagt zu klingeln. Ich will hier kein Theater machen, ich muß nur ein finanzielles Problem mit Bärbel besprechen. Du wirst sehen, alles ganz harmlos und moderat."

„Oh Jens, warum verschlimmerst du deine Lage ständig? Es ist dir gerichtlich verboten, hier aufzukreuzen. Wenn du dagegen verstößt, werden sie dich einsperren."

Schlegel lachte. „Du bist rührend, Christa. Einen Schlegel sperrt man so schnell nicht ein. Bärbel hat alles erreicht, was sie wollte.

Nun ist es an der Zeit, wieder normal miteinander umzugehen. Wir sind erwachsene Menschen."

Bärbels Stimme schlug wie eine Peitsche auf sie ein: „Christa, was fällt dir ein, den Kerl ins Haus zu lassen?! Bist du völlig übergeschnappt?"

„Es ist nicht meine Aufgabe, hier den Rausschmeißer zu spielen!" schrie Christa.

„Keine unnötige Aufregung, bin gleich wieder draußen." Schlegel hob beschwörend die Hände. „Es geht nur um die Anwalts- und Gerichtskosten, Bärbel. Du weißt, ich bin so gut wie pleite. Darüber müssen wir kurz reden, ob du willst oder nicht."

Christa hatte sich nach Atem ringend auf die Treppe gesetzt, Bärbel hatte sich an die Flurgarderobe geklammert.

„Ich fasse es nicht", flüsterte Bärbel immer wieder und starrte den Mann an, der sie liebevoll anlächelte.

„Bitte, ruf nicht die Polizei", bettelte Christa. „Über finanzielle Probleme müßt ihr doch reden. Wie soll das sonst funktionieren?"

„Halt du dich da raus!" fauchte Bärbel.

„Danke für dein Verständnis, Christa. Wollen wir nicht ins Wohnzimmer gehen und uns setzen?" Schlegel strahlte eine Sanftheit aus, die Steine erweichen konnte.

„Untersteh dich!" Bärbel stellt sich in die Wohnzimmertür.

„Ich glaube, ich verschwinde jetzt besser." Christa zog sich am Treppengeländer hoch, spürte ihr Gewicht. „Es tut mir alles sehr leid, Bärbel. Ich kann mir nicht erklären, weshalb wir so aneinander geraten sind."

„Das liegt am Klima im Haus, das dieser Mann für alle Zeiten vergiftet hat!" Tränen der Wut liefen über Bärbels Wangen. „Jetzt hast du die Tränen, die du bei mir vermißt."

„Ich meinte andere."

„Er läßt mir keine Wahl: ich muß das Haus verkaufen und irgendwo hinziehen, wo er mich nicht finden kann."

„Das Haus verkaufst du nicht. Da hab ich wohl ein Wörtchen mitzureden." Schlegel verlor sein Lächeln.

„Nicht ein einziges. Das Haus ist auf mich überschrieben, basta. Von seinem Anteil kriegt er jeden Monat tausendzweihundert Euro für Miete, Krankenkasse und Taschengeld“, erklärte sie Christa.

„Ich denke, das bekommt er für das Geld, das er in die Praxis gesteckt hat.“

„Das auch, ja. Es ist alles rechtens und notariell festgelegt, verdammt noch mal.“ Bärbel verschränkte wütend die Arme vor der Brust.

„Sie hat einen guten Anwalt, Christa. Die beiden haben mich schlicht über den Tisch gezogen. Ich gebe allerdings zu, daß ich leicht rumzukriegen war, weil ich mir nicht vorstellen konnte, daß das alles ernst gemeint war. Und deshalb muß ich jetzt betteln für die Kosten eines Verfahrens, das sie gegen mich angezettelt hat. Wäre es nicht sowieso ihre Sache, dafür aufzukommen? Ohne diese unnötigen Dramatisierungen hätte es nie einen Prozeß gegeben.“

„Unnötige Dramatisierungen? War das eine Morddrohung oder nicht?“

„Wie man's nimmt.“

„Das Gericht...“

„Das Gericht, das Gericht“, unterbrach er. „Darauf verstehst du dich meisterhaft: Dinge, die nur uns beide etwas angehen, an die Öffentlichkeit zu zerren und gegen mich zu verwenden. Wenn jeder Ehemann, der im Zorn eine Morddrohung gegen seine Frau ausspricht, vor Gericht geschleppt würde, wäre die Welt voll von sogenannten ‚Stalkern‘. Jetzt mußt du gleich darauf hinweisen, daß ich mich ja schon an dir vergriffen habe, damit Christa ja nicht glaubt, das Verfahren könnte eine Farce gewesen sein, ein Forum für das Selbstdarstellungstalent von Bärbel Kruse. Ich denke, dein sehenswerter Auftritt sollte es dir wert sein, auch die Kosten dafür zu tragen.“

„Dein Zynismus beeindruckt hier niemanden. Deine Geldprobleme hast du selbst verursacht. Hättest du nicht deine Abfindung für Drogen und Alkohol verpulvert, stündest du ganz anders da. Außerdem könntest du endlich mal Arbeitslosengeld beantragen.“

„Ich denke nicht daran, den Staat zu schröpfen, solange du soviel verdienst mit der Praxis. Du bist unterhaltspflichtig, auch als meine geschiedene Frau. Basta."

„Also bis bald mal, Bärbel." Christa öffnete die Haustür. „Und du, Jens, halt die Ohren steif. Schade eigentlich, daß alles so weit kommen mußte. Für mich wart ihr immer ein Traumpaar. Sag nichts, Bärbel, ich weiß, ich bin eine sentimentale Kuh. Tschüß, ihr beiden."

„Bitte, geh nicht. Laß mich nicht mit ihm allein." Bärbel trat zu Christa, schloß die Tür, legte der Freundin den Arm um die Schultern. „Ich hab Angst", sagte sie leise.

Schlegel schüttelte den Kopf. „Sie übertreibt wieder mal. Willst du eine Leibesvisitation vornehmen, Bärbel? Ich bin völlig unbewaffnet."

„Deine Fäuste genügen. Aber okay, reden wir vom Geld."

„Da ich nicht ins Wohnzimmer darf, setze ich mich hier auf die Treppe." Er tat es.

„Also gut, gehen wir rein. Christa, bleib bitte an meiner Seite."

Die beiden Frauen nahmen die Couch, Schlegel einen Sessel. Lächelnd schaute er sich um. „Alles noch wie gestern. Warum schmeißt du die alten Möbel nicht weg? Sie müssen dich doch ständig an mich erinnern."

„Ich hab sie damals ausgesucht, sie sind nach meinem Geschmack und zeigen meine Art zu leben. Ich kann gut darüber hinwegsehen, daß du sie auch mal benutzt hast. Also, reden wir vom Geld."

„Willst du ihm nicht etwas anbieten?"

„Christa, du machst mich krank!" Bärbel schlug mit der Hand auf den Tisch.

„Entschuldige." Christa zog den Kopf ein.

„Laß nur, Christa. Ich bin schon zufrieden damit, daß ich hier sitzen darf, ohne daß mir gleich mit der Polizei gedroht wird. Das hab ich nur dir zu verdanken."

„Zur Sache. Wieviel brauchst du?" Bärbel zupfte ungeduldig an den Ärmeln.

„Keine Ahnung. Die Rechnungen stehen ja noch aus."

„Ich mach dir ein Angebot. Wenn du endlich aus Bremen verschwindest, komme ich für alle Prozeßkosten auf. Außerdem erhöhe ich deinen Monatsbetrag auf tausendfünfhundert, weil du eventuell woanders nicht so billig wohnen kannst wie in der Neustadt."

„Und du verkaufst das Haus?"

„Weiß ich noch nicht. Wenn du wegziehst, vielleicht nicht. Kommt darauf an, wie ich letztlich finanziell dastehe."

„Hört sich gut an. Was meinst du, Christa?" Lächelnd fixierte Schlegel die Freundin.

Christa rutschte verlegen auf ihrem Platz hin und her. „Ich weiß nicht recht. Schließlich gibt es Bindungen von Jens an diese Stadt, an das Haus und vor allem an Sabine, gar nicht zu reden von seinen Eltern ..."

„Danke, Christa. Du nimmst mir das Wort aus dem Munde. So ganz von außen betrachtet klingt das Angebot verlockend. Was hält mich hier in Bremen? Ich hab keinen Job und keine Familie. Sabine geht sowieso bald ihrer eigenen Wege, meine Eltern sind alt und warten nur aufs Sterben. Ich bin also absolut unabhängig und könnte mein trauriges Dasein genausogut in Hannover, Magdeburg oder Chemnitz fristen."

„Chemnitz ist gut. Im Osten gibt's billige Wohnungen im Überfluß. Überhaupt kann man da preiswerter leben." Bärbel rieb sich die Unterarme.

„Du vergißt nur diese Bindungen, diese unbequemen, sentimentalen Reminiszenzen. Ich hänge an dieser Stadt, an dieser Familie, die für mich immer noch existiert."

„Nur für dich, für sonst niemanden, weder für mich, noch für Sabine!"

„Hier hab ich meine Kindheit und Jugend verbracht, meine Frau gefunden, ein Haus gebaut für meine Familie. Ich werde dich nicht mehr belästigen, Bärbel."

„Wie oft hast du das schon versprochen! Ich kann’s nicht mehr hören!“

„Bitte, schick mich nicht fort aus meiner Heimat. Auch wenn ich dieses Haus nicht mehr betreten darf, ich muß wissen, daß es da ist, daß du darin wohnst, daß Sabine hier ein Zimmer hat. Ich will weiterhin mit dem Rad daran vorbeifahren und mir unser Schlafzimmer vorstellen.“

„Es bleibt bei meinem Angebot.“ Bärbel warf energisch den Kopf zurück. „Ich würde ja selbst wegziehen, wenn das mit der Praxis so einfach wäre. Hier hab ich meine feste Kundschaft und eine Reihe von Ärzten, die mich an ihre Patienten empfehlen. Hier weiß ich, daß immer genug Geld auf dem Konto ist. Woanders müßte ich völlig von vorn anfangen.“

„Und ohne einen Mann, der für die Anschubfinanzierung sorgt.“ Schlegel lachte.

„Du sagst es. Ohne einen Mann, für was auch immer.“

„Du könntest Andreas bitten, mit Geld einzusteigen. Vielleicht hat der eine reiche Tante.“

„Laß Andreas aus dem Spiel. Es geht hier nur um uns beide.“

„Das höre ich gern. ‚Uns beide‘ – das ist Musik in meinen Ohren. Doch ich werde mich deinen Wünschen nicht fügen. Du willst mich loswerden, weil du der naiven Auffassung bist, daß eine räumliche Trennung das Band, das immer noch zwischen uns existiert, zerschneidet. Ich kann das nicht zulassen. Ich werde auch weiterhin jede Gelegenheit nutzen, dich an dieses Band zu erinnern.“

„Drohst du mir schon wieder?!“

„Du dramatisierst wieder. Ich will das ganz friedlich mit dir durchstehen. Ich hab’s dir ja geschrieben. Hat dir Sabine den Brief nicht gegeben?“

„Ich hab ihn ungelesen weggeworfen.“

„Obwohl ich Sabine gebeten hatte, dich um die Lektüre zu bitten?“

„Ja. Sabine fand das nicht richtig, doch solche Entscheidungen muß sie schließlich mir überlassen."

„Jaja, so schaffst du überall Ordnung. Und was stört, wird eliminiert. Der ewig nervende Gatte wird in die Wüste geschickt, ohne Rückkehrrecht. Nein, ich bleibe in Bremen."

„Dann mußt du sehen, wie du finanziell klarkommst. Nicht ich bin verurteilt worden, sondern du. Ich möchte, daß du jetzt gehst."

„Vorher gehe ich. Ihr tut mir beide sehr leid. Gute Nacht. Und vielen Dank für die wunderbaren Lammkoteletts. Ich ruf dich an, Bärbel. Macht's gut, ihr beiden Hübschen." Christa sprang auf und bewegte sich trotz ihrer Fülle flink zur Zimmertür.

„Nimm ihn mit!" rief Bärbel. „Wenn du soviel Mitleid mit ihm hast, kannst du ihm draußen gern noch ein wenig Trost spenden."

„Laß es gut sein, Bärbel." Christa schüttelte den Kopf.

„Guten Abend." Andreas erschien in der Tür, seine Sporttasche in der Hand. „Ach du lieber Gott", stammelte er, als er Schlegel im Sessel sitzen sah.

„Du kommst wie gerufen. Christa will gerade gehen, und Jens will rausgeschmissen werden, wenn er es nicht vorzieht, freiwillig das Feld zu räumen. Hallo, Andreas!"

„Grüß dich, Andreas." Christa gab ihm die Hand. „Keine Sorge, wir hatten zwar viel zu bereden, aber alles ist friedlich verlaufen."

„So sieht die unverbesserliche Optimistin einen verkorksten Abend. Ich hab die Schnauze voll und möchte jetzt ins Bett." Bärbel stellte Geschirr zusammen, während Christa ohne weiteren Abschiedsgruß verschwand.

„Darf ich ganz bescheiden fragen, was Jens Schlegel hier zu suchen hat?" Andreas stellte seine Tasche ab und zog den Reißverschluß seines Trikots halb auf. Die mächtige Sportlerbrust zeigte schwarze Behaarung.

„Darfst du *nicht*, Freundchen. Geht dich einen Dreck an, ob und wie ich mich in diesem Haus bewege." Schlegel schlug die Beine übereinander und machte es sich demonstrativ bequem in seinem Sessel.

„Soll ich die Polizei rufen, Bärbel?“ Andreas’ kantiges Gesicht mit stahlblauen Augen, flacher Stirn und fast kahlgeschorenem Schädel zeigte keinerlei Regung. Er spielte seine Rolle als cooler Sportsmann perfekt.

„Das tue ich schon selbst, wenn ich es für angebracht halte.“

„Wieso läßt du ihn überhaupt ins Haus?“

„Hat Christa gemacht. Wo ist sie eigentlich? Hat sich einfach verdrückt? Na so was. Hatte keinen guten Tag heute. Ich übrigens auch nicht. Naja, Hauptsache, du hattest deinen Spaß. Neuer Weltrekord über zehntausend Meter?“

„Was geht hier vor?“ Andreas schaute ratlos zwischen Jens und Bärbel hin und her. „Habt ihr euch wieder versöhnt?“

„Ja.“ Schlegel lachte. „Und wir haben beschlossen, daß du hier sofort verschwindest, weil ich mein Zimmer oben brauche.“

„Hört auf!“ schrie Bärbel. „Alle beide!“ Sie stellte das Geschirr vom Abendessen auf ein Tablett und trug es in die Küche. Sie schloß die Tür hinter sich.

Andreas ließ sich auf die Couch fallen und schüttelte den Kopf. „Das verstehe ein anderer. Wozu führt sie einen Prozeß, wenn du hier plötzlich wieder sitzen darfst, als sei nichts geschehen?“

„Klar, daß dein Verstand damit überfordert ist.“ Schlegel grinste.

„Paß auf, was du sagst, sonst ...“ Andreas richtete sich zu bedrohlicher Größe auf.

„Ja, was sonst?“ Schlegel grinste immer noch.

„Sonst mach ich dir Beine. So einen wie dich fertige ich mit links ab.“

„Pennälergestrunze auf unterster Ebene.“

„Du willst Krach, oder? Ich soll mich vergessen, stimmt’s? Keine Ahnung, was du damit bezweckst, aber ich tu dir den Gefallen nicht. Ich würde dich zwar gern vor die Tür setzen, weil ich bei Typen wie dir Brechreiz kriege, doch ich verzieh mich besser nach oben. Soll Bärbel sehen, wie sie dich los wird. Ich mach mir die Hände an dir nicht schmutzig.“

„Gut gesagt! Wirklich originell und geistreich! Ich bin überwältigt von soviel intellektueller Potenz.“

„Elender Kotzbrocken!“ Andreas stand auf und reckte sich gähnend.

„So redest du nicht mit mir in meinem Haus!“ Die Wut traf ihn wie ein Geschoß. Er schnellte in die Höhe und prügelte blindlings auf Andreas ein. Der hielt ihn sich mit beiden Händen vom Leibe, stieß ihn zurück und schlug nur einmal zu. Schlegels Kopf flog zur Seite. Die linke Wange färbte sich leuchtend rot. „Das reicht als Beweis, daß ich hier mißhandelt worden bin, für den Fall, daß Bärbel inzwischen von der Küche aus die Polizei angerufen hat.“ Schlegel rieb sich die schmerzende Backe.

„Das hat sie.“ Bärbel stand mit dem Handy in der Küchentür. „Spätestens in zehn Minuten sind sie hier.“

„Dein Muskelprotz hat mich geschlagen. Das wird dann zur Sprache kommen.“

„Reine Notwehr. Ich werde den Polizisten sagen, daß du dich wieder an mir vergreifen wolltest und daß Andreas dich nur mit Gewalt zur Räson bringen konnte. War es so, Andreas?“

„Genau so.“ Andreas nickte.

„Damit du wieder mal recht behältst, wenn du das Blaue vom Himmel herunterlügst. Wie konnte aus einer wunderbaren Frau so ein Miststück werden?“

„Ich will nur, daß sie dich endlich einsperren.“

„Damit du nicht mehr für meinen Unterhalt aufkommen mußt, nicht wahr? Du tust mir leid in deiner ganzen Kläglichkeit. Und dazu dieser armselige Tropf, mit dem du das Bett teilst. Aber du wirst zur Besinnung kommen. Und dann bin ich für dich da. Ich bin sicher, daß ich die alte Bärbel Schlegel zu neuem Leben erwecken kann.“

„Da gibt’s nichts zu erwecken. Es gibt nur eine Bärbel Kruse und die wünscht dich zum Teufel.“

„Natürlich wehrst du dich im Moment gegen dein besseres Ich, weil das einen Andreas nie akzeptieren könnte, doch auf die Dauer kannst du dich nicht selbst verleugnen. Kein Mensch kann seine Vergangenheit einfach ablegen wie einen alten Mantel. So, wie du immer Tochter deiner Eltern bleibst, bleibst du auch immer die Frau von Jens Schlegel. Ich freue mich auf die Polizisten. Ich erwarte einen interessanten Gedankenaustausch mit den Herren von der Staatsgewalt."

„Ich krieg hier keine Luft mehr." Andreas nahm seine Sporttasche und wandte sich zu Tür.

„Du bleibst!" befahl Bärbel.

„Ich hab ihn nicht reingelassen. Bei soviel Schwachsinn auf beiden Seiten kann ich nur passen."

„Wie redest du mit mir?!" fuhr Bärbel ihn an. „Treibst dich jeden Abend wer weiß wie lange im Verein rum und kommst mir dann so? Ich dachte, du stehst auf meiner Seite."

„Ich bin müde."

„Dann hau ab und laß dich ja nicht mehr blicken! Ich hab von Männern für heute genug!"

„Okay." Andreas stieg die Treppe hinauf, ohne sich zu verabschieden.

Schlegel lachte. „Interessanter Einblick in euer Zusammenleben. Ihr hättet mir das große Liebesglück vorspielen müssen, damit ich mich ja recht überflüssig fühle. Du hast Angst, daß er im Verein auf Abwege gerät, stimmt's?"

„Das Lachen wird dir gleich vergehen." Bärbel fühlte sich ertappt.

„Meinst du, die Polizei nimmt solche Fälle sonderlich ernst? Da muß erst eine Leiche her, ehe die aufwachen. Was soll mir schon passieren? Sie werden ein Protokoll schreiben, es ablegen und mich nach Hause schicken."

„Wir werden ja sehen." Bärbel ließ sich auf die Couch fallen, legte den Kopf nach hinten auf die Lehne. Der Zorn hatte ihr Gesicht gerötet und gestrafft.

Schlegel konnte den Blick nicht von ihr wenden. Das war die Frau, die er liebte, immer noch attraktiv und verführerisch. „Du siehst toll aus“, flüsterte er. „Was für ein Jammer, daß du so unter fremdem Einfluß stehst.“

„Und was heißt das jetzt?“ fragte sie resigniert.

„Du folgst nicht deinen wirklichen Gefühlen, sondern dem, was andere dir einreden. Zum Beispiel dein hochnäsiger Vater, der die ganze Welt vor Gericht stellt und aburteilt, der nicht nur ein gnadenloser Richter war, sondern bis ans Ende seiner Tage auch bleiben wird. Selbstgefällig, intolerant und überheblich.“

„Jedenfalls ist er kein Waschlappen wie andere.“

„Aus allem, was du mir vorwirfst, höre ich ihn reden. Genau wie aus dem, was mir dein sauberer Bruder an den Kopf geknallt hat. Mit Jochen werde ich noch abrechnen, das schwöre ich dir. Es reicht schon, daß du mir meine Daseinsberechtigung absprichst; ich muß mich nicht auch noch von ihm demütigen und mißhandeln lassen.“

„Hast du’s nicht ’ne Nummer kleiner? Er verkauft dir lediglich keine Drogen mehr, und das ist gut so.“

„Er ist über mich hergefallen. Ich werde vom Gericht als gefährlich eingestuft und in meiner Bewegungsfreiheit eingeschränkt, während ihr Kruses alle miteinander ungehindert meine Existenz vernichten dürft.“

Seufzend richtete sich Bärbel auf. „Noch einmal und zum letzten Mal, Jens: verschwinde aus dieser Stadt. Ich gebe dir Geld für den Prozeß, ich zahle den Umzug, wenn nötig den Mietvorschuß, und ich erhöhe die monatliche Rate. Ich flehe dich an: hau endlich ab!“

„Im Grunde willst du das nicht. Du brauchst mich, weil ich deinem Leben Farbe gebe. Was habe ich dir für einen fulminanten Auftritt vor Gericht ermöglicht. Wie eintönig wäre dein Leben, hättest du nur Leute wie Andreas und Christa um dich. Gib es ruhig zu, das Ganze ist doch eher ein Spiel zwischen uns. Das alte Märchen von Rotkäppchen und dem Wolf. Wer würde von Rotkäppchen sprechen, gäbe es den bösen Wolf nicht? Wir sind zwei Seiten einer Medaille. Die Schöne und das Biest.“

„Du müßtest dich einmal selbst reden hören, um die ganze Abwegigkeit deiner Gedanken zu kapieren."

„Dein Vater und dein Bruder bekommen uns nicht auseinander. Spiel nur weiter die Spröde, Unnahbare, ich gönne dir das. Von mir aus schlafe mit Andreas, weil so ein Körper sich gut im Bett macht. Aber erwarte nicht, daß ich vor solch einem Konkurrenten zurückweiche. Das ist lachhaft."

„O mein Gott", stöhnte Bärbel.

Es klingelte an der Haustür.

„Sie sind gerade zur rechten Zeit gekommen, meine Herren." Schlegel setzte sich auf die Rückbank des Streifenwagens. „Und es ist sehr freundlich von Ihnen, daß Sie mich in die Stadt mitnehmen. Da ergibt sich nur das Problem, daß mein Fahrrad zurückbleibt. Ich habe es an den Zaun gekettet, darf mich aber, wenn man's genau nimmt, dem Haus nicht nähern. Wäre es nicht besser, das Rad in den Kofferraum zu laden?"

„Der ist zu klein. Das Rad ist nun wirklich nicht unser Problem", sagte der schnauzbärtige, sehr junge Polizist am Steuer, während die korpulente Polizistin ihren blonden Pferdeschwanz über die Schulter warf, als sie sich neben den Kollegen setzte. „Lassen Sie das Rad von einem Taxi holen oder schicken Sie einen Freund." Der Wagen fuhr ab.

„Es fehlt mir nicht nur an Geld für ein Taxi, sondern auch an Freunden. Sie wissen ja, ich bin gemeingefährlich. So was macht einsam."

„Wollen Sie uns verarschen?" fragte die Polizistin, die sich halb zu Schlegel herumgedreht hatte.

„Nichts liegt mir ferner als das. Ich will nur offen zu Ihnen sein. Das bin ich den Vertretern des Staates schuldig. Wie gesagt, ich bin Ihnen dankbar. Sie haben mich gerettet. Meine Frau lebt mit einem Kollegen zusammen, der geistig das Niveau eines Dreijährigen hat und zu Gewalttätigkeit neigt. Heute war ich dran. Wir hatten wie immer unsere Meinungsverschiedenheiten, bis er zu meiner großen

Überraschung plötzlich auf mich einschlug. Sehen Sie hier: geschwollen und rot.“ Schlegel zeigte auf seine Wange.

„Ich sehe nichts. Ich nehme nur zur Kenntnis, daß Sie in das Haus Ihrer Frau eingedrungen sind, obwohl Ihnen ein Kontaktverbot auferlegt wurde.“

„Eingedrungen? Ich habe ganz normal geklingelt, und eine Freundin meiner Frau hat mich hereingelassen. Meine Frau hat mich dann sogar ins Wohnzimmer gebeten, weil wir etwas zu besprechen hatten. Finanzielle Probleme, um genau zu sein. Es verlief alles ganz friedlich, bis dieser Tarzan auftauchte und mir gegenüber den Hausherrn spielen wollte. Dabei müssen Sie wissen, daß das Haus ursprünglich von mir gekauft und bezahlt worden ist, ganz zu schweigen von den vielen Umbaumaßnahmen, die ich selber vorgenommen habe. Ehrlich, Frau Kommissarin, würden Sie in solch einer Situation nicht auch empfindlich reagieren?“

„Sie können das gleich alles zu Protokoll geben, wenn wir im Präsidium sind.“

„Man kann doch ein wenig plaudern. Das vertreibt die Zeit. Diese Protokolle sind ja nur nüchterne Tatsachenfeststellungen. Ich hingegen möchte Sie emotional einstimmen, Sie ein wenig über die psychologischen Hintergründe aufklären. Diese Frau, die Sie soeben erlebt haben, ist nicht die wahre Bärbel Kruse. Sie steht massiv unter Einfluß. Ihr Vater, ein pensionierter Richter, und ihr Bruder, ein krimineller Geschäftemacher, haben sie während der ganzen Zeit unserer Ehe gegen mich einzunehmen versucht.“

„Wollen Sie den Bruder von Frau Kruse irgendwelcher Verbrechen beschuldigen?“ fragte die Polizistin.

„Ist es kein Verbrechen, wenn man eine Ehe kaputtmacht? Und das nur, weil ich nicht von Familie bin, nicht aus Schwachhausen oder Oberneuland stamme. Ich wurde noch geduldet, solange ich gut verdiente und Bärbel ein Leben im Luxus bieten konnte. Als ich dann aber beruflich Pech hatte und meinen Job verlor, übernahmen die Einflüsterer das Regiment. Ich wurde als Versager abgestempelt, und meine Frau ging auf Distanz zu mir.“

„Sie haben gegen gerichtliche Auflagen verstoßen. Alles andere interessiert uns nicht. Wenn das Gericht Ihnen jede Annäherung an Ihre Frau untersagt, wird das schon seine Gründe haben."

„Eben nicht. Die Gründe sind äußerst fadenscheinig. Morddrohung wirft man mir vor. Lachhaft. Sehe ich aus wie ein Mörder? Im Zorn hab ich vielleicht mal gesagt, daß ich sie am liebsten umbringen würde, aber wer nimmt so was ernst? Sie haben meine Frau eben erlebt. Wer setzt freiwillig die Beziehung zu so einem prachtvollen Menschen aufs Spiel? Wir sind wie füreinander gemacht. Man hat uns früher das ‚Traumpaar' genannt."

„Guter Mann, uns interessiert Ihre Ehegeschichte nicht."

„Weil Sie noch so jung sind und bestimmt ledig. Deshalb sprechen wir nicht dieselbe Sprache. Um so wichtiger ist es, daß Sie Hintergrundinformationen erhalten. Wie sollen Sie sich sonst eine objektive Meinung zu dem heutigen Vorfall bilden? Dazu müssen Sie zum Beispiel wissen, daß meine Frau sich sehr verändert hat. Aus einer warmherzigen, liebenswürdigen Person ist eine kalte und grausame geworden, eine voller Egozentrik und Rechthaberei. Sie sucht die Gründe für unsere Probleme nur bei mir und nie bei sich. Sie ist von einer Selbstgerechtigkeit, die echte Partnerschaft unmöglich macht."

„Ein Grund mehr, Frau Kruse endlich in Ruhe zu lassen."

„Es gibt nur zwei Möglichkeiten für die Wesensänderung von Bärbel: entweder hat sie mir früher die zärtliche Geliebte vorgespielt, um sich sozial abzusichern mit einem erfolgreichen wohlhabenden Mann, oder sie spielt mir jetzt die abgebrühte, eiskalte Egoistin vor, weil sie unter schlechten Einfluß geraten ist. Ich glaube an die zweite Variante, denn Bärbel ist im Grunde eine herzensgute Frau. Was würden Sie in so einem Fall an meiner Stelle tun, Frau Kommissarin?"

„Ich bin nicht an Ihrer Stelle und möchte Sie bitten, endlich Ruhe zu geben."

„Würden Sie diese fehlgeleitete Frau einfach ihrem traurigen Schicksal überlassen? Würden Sie nicht wie ich alles daran setzen, sie wachzurütteln, sie zurückzuführen zu ihrem besseren Ich? Sie ist in großer Gefahr, sich endgültig zu verlieren. Davor muß ich sie bewahren. Vor allem muß ich dafür sorgen, daß ihr bösartiger Bruder aus ihrem Leben verschwindet. Würden Sie nicht genauso handeln? Ich sehe Ihnen Ihre Ratlosigkeit an. Dabei ist es so einfach. Folgen Sie nur der Stimme Ihres Herzens."

4

Spengler stürzte sich unrasiert und ungeduscht in die Klamotten vom Vortag, nachdem er den Anruf vom Präsidium erhalten hatte. Der Badezimmerspiegel zeigte ihm einen Fremden Anfang fünfzig, dessen rundes, teigiges Gesicht mit faltigen Augenschlitzen unter halbkahlem Schädel ihm wenig zusagte.

Er putzte nur kurz die Zähne, stopfte sich in der Küche ein paar von den Plätzchen, die Irmgard ihm gebacken hatte, in den Mund und spülte sie mit Mineralwasser hinunter.

Friedberg mußte jeden Moment klingeln. Spengler wartete nicht darauf, steckte die Brieftasche in die Jacke, öffnete die Wohnungstür und verschloß sie hinter sich. Jetzt um sechs war es noch ruhig im Treppenhaus. Seine Sportschuhe machten auch keinen Krach auf den Steinstufen, als er vom vierten Stockwerk hinunterlief auf die Adam-Stegerwald-Straße. Der neue silbergraue BMW bog gerade von der Wilhelm-Leuschner-Straße her um die Ecke und hielt Sekunden später, um Spengler einsteigen zu lassen.

„Moin, Moin“, grüßte Friedberg fröhlich. Im Gegensatz zu Spengler machte es ihm nichts aus, früh aufzustehen. Er war rasiert, roch gut und hatte seine kurzen Haare sorgfältig gebürstet.

„Morgen“, knurrte Spengler und gurtete sich an. „Wo müssen wir hin?“

„Parkplatz am Weserwehr bei der Elektromaschinenfabrik.“ Friedberg wendete den Wagen an einer Einfahrt und gab Gas. Spengler wurde in den Sitz gepreßt.

„Langsam, wenn ich bitten darf. Erstens haben wir es nicht weit, und zweitens wird der Tote nicht wieder lebendig, wenn du den BMW-Raser gibst.“

„Also ohne Blaulicht?“

„Ja, wenn’s recht ist. Genießen wir den wunderschönen Frühlingsmorgen.“

„Na, du bist gut."

Spengler hatte recht. Kein Wölkchen verstellte der Sonne den Weg. So einen warmen April hatte es schon lange nicht mehr gegeben. Die Natur belohnte den unerwarteten Frühsommer mit leuchtenden Farben und frühem Grün. Wer mordet bei solchem Wetter?

„Weißt du schon Näheres?" fragte Spengler gähnend.

„Männliche Leiche in einem grünen VW-Golf, entdeckt von einem Spaziergänger, der seinen Hund Gassi führte. Schußwunden in Brust und Kopf. Alter des Toten : um die Fünfzig."

„Seine Identität?"

„Noch ungeklärt. Die Leute von der Streife haben ihn nicht untersucht. Und die Spurensicherung war eben noch unterwegs."

„Na denn", murmelte Spengler verdrossen. Er hatte sich vorgenommen, in den nächsten Tagen seine Segelyacht aus dem Winterlager ins Freie zu bringen und von Grund auf zu überholen. Irmgard wollte sogar ein paar Tage Urlaub nehmen und ihm helfen. Das konnte er jetzt vergessen, es sei denn, sie würden den Täter sofort schnappen. Hatte er deutliche Spuren hinterlassen, war eine schnelle Aufklärung möglich. Also erstmal abwarten und nicht gleich alle Hoffnung fahren lassen, ermunterte er sich.

Der Parkplatz am Weserwehr war weiträumig abgesperrt. Sie ließen sich von einem uniformierten Kollegen zeigen, wo sie den Wagen abstellen konnten. Der grüne VW stand ganz am Ende des Platzes, von wo aus ein Fußweg hinunter an die Weser führte. Die Leiche lag noch im Fahrzeug und wurde gerade vom Arzt untersucht. Kollegen von der Spurensicherung überprüften den Kofferraum und die nähere Umgebung des Autos. Ein Kollege aus dem Dezernat hielt eine Brieftasche in einem Plastikbeutel in die Höhe.

„Guten Morgen, die Herren. Die gehört dem Toten. Er heißt Jochen Kruse, ist einundfünfzig Jahre alt und wohnt in der Herderstraße. Er wurde mit drei Schüssen getötet, zwei in die Brust, einer davon ins Herz, der dritte seitlich in den Kopf. Er dürfte schon ein paar Stunden tot sein, meint der Doktor. Genaueres erst nach der Obduktion."

„Die Tatwaffe?“ fragte Friedberg.

„Verschwunden oder weggeworfen. Wir suchen hier das ganze Gelände ab, bisher erfolglos. Wenn der Täter die Waffe loswerden wollte, hat er sie bestimmt in die Weser geschmissen, womöglich direkt am Wehr, wo sie wegen der irren Strömung kein Taucher je finden wird.“

„Es sei denn, wir stauen die Weser mit dem Wehr auf. Dann können Taucher runter“, meinte Friedberg wichtig.

„Und wohin mit dem Wasser?“ Der Kollege lächelte ungläubig.

„Wer weiß. Vielleicht über die Schleusen ableiten.“

„Langsam, langsam. So weit sind wir noch nicht“, sagte Spengler bedächtig. „Gibt es Hinweise, ob der Mann im Wagen erschossen wurde?“

„Ja, eindeutige. Das Projektil vom Kopfschuß hat die linke Seitenscheibe durchschlagen. Ich hoffe, wir finden es hier noch irgendwo. Die beiden anderen Projektile stecken vermutlich im Körper.“

„Der Getötete hat also am Steuer gesessen“, folgerte Spengler.

„Ja. Und der Täter auf dem Beifahrersitz. Er muß aus kürzester Entfernung gefeuert haben. Das wäre von der Rückbank aus nicht möglich gewesen.“

„Und die Tat ist hier passiert?“

„Auf jeden Fall. Es ist im Wagen geschossen worden, und der wurde danach nicht mehr bewegt.“

„Der Zündschlüssel?“ fragte Friedberg schnell.

„Steckte. Der Wagen war unverschlossen.“

„Abgesehen von Fingerabdrücken irgendwelche Spuren oder Hinweise?“ Spengler dachte an seine Pläne mit dem Boot.

„Bis jetzt nicht. Wenn wir hier fertig sind, nehmen wir das Fahrzeug mit und zerlegen es in seine Einzelteile.“

Spengler seufzte. „Dann weiterhin viel Glück. Wir werden uns jetzt mal die Wohnung von dem Kruse ansehen. Gibt’s so was wie einen Schlüsselbund?“

„Den hat die Spurensicherung schon eingemottet.“

„Wozu? Wenn er ihn in der Tasche hatte, können doch höchstens seine eigenen Abdrücke drauf sein. Wenn überhaupt. Sag den Kollegen, daß ich ihn brauche für den Fall, daß es keine Angehörigen gibt, die uns in die Wohnung lassen."

„Mach man lieber selber. Du bist hier der Chef. Ich laß mich nicht gern anmotzen."

Spengler schnaufte mißmutig. „Also gut." Er bot seine ganze Überredungskunst auf, die Kollegen von der Spurensicherung zu überzeugen, daß der Schlüsselbund bei einer Laboruntersuchung nichts bringen würde. Er stieß auf erheblichen Widerstand.

„Mal gesetzt den Fall, der Mann hatte was mit Drogen zu tun, dann könnten sich durchaus Spuren davon auf den Schlüsseln befinden."

„Dann noch mit größerer Sicherheit in der Tasche, in der ihr sie gefunden habt. So was reibt sich doch in den Stoff ein und bleibt darin bestens erhalten."

„Auch andere Spuren sind denkbar, zum Beispiel Blut oder Hautpartikelchen."

„Vom Opfer? Was bringt uns das?"

„Nein, vom Täter. Mal gesetzt den Fall, die beiden haben vor der Tat miteinander gekämpft oder es, wenn der Täter eine Frau war, miteinander getrieben, und danach hat das Opfer in die Tasche gefaßt und die Schlüssel berührt ..."

Spengler lachte. „Vielleicht waren es auch zwei Schwule. Wer weiß, was dann auf den Schlüsseln zu finden ist. Paß auf, Kollege, gib mir die Dinger in der Tüte mit. Ich nehme sie nur einmal mit Handschuhen heraus, schließe die Tür auf, tue sie zurück in den Beutel und bringe sie euch sofort ins Labor, wenn wir wieder im Präsidium sind. Ist das ein Vorschlag zur Güte?"

Gegen größte Bedenken und mit dem Hinweis, daß hier schließlich jeder seine Arbeit so gut wie möglich mache, bekam er endlich die Schlüssel überreicht wie eine unersetzliche Kostbarkeit.

Sie klingelten vergeblich. „Dachte ich's mir", murmelte Spengler. „Der Mann sah nicht nach Ehegatte oder Familienvater aus."

„Wieso?" fragte Friedberg.

„Kann ich dir nicht sagen. So was spürt man eben."

„Genial. Und wenn die Frau bloß eben Brötchen holen gegangen ist?"

„Dann hab ich mich getäuscht. Ich möchte ja auch nur erklären, weshalb ich die Schlüssel mitnehmen wollte. Gehen wir ans Werk. Ich denke, dieses ist der Hausschlüssel." Spengler hatte recht. Auch den Wohnungsschlüssel fand er auf Anhieb.

„Jaja, dein sechster Sinn", seufzte Friedberg.

Die Wohnung war aufgeräumt und sauber, das Bett im Schlafzimmer frisch bezogen und mit einer Tagesdecke belegt. Es war unbenutzt. Das Bad blitzblank und die Küche gewienert, als sei die Putzfrau gerade gegangen. In den Schränken peinliche Ordnung, die Wäsche gebügelt und sauber gestapelt, das Geschirr geradezu militärisch ausgerichtet. Die Einrichtung verriet Geschmack. Die beachtliche CD-Sammlung und die Musikerposter von Pop- und Klassikinterpreten deuteten darauf hin, daß der Bewohner irgendwie mit Musik zu tun hatte.

„Gefällt mit nicht", murmelte Spengler. „Hier ist alles so stimmig, daß man mißtrauisch werden muß. Da hat einer was zu verbergen."

„Und was?" fragte Friedberg, während Spengler mit einem Besenstil das Parkett und die Fußleisten abklopfte.

„Schau du mal in allen Töpfen, Kannen und Dosen nach. Ich werde mir gleich den Schreibtisch vornehmen."

„Wonach suchen wir denn?"

„Nach der dunklen Ecke in dieser Idylle. Warum ermordet man einen Menschen, der so beschaulich lebt und alles so überdeutlich im Griff hat? Man hat das Gefühl, hier ist nie etwas Unordentliches, Unappetitliches geschehen, selbst die Lebensmittel im Kühlschrank sehen künstlich aus. Wenn jemand so unübersehbar alles Chaotische aus seinem Leben aussperrt, gibt es dafür Gründe."

Nachdem sie sich Gummihandschuhe angezogen hatten, untersuchten sie die Wohnung, ohne die Ordnung zu stören. Alles wurde wieder genau an seinen Platz gestellt, damit die Kollegen von der Spurensuche keinen Grund zur Klage hatten, wenn sie später auftauchten.

Im Schreibtisch fanden sie persönliche Unterlagen, aus denen hervorging, daß Jochen Kruse ledig und arbeitslos war. Kontoauszüge wiesen einen erstaunlich hohen Saldo aus, viel zu hoch für einen Arbeitslosen. Das Telefonverzeichnis auf dem Schreibtisch enthielt eine Fülle von Namen, darunter zwei weitere Kruses, Ulrich und Bärbel. Im Telefonbuch entdeckten sie die Adresse von Ulrich Kruse in Schwachhausen und die von Bärbel in Oberneuland.

Während Friedberg die beiden Anschriften notierte, nahm Spengler sich die technischen Geräte auf dem Schreibtisch vor. Das schnurlose Telefon war mit einem Anrufbeantworter kombiniert. Auf beiden war aktuell nichts gespeichert. Für eingehendere Untersuchungen fehlte jetzt die Zeit. Auch der Laptop mußte im Präsidium genau überprüft werden. Der Drucker war nicht auffällig, aber der Scanner erschien ihm zu voluminös. Er hob den Deckel. Die Glasplatte und die Belichtung konnten unmöglich die ganze Höhe des Geräts ausfüllen, darunter mußte sich noch ein beträchtlicher Hohlraum befinden.

Spengler kippte den Scanner auf die Seite. Die Bodenplatte war gelöst und mit Riegel und Scharnier versehen worden. Als er den Riegel zurückzog, ließ sich die Platte aufklappen. Mehrere Beutel mit weißem Pulver und zwei Päckchen Cannabis kamen zum Vorschein. Spengler pfiff durch die Zähne. „Da haben wir ja die dunkle Ecke."

„Und Hauptkommissar Spengler hatte wieder mal die richtige Nase." Friedberg lachte nicht gerade aus vollem Herzen.

„Was tun Sie hier?" Eine Frauenstimme ließ sie herumfahren. Das lange schwarze Haar über dem weißen T-Shirt fiel als erstes in Auge, bis man auch die übrigen Attraktionen der Mittdreißigerin bemerkte, BHloser Busen mit deutlich hervorgehobenen Spitzen, enge Jeans und lange Beine, eine Anne Will mit Spuren von Verlebtheit um den üppigen Mund.

Friedberg schluckte, während Spengler ein Lächeln in sein Gesicht schob. „Wir sind von der Kriminalpolizei. Mein Name ist Spengler, und das ist mein Kollege Friedberg."

„Kriminalpolizei?" Mißtrauen breitete sich auf dem schönen Gesicht aus.

„Ja. Dürfen wir erfahren, wer Sie sind und was Sie hier zu suchen haben?"

„Ich bin Marion Hellman, und ich wohne hier gelegentlich. Ich bin befreundet mit Jochen Kruse."

„Und wie sind Sie hereingekommen?" fragte Friedberg schnell, als müßte er die Frau überrumpeln.

„Damit." Sie hielt ein Schlüsseletui in die Höhe und ließ es sofort in der Hosentasche verschwinden. „Jochen ist öfter unterwegs, und dann schaue ich hier nach dem Rechten."

„Ah, Blumengießen und Post hereinholen." Friedberg gab sich locker.

„Sehen Sie irgendwo Blumen?" Marion Hellmann lächelte überheblich. Ihre Verachtung für die Beamten war offensichtlich. „Jochen ist kein Mensch, der Blumen braucht, um sich wohlzufühlen."

„Kann ich mir vorstellen. Wenn man so was hat", Friedberg zeigte auf das Rauschgift, „sind Blumen durchaus entbehrlich."

„Was ist das?" fragte sie neugierig wie ein kleines Mädchen.

„Jede Menge Dope. Ist das alles für den Eigenbedarf gedacht, oder handelt Ihr Freund damit?"

„Keine Ahnung." Sie war sichtlich irritiert. Sie raffte ihr Haar am Hinterkopf zusammen und legte es ordentlich auf den Rücken. „Woher wissen Sie, daß das Zeug Kruse gehört?"

„Wer sollte es sonst hier verstecken?"

„Jemand, der ihm was anhängen will. Alles schon mal dagewesen. Ich muß wieder los."

Man spürte, daß ihr die Situation unangenehm war.

„Moment", schaltete sich Spengler ein. „Wann und wo haben Sie Kruse zuletzt gesehen?"

„Vorgestern. Wir waren zusammen essen bei Grashoff."

„Nicht gerade billig. Hat er Sie eingeladen und bezahlt?"

„Natürlich. Er verdient gut als Musiker. Aber warum wollen Sie das alles wissen? Hat er was ausgefressen?"

„Er wurde heute nacht erschossen." Friedberg gab sich keine Mühe, ihr das schonend beizubringen.

„Nein!" Sie schlug beide Hände vor den Mund. „Das ist nicht wahr! Sagen Sie, daß es nicht wahr ist!"

„Doch, leider", sagte Spengler sanft und väterlich. „Er wurde heute morgen tot in seinem Auto gefunden. Und deshalb sind wir hier. Und es hat ganz den Anschein, als hätte Kruse etwas mit der Drogenszene zu tun."

„Davon weiß ich nichts", stammelte die bleiche Frau. Sie hatte die Arme vor die Brust gepreßt und die Hände wie zum Gebet vor dem Kinn zusammengelegt. Die Beine waren leicht eingeknickt und trugen sie nur noch mit Mühe.

„Setzen Sie sich doch." Spengler stellte den Schreibtischstuhl neben sie.

„Danke." Sie hockte sich hin, stützte die Ellbogen auf die Oberschenkel und hielt sich den Kopf mit beiden Händen.

„Möchten Sie ein Glas Wasser?" fragte Spengler besorgt.

„Nein."

„Können Sie uns noch ein paar Fragen beantworten, oder möchten Sie sich hinlegen?"

„Hinlegen?" fuhr sie hoch. „Etwa in sein Bett? O Gott, ich muß hier raus! Das ist nicht die Wohnung eines Toten. Hier haben wir gelebt, verdammt noch mal!"

„Waren Sie ein richtiges Paar?" fragte Friedberg.

„Was denn sonst?" fuhr sie ihn an.

„Sie sagten, Sie hätten gelegentlich hier gewohnt ..."

„Ja und? Wir sind keine Ehekrüppel, wenn Sie das meinen. Jeder hat sein eigenes Territorium. Deshalb kann man sich trotzdem sehr nahestehen, oder?“

„Natürlich.“ Spengler setzte sich in einen Sessel und bedeutete Friedberg, den anderen zu nehmen.

„Machen wir's uns jetzt gemütlich?“ fragte Marion Hellmann aggressiv.

„Ich bin nicht mehr der Jüngste“, erklärte Spengler lächelnd. „Und mein Kollege kann sich besser konzentrieren, wenn er sitzt. Warum sind Sie plötzlich so gereizt?“

„Weil ich hier zwei Fremde in Jochens Privatleben herumschnüffeln sehe. Wie soll man die richtige Stimmung für solch einen Anlaß finden, wenn Sie ein Leben nur nach kriminalistischen Gesichtspunkten aufrollen?“

„Das ist unser Job. Wir verstehen Ihre Erregung und Betroffenheit, aber von uns wird erwartet, so schnell wie möglich den Täter zu ermitteln. Zugegeben, das ist oft ein schwieriger Balanceakt zwischen Mitgefühl für die Angehörigen und unserer Not, heiße Spuren zu finden und nicht kalt werden zu lassen. Entschuldigung.“

„Schon gut. Machen Sie Ihren Job, und kümmern Sie sich nicht um die Probleme, die ich damit habe. Dies ist sowieso eine absolut irre Situation, die nicht realer dadurch wird, daß Sie mir Ihr Polizistenleid klagen. Meine Gereiztheit ist mir nicht bewußt. Ich könnte genausogut heulen, lachen oder singend herumtanzen. Ich weiß einfach nicht, was ich jetzt machen soll, verdammte Scheiße. Wie verhält man sich richtig, wenn man vom Tod eines geliebten Menschen erfährt?“

„Es tut uns leid, wirklich. Nur schnell noch ein paar Fragen, dann können Sie sich zurückziehen. Wie lange sind Sie schon mit Kruse zusammen?“

„Drei Jahre etwa.“

„Und da ist Ihnen niemals aufgefallen, daß Kruse Drogen nahm oder damit handelte?“

„Nein. Wenn wir zusammen waren, haben wir manchmal eine Flasche Wein getrunken. Das war alles."

„Was sind Sie von Beruf?"

„Früher mal Lehrerin. Jetzt freiberuflich."

„Freiberuflich? Was heißt das?"

„Nachhilfe. Volkshochschule. Sprachkurse."

„Ihre Adresse?"

„Carl-Schurz-Straße 18. Telefon: 01725588733."

„Hat Kruse Familie?"

„Seine Eltern und eine Schwester. Die Eltern finden Sie unter Ulrich Kruse, die Schwester unter Bärbel."

„Danke. Wir haben hier sein Telefonverzeichnis."

„Nehmen Sie das etwa mit?"

„Was dagegen?" fuhr Friedberg dazwischen.

„Es wäre Jochen bestimmt nicht recht."

„Den interessiert das nicht mehr", blaffte Friedberg. „Unser Spurendienst nimmt hier nachher sowieso alles auseinander. Da kommt es auf das Verzeichnis kaum noch an. Sie scheinen zu vergessen, daß es um Mord geht und daß Ihr Freund offensichtlich keine saubere Weste hatte."

„Na, endlich sprechen Sie die Sprache, die man von einem Polizisten erwartet."

„Mach halblang", bremste Spengler seinen Kollegen.

„Nein, nein, lassen Sie ihn ruhig. In dieser Situation ist es besser, man weiß, mit wem man es zu tun hat. Die Bestätigung alter Feindbilder hilft einem über vieles hinweg."

„Wie meinen Sie das?" fragte Friedberg verunsichert.

„Die junge Dame mag dich nicht", erklärte Spengler sarkastisch.

„Schade, ich finde sie sehr attraktiv." Friedberg bemühte sich um ein gewinnendes Lächeln.

„Ich glaub, ich spinne." Marion Hellmann schüttelte wütend den Kopf. „Sind Sie immer so taktlos beim Überbringen schlechter Nachrichten?"

„Kommt drauf an. Die meisten Hinterbliebenen reagieren eindeutiger und nicht so dubios wie Sie."

„Gibt es feste Regeln oder sogar Vorschriften für Betroffenheit und Trauer? Könnte es nicht sein, daß es mich jetzt sehr erleichtert, mich mit einem Arschloch wie Ihnen anzulegen?"

„Stop!" befahl Spengler. „Dieses Gekabbel bringt uns überhaupt nicht weiter. Eine Frage noch zum Schluß. Haben Sie manchmal zusammen mit Kruse bestimmte Lokale im Ostertor oder Steintor besucht?"

„Nein, wir sind meistens in der Stadt eingekehrt, zum Beispiel wenn wir im Theater oder im Konzert waren. Im Viertel ißt man nicht so gut."

„Okay, das wär's dann fürs Erste. Wir melden uns, wenn wir noch weitere Fragen haben."

Marion Hellmann sprang auf, warf Friedberg einen verächtlichen Blick zu und verabschiedete sich von Spengler mit einem kurzen Nicken. Die Wohnungstür fiel krachend ins Schloß.

„Die weiß mehr, als sie zugibt." Friedberg klappte seinen Notizblock zu. „Ein sauberes Früchtchen."

Spengler seufzte. „Kannst du mir mal sagen, weshalb du bei schönen Frauen immer aus der Rolle fällst?"

„Tu ich das?" fragte Friedberg spitz.

„Allerdings. Willst du auf diese Weise Eindruck schinden, oder was? Professionell und der Sache dienlich ist das jedenfalls nicht."

„Aber dein väterliches Gesäusel, nicht wahr? So ein Luder darf man nicht mit Samthandschuhen anfassen. Die lügt doch wie gedruckt, wenn die uns weismachen will, sie wüßte von Kruses Drogengeschäften nichts. Und weshalb ist die nicht mehr im Schuldienst? Freiberuflich, daß ich nicht lache! Das sind Nutten auch."

„Schöne Frauen können manchmal sogar anständig und ehrlich sein."

„Ja Papi, du hast ja recht wie immer."

„Wie redest du mit mir, verdammt noch mal?!" schnauzte Spengler.

„Entschuldige. Schöne Frauen sollten generell unter Verschluß gehalten werden. Schon die alten Griechen haben sich wegen so einer Kriege geliefert. Können wir jetzt wieder vernünftig miteinander umgehen?“

„Das frag ich dich. Wenn du wieder klar im Kopf bist und fähig, ein Auto zu fahren, sollten wir die Eltern von Kruse aufsuchen. Anschrift findest du bestimmt im Amtlichen.“

„Vielen Dank für den Hinweis. Wäre ich von selbst nicht drauf gekommen.“

Während Friedberg nach dem Telefonbuch griff, streckte Spengler Arme und Beine weit aus, reckte sich seufzend und stemmte sich aus dem Sessel.

Kruses Eltern bewohnten eine Altbauetage in der Gildemeisterstraße in der Nähe des Bürgerparks. Durch eine schwere Eichentür gelangten sie in ein herrschaftliches Entree und stiegen eine breite Treppe mit geschnitztem Geländer in den ersten Stock hinauf.

„Bessere Leute“, murmelte Friedberg.

„Bitte keinen Sozialneid, mein Lieber. Immer locker bleiben.“ Spengler grinste.

Eine ältere Dame mit blaugrauem Haar öffnete ihnen. „Ja bitte?“ fragte sie und lächelte zuvorkommend. Ihr feines Gesicht mit randloser Brille verriet kosmetische Bemühungen, denn die Glätte der Haut und der Glanz der Bernsteinaugen wollten nicht so recht zu den Falten des Halses und der Hände passen. Mindestens fünfundsiebzig, taxierte Spengler.

Er stellte sich und Friedberg vor und bemerkte den Schrecken in den Augen der Frau, als sie hörte, daß ihr Kriminalbeamte gegenüber standen.

„Dürfen wir reinkommen?“ fragte er sanft.

„Worum geht es denn?“ Sie verlor sichtlich an Glanz.

„Um Ihren Sohn Jochen.“

„O Gott, ist was passiert?" Sie griff sich mit beiden Händen ins Haar.

„Was ist denn da los?" hörte man eine laute Männerstimme aus dem Hintergrund der Wohnung.

„Hier sind zwei Herren von der Polizei. Wegen Jochen. Soll ich sie reinlassen?" rief sie schrill. Panik verzerrte das feine Gesicht.

„Was zum Teufel geht hier vor?!" Ein hochgewachsener, älterer Herr in Strickjacke, Cordhose und Filzpantoffeln stürmte in den Flur. Sein mächtiger, fast kahler Schädel saß wie ein Klotz auf den breiten Schultern. Er überragte seine zierliche Frau um eine Kopflänge. Seine blauen Augen unter buschigen Brauen blitzten angriffslustig, die bläuliche Unterlippe war vorgeschoben.

Spengler erkannte den Mann. Er hatte schon mehrfach ausgesagt in Prozessen unter der Leitung des Richters Ulrich Kruse. Obwohl inzwischen längst pensioniert, war er immer noch ein Begriff in Polizei- und Gerichtskreisen. Er galt als gerechter, aber besonders strenger Richter. Unter seiner Prozeßführung hatten nicht nur Angeklagte zu leiden. Man nannte ihn den ‚Moralapostel'. Seine ethischen Ansprüche und Belehrungen waren gefürchtet.

„Ich kenne Sie doch", polterte er, als er Spengler zu Gesicht bekam. „Hauptkommissar – helfen Sie mir auf die Sprünge."

„Spengler."

„Genau. Mit Ihrem jungen Kollegen hatte ich noch nicht das Vergnügen."

„Friedberg", stellt der sich vor.

„Und was ist mit meinem Sohn?"

„Dürfen wir reinkommen? So an der Wohnungstür kann man schlecht reden." Spengler verbeugte sich leicht.

„Ich hatte mir zwar geschworen, nie einen Polizisten in mein Allerheiligstes zu lassen, doch ich kenne Sie als einen besonnenen Mann. Also bitte." Er winkte sie durch die offene Tür ins Wohnzimmer. Frau Kruse folgte den Männern mit unsicheren Schritten.

Zwei riesige Zimmer, nur getrennt durch eine offene Schiebetür. Zur Straße hin ein Erker, zum Garten ein großer Balkon. An den Wänden außer Bücherregalen ein paar altmeisterliche Ölgemälde, im Erker ein Eßtisch mit sechs Stühlen, zum Garten hin eine alte Ledersitzgruppe, zu der die Beamten geführt wurden. Sie warteten, bis sich das Ehepaar auf das Sofa gesetzt hatte, ließen sich dann in weiches Leder der Sessel fallen.

„Dürfen wir Ihnen was anbieten?“ fragte Frau Kruse förmlich, obwohl ihr die Angst jegliche Farbe aus dem Gesicht genommen hatte.

Spengler und Friedberg lehnten dankend ab.

„Ich hätte einen vorzüglichen alten Scotch. Aber Sie sind ja im Dienst. Also, mein Sohn hat wieder was angestellt. Wundert mich nicht. Wissen Sie, er war immer unser Sorgenkind und hat uns oft enttäuscht. Daß er nicht Jurist werden wollte, mußte ich respektieren. Daß es ihn zur Musik zog, letztlich auch. Daß er jedoch nichts, aber auch gar nichts aus seinem Talent gemacht hat, mußte uns schon befremden. Hätte er Pianist oder Violinist werden wollen – einverstanden. Eine internationale Karriere wäre möglich gewesen. Aber Gitarre? Ich bitte Sie. Was gibt es denn da an Literatur außer Wanderliedern und Popmusik?“

„Willst du die Herren nicht mal fragen, was genau sie zu uns führt?“ fragte Frau Kruse kleinlaut.

„Geduld, Liebes. Ich will selbst darauf kommen. Mein Instinkt sagt mir, daß es diesmal um mehr geht als die üblichen Schulden. Wissen Sie, er lebt ja nicht schlecht, aber seinen Lebensunterhalt nur mit Auftritten in Kneipen oder bei zweitklassigen Popkonzerten zu finanzieren, ist nicht leicht. Und er ist ja nicht mehr der Jüngste. Allmählich müßte er sich wirklich mal um einen gescheiten Job kümmern.“

„Ulrich“, mahnte die Frau.

„Ja, Liebes?“

„Es ist was passiert.“

„Natürlich. Sonst wären die Herren ja nicht hier. Ich tippe auf Autounfall. Hat mein Herr Sohn seinen VW zu Schrott gefahren? Oder schlimmer: hat es bei dem Unfall Verletzte gegeben? War Jochen nicht ausreichend versichert? Ich traue ihm alles zu."

„Ihr Sohn ist tot." Spengler schaute auf seine Füße.

„O mein Gott!" Frau Kruse steckte sich ein Taschentuch, das sie schon die ganze Zeit geknetet hatte, in den Mund und kaute darauf herum, während Tränen die Wangen herunterliefen.

„Wie das?" fragte Kruse und schüttelte den Kopf. „Also Unfall, wie ich vermutet habe. Wahnsinn." Er zupfte an der Nase, strich sich über die Mundwinkel.

„Er ist erschossen worden."

„Unmöglich!" Kruse richtete sich auf. Seine Schädelplatte glänzte von Schweiß. „Mord?"

„Eindeutig."

„Selbstmord ausgeschlossen?"

„Ja."

„Schöne Bescherung. Sie leiten die Ermittlungen?" wandte er sich an Spengler, der nickte. „Entschuldigen Sie mich einen Moment. Bin sofort zurück." Er schlurfte aus dem Zimmer.

Frau Kruse hockte zusammengesunken in ihrer Sofaecke und schluchzte leise, als traute sie sich nicht, ihren Schmerz offen zu zeigen. Spengler und Friedberg sahen sich fragend an. Spengler zuckte die Achseln. Friedberg wippte ungeduldig mit den Beinen.

„Wird das länger dauern mit Ihrem Mann?" fragte Friedberg vorsichtig nach längerem Warten.

„Ich weiß nicht. Vielleicht telefoniert er aus der Küche. Vermutlich geht ihm das alles sehr nahe." Sie schneuzte sich in ihr zerbissenes Taschentuch.

„Verstehe." Friedberg spielte mit seiner Gürtelschnalle.

„So, da bin ich wieder." Kruse kam zurück und setzte sich zu seiner Frau, die noch enger in die Sofaecke kroch. „Ich habe eben mit Ihrem Chef, Doktor Hasselmann, gesprochen. Er meint, die Ermittlungen seien bei Ihnen in guten Händen. Dann will ich mich damit zufrieden geben. Man kann ja nicht vorsichtig genug sein nach all dem, was sich die Bremer Polizei in den letzten Jahren geleistet hat."

„Ich weiß nicht, wovon Sie sprechen." Spengler wurde unfreundlich.

„Übergriffe im Revier, Tote in der Zelle, Korruption und so weiter, und so weiter. Damit wir uns nicht mißverstehen, meine Herren, mein Mißtrauen richtet sich nicht gegen Sie persönlich. Mir liegt nur daran, daß kompetent ermittelt und der Fall möglichst schnell aufgeklärt wird. Auch wenn ich diesmal selbst betroffen bin, ändert das nichts an meinen Erfahrungen als Richter, die oft genug mehr als enttäuschend waren. Ich kann sehr wohl absehen von meiner Involviertheit und diesen Fall ganz neutral betrachten, so wie ich mich auch in unzähligen Verfahren niemals von Sym- oder Antipathien habe leiten lassen. Der Verlust eines Menschen schmerzt, aber fast noch stärker setzt mir zu, mit ansehen zu müssen, wie Polizei und Justiz in diesem Lande immer mehr verkommen. Heute wird ja im Gericht kaum noch bestraft, sondern es werden Deals ausgehandelt. Bist du geständig, kriegst du Bewährung, auch wenn du Millionen unterschlagen hast. Wenn einer zu unrecht verhaftet wird und sich dagegen wehrt, ist das Widerstand gegen die Staatsgewalt und hinreichend Grund dafür, niedergeknüppelt oder sonstwie mißhandelt zu werden. Aber was rede ich, Sie wissen ja selbst am besten, wie es heutzutage zugeht. Also an die Arbeit, meine Herren, jede Verzögerung bei den Ermittlungen ist ein Vorteil für den Täter. Haben Sie schon eine heiße Spur?"

„Nein", sagte Spengler mißmutig. „Der Fall ist erst ein paar Stunden alt. Dürfen wir Sie fragen, ob Sie einen bestimmten Verdacht haben? Hatte Ihr Sohn Feinde? Hatte er Probleme mit der Bremer Drogenszene?"

„Wie kommen Sie darauf?"

„Wir haben in seiner Wohnung die verschiedensten Drogen gefunden."

„Ach du lieber Himmel!“ Frau Kruse klammerte sich an ihren Mann.

„Und diese Drogen sind zweifelsfrei meinem Sohn zuzuordnen? Nicht jemand anderem, zum Beispiel dieser Frau Hellmann, die ebenso hübsch wie hinterhältig ist?“

„Hinterhältig?“ fragte Friedberg schnell.

„Ja, hinterhältig. Oder wie würden Sie es bezeichnen, wenn eine Lehrerin die Sauberfrau schlechthin spielt und heimlich Hasch-Partys mit halbwüchsigen Schülern feiert? Und ebenso klammheimlich wurde diese Frau aus dem Schuldienst entfernt, weil man einer so begabten und beliebten Pädagogin nicht die Zukunft verbauen wollte. Vor Gericht hätte sie gehört, statt ihr nur nahezulegen, von sich aus zu kündigen.“

„Haben Sie das von ihr selbst erfahren?“

„Natürlich nicht. Aber man hat ja so seine Beziehungen. Auf jeden Fall sollten Sie der Dame mal auf den Zahn fühlen. Der ist einiges zuzutrauen. Vielleicht hatte mein Sohn die Nase voll von ihr, hat sie rausgeschmissen, und sie hat sich gerächt. Nur Vorsicht: lassen Sie sich von ihrer äußeren Erscheinung nicht blenden. Eine femme fatale, wie sie im Buche steht.“

„Was hat sie Ihnen getan?“ fragte Spengler.

„Mir? Wieso? So eine Frau kann mich nicht beleidigen. Bei den wenigen Gelegenheiten, bei denen ich die Dame persönlich erlebt habe, wußte ich mich schon zu wehren. Die Attacken sind an mir abgeperlt wie Regen an der Fensterscheibe.“

„Sie haben sich also mit ihr gestritten?“

„Sie ließ mir keine andere Wahl. Sie übertraf ja noch meinen Sohn an Aggressivität. Ich habe nie akzeptiert, daß Jugend ein Privileg sein soll, daß junge Menschen das Recht haben, über ältere den Stab zu brechen, wie es heute üblich ist.“

„Sie hatten also ein gespanntes Verhältnis zu Ihrem Sohn und seiner Freundin?“

„Überhaupt nicht. Von meiner Seite aus hätte eitel Harmonie herrschen können. Ist es meine Schuld, wenn die beiden an meiner

Lebenseinstellung Anstoß genommen haben? Aber wir verlieren uns in Familiengeschichtchen. Die Frage ist doch: wie kam das Rauschgift in die Wohnung von Jochen? Dazu fällt mir noch etwas ein. Mein ehemaliger Schwiegersohn Jens Schlegel ist drogensüchtig, wie ich von meiner Tochter weiß. Er ist darüber hinaus ein äußerst labiler Charakter und gerade vom Gericht wegen beharrlicher Nachstellungen in Bezug auf meine Tochter zu einer Bewährungsstrafe verurteilt worden. Er strotzt nur so von Haß auf unsere Familie und wäre durchaus in der Lage, Drogen in Jochens Wohnung zu schmuggeln, um ihn zu belasten. Vielleicht wäre er auch zu Schlimmerem fähig. Immerhin hat er meiner Tochter gedroht, sie umzubringen. Bei dem würde ich an Ihrer Stelle zu allererst nachhaken."

„Vielen Dank für die Hinweise. Wir werden unser Bestes tun, die Sache bald aufzuklären. Nochmals mein aufrichtiges Beileid." Spengler erhob sich.

„Sie glauben also wirklich, daß Ihr Sohn nichts mit der Drogenszene zu tun hatte?" fragte Friedberg und blieb breitbeinig sitzen.

„Ich bin mir völlig sicher." Kruse verzog das Gesicht, als fühlte er sich von Friedberg belästigt.

„Wie erklären Sie sich dann, daß Ihr Sohn seinen Kontoauszügen zufolge über größere Geldbeträge verfügte?"

„Keine Ahnung. Vielleicht Honorare, GEMA-Abrechnungen, weiß der Kuckuck. Tut das was zur Sache?" Kruse wurde ärgerlich.

„Wir dürfen uns jetzt verabschieden." Spengler verbeugte sich leicht. „Wenn wir noch Fragen haben, kommen wir wieder auf Sie zu. Herr Kollege." Spengler nickte Friedberg zu, der sich betont umständlich aus dem Sessel quälte.

„Liebes, würdest du bitte die Herren an die Tür geleiten?" Kruse schlug die Beine übereinander und schaute auf die Armbanduhr.

„Ja Ulrich." Frau Kruse stand nicht fest auf den Beinen, nachdem sie den Schutz der Sofaecke verloren hatte. „Wenn ich bitten darf." Sie wankte vor den Polizisten her über den Flur bis zur Wohnungstür. Wieder hatte sie Tränen in den Augen, als sie sich nach den beiden umdrehte. „Sie dürfen sein Verhalten nicht mißdeuten“, sagte sie leise. „Er ist zu stolz, um seinen Schmerz zu zeigen. Ich kenne ihn und weiß, wie sehr er leidet. Sein einziger Sohn, auf dem all seine Hoffnung ruhte in Bezug auf das Altwerden.“

„Und seine Tochter?“ fragte Spengler

„Die liebt er natürlich auch, aber ein Sohn ... Ach, was red ich? Ich bin so konfus. Bitte entschuldigen Sie.“ Sie wandte sich ab.

„Auf Wiedersehen.“ Die Polizisten verließen die Wohnung.

„Na Mahlzeit! Was für ein Kotzbrocken!“ schimpfte Friedberg, als sie die Treppe hinunterstiegen.

Spengler lachte. „Mir imponiert der. Hat mir schon als Richter imponiert, auch wenn seine Urteile oft zu hart waren. Wie der die schlimme Nachricht weggesteckt hat. Alle Achtung.“

„Nee, das war schon pervers. Jedenfalls kann einem das graue Mäuschen an seiner Seite leid tun.“

„Täusch dich nicht. Die hat ihn fest am Band. Bei aller Unterwürfigkeit weiß sie ihn genau zu nehmen. Sklavenmentalität mit Erfolgsgarantie. So ein alter Griesgram und Polterer muß mit Seidenfäden gelenkt werden.“

„Du nun wieder. Der große Psychologe spricht. Jedenfalls stelle ich mir Trauer um einen Sohn anders vor.“

Die physiotherapeutische Praxis von Bärbel Kruse lag in der Leher Heerstraße. Frau Kruse sei mitten in einer Behandlung, erfuhren sie von einem athletischen Mann ganz in Weiß, der gerade eine Patientin verabschiedete. Am besten würden sie im Wartezimmer solange Platz nehmen.

Friedberg nahm eine Lesemappe, während Spengler Kunstdrucke von Worpsweder Meistern betrachtete, die gerahmt an der Wand hingen. Eine ältere Frau mit Rollator, den sie vor sich hingestellt hatte, las im ‚Weser Kurier‘.

„Was kann ich für Sie tun, meine Herren?“ fragte Bärbel Kruse, ebenfalls ganz in Weiß.

„Jetzt bin ich aber erst dran“, quengelte die alte Dame.

„Natürlich, Frau Schuster. Die Herren sind von der Polizei und haben mir nur kurz etwas mitzuteilen. Dann kümmere ich mich gleich um Sie, einverstanden?“

„Ich warte schon eine Viertelstunde. Und um zwölf gibt's Essen. Das schaff ich ja gar nicht mehr.“

„Sie kommen rechtzeitig rüber nach Riensberg, das verspreche ich Ihnen. Sonst fährt Sie mein Kollege eben mit dem Wagen. Gehen Sie man schon in die Eins und ziehen sich aus.“

„Ich mag kein kaltes Essen“, murmelte die Frau und verschwand mit ihrem Rollator.

„Und nun zu Ihnen. Sie kommen wegen Jens Schlegel, weil der vorgestern wieder bei mir zu Hause aufgekreuzt ist, nicht wahr?“

„Nein.“ Spengler erhob sich. Friedberg legte die Lesemappe auf den Tisch und beugte sich vor. Er fixierte die attraktive Blondine, deren enganliegendes Trikot und die prall gefüllte Hose einen wohlgeformten Körper verrieten. Die zweite Schönheit an diesem Morgen, diese allerdings schon ein wenig angewelkt.

„Weshalb sonst?“ fragte Bärbel Kruse nervös.

„Wegen Ihres Bruders. Wir kommen gerade von Ihren Eltern. Jochen Kruse ist etwas passiert.“

„Hatte er wieder 'ne Schlägerei?“

„Nein, schlimmer. Er ist tot.“

„Wie bitte? Wollen Sie mich auf den Arm nehmen? Jochen ist kerngesund.“ Bärbel Kruse biß sich auf die Unterlippe. Sie bückte sich und ordnete die Lesemappen auf dem Tisch.

„Tut mir leid, aber er wurde erschossen. In seinem Auto. Heute nacht.“

„Das gibt's doch nicht“, flüsterte sie. „Wissen Sie schon von wem?“ fragte sie mit zitternder Stimme.

„Noch nicht, die Ermittlungen laufen ja erst an.“

„Frau Kruse, ich warte!“ hörte man die alte Dame rufen.

„Sofort, Frau Schuster!“ Bärbel Kruse lief auf den Flur. „Andreas, könntest du dich um Frau Schuster kümmern? Ich kann im Moment beim besten Willen nicht. Jochen ist tot.“

„Oh Scheiße! Ich hab noch Herrn Jansen in der Schlinge. Frau Schuster, ich bin in einer Minute bei Ihnen.“

„Nein! Ich will Frau Kruse. Ich laß mich nicht von einem Mann anfassen.“

Bärbel Kruse kehrte ins Wartezimmer zurück. „Tut mir leid, ich muß mir erstmal Frau Schuster vornehmen. Sie ist meine letzte Patientin heute morgen. Danach können wir reden. Wollen Sie solange warten?“

„Natürlich.“ Sie setzen sich wieder. Friedberg brachte die geordneten Lesemappen erneut durcheinander, bis er gefunden hatte, was er suchte: ‚Auto Motor Sport‘. „Ah, das ist interessant. Reifentest. Du wirst es nicht glauben, aber ich hab immer noch die Winterreifen drauf, weil ich neue für den Sommer brauche und einfach nicht weiß, wie ich sie bezahlen soll. Der kluge Mann kauft natürlich im Herbst neue Sommerreifen, weil sie dann billiger sind, aber der kluge Friedberg mußte im Herbst neue Stoßdämpfer finanzieren, damit er durch den TÜV kam. Ist dir eigentlich klar, daß wir viel zu wenig verdienen, Kollege?“

„Bitte verschon mich damit. Kauf dir immer ein neues Auto, bevor die Garantie abläuft, dann hast du nie Ärger. Und außerdem muß es ja nicht gerade Audi sein, oder? Ich bin mit meinem kleinen Skoda sehr zufrieden.“

„Ja, du weißt eben, wo’s langgeht. Ich muß halt noch viel lernen. Bedenke meine Unreife. Wenn ich in deinem Alter bin und in einer festen Beziehung, reicht mir bestimmt auch ein Kleinwagen.“

„Wie schön. Dann sind wir uns ja einig. Und bitte gleich keine Balztänze. Die Frau ist zwar gut gebaut, aber in Trauer und außerdem vom Alter her mehr meine Zuständigkeit.“

Seufzend widmete sich Friedberg wieder seiner Lektüre, und Spengler beobachtete den regen Autoverkehr auf der Leher Heerstraße, bis Bärbel Kruse zurückkehrte. Sie schloß hinter sich die Tür und setzte sich auf einen der harten Stühle.

„Ich kann's immer noch nicht glauben." Sie wischte sich die geschwollenen Augen. „Wo hat man ihn gefunden?"

„Am Weserwehr. Er saß am Steuer. Er ist vom Beifahrersitz aus erschossen worden, muß vermutlich den Täter gekannt haben", erklärte Spengler.

„Wer erschießt einen so harmlosen und gutmütigen Menschen?"

„Er hatte also keine Feinde? Wieso haben Sie dann vorhin von einer Schlägerei gesprochen?" fragte Friedberg.

Bärbel Kruse zögerte. „Naja, er hat manchmal in Ostertorkneipen gespielt, und da kann man schon mal was abkriegen."

„Zum Beispiel auch, wenn man mit Drogen handelt und an den Falschen gerät. Dealer haben's eben nicht leicht."

„Ich weiß nicht, wovon Sie reden." Angst war in ihren Augen zu sehen.

„Wir haben in der Wohnung Ihres Bruders einiges an Drogen gefunden. Haben Sie eine Erklärung dafür?"

„Nein." Sie schüttelte übertrieben heftig den Kopf. „Auch wenn er Musiker war, er hatte nie Drogenprobleme."

„Muß er ja nicht, wenn er nur damit handelte."

„Ich weiß allerdings, daß mein Exmann mit Drogen zu tun hat. Hasch und Kokain."

„Und das versteckt er dann in der Wohnung Ihres Bruders? Baut dafür extra einen Scanner um?" Friedberg verzog verächtlich den Mund.

„Wovon reden Sie?" Frau Kruse wirkte ratlos.

Spengler schaltete sich ein. „Es ist unwahrscheinlich, daß ein Dritter Drogen bei Jochen Kruse deponiert hat. Außerdem befindet sich relativ viel Geld auf Kruses Konto und zwar durch Bareinzahlung größerer Beträge."

„Die Wirte, bei denen er spielt, zahlen immer in bar. Reicht das als Erklärung?"

„Wir haben keine Belege für Auftrittshonorare gefunden."

„Vielleicht wurde das Geld ohne große Formalitäten übergeben."

„Also am Finanzamt vorbei", konstatierte Friedberg.

„Ich finde es reichlich taktlos, wie Sie mich hier in die Zange nehmen. Ich habe schließlich den Tod meines Bruders zu verkraften." Sie ließ Tränen über die Wangen laufen. „Außerdem bin ich nicht seine Aufpasserin. Wir sehen uns nicht so oft, daß ich mir wirklich ein Bild von seiner Lebensweise machen kann. Für mich ist er ein liebenswerter Bruder, der mich sehr unterstützt hat bei den Auseinandersetzungen mit meinem Exmann. Wenn einer ein Motiv hat, Jochen etwas anzuhängen, dann Jens Schlegel. Die beiden konnten sich nicht ausstehen. Und da Jens sowieso mit Drogen zu tun hatte, wäre es doch naheliegend, daß er aus Rache meinem Bruder was untergeschoben hat. Aber ich will nichts gesagt haben." Sie hob abwehrend die Hände.

„Ihr Vater hat auch schon versucht, Ihren Exmann zu belasten. Geht Ihr Mißtrauen gegenüber diesem Schlegel so weit, daß Sie ihm einen Mord zutrauen?" fragte Friedberg.

Bärbel Kruse sprang auf. „Ich werd den Teufel tun, mich an solchen Spekulationen zu beteiligen. Studieren Sie die Akten über Jens Schlegel, und dann ziehen Sie bitte selbst Ihre Schlüsse."

„Und was halten Sie von Kruses Freundin Marion Hellmann?"

„Auch da muß ich passen. Sehr attraktiv und kalt wie eine Hundeschnauze. Man munkelt so einiges wegen ihrer Entlassung aus dem Schuldienst. Doch ich kenne sie nur als amüsante, geistreiche junge Frau. Reicht das jetzt?"

Spengler, der immer noch saß, sah sie forschend an. „Darf ich fragen, weshalb Sie so gereizt reagieren? Es muß ja in Ihrem Interesse sein, daß der Mord an Ihrem Bruder so schnell wie möglich aufgeklärt wird. Und da kann jeder Hinweis nützlich sein."

„Sie haben recht. Entschuldigung." Sie wandte sich zur Tür.

„Glauben Sie, daß alles Wichtige besprochen worden ist?" Friedberg wollte aufstehen.

„Bleib noch einen Moment sitzen. Ich möchte kurz was mit dir bereden, wenn Frau Kruse uns allein läßt."

„Okay." Friedberg schaute irritiert.

„Ich denke, ich sollte jetzt die Praxis aufräumen. Heute nachmittag geht's wieder rund. Guten Tag." Sie verschwand, schloß die Tür sorgfältig hinter sich.

„Was ist?" flüsterte Friedberg.

„Es dauert maximal zehn Sekunden. Du kannst zählen."

„Na denn. Die Unfähigkeit zu trauern scheint in dieser Familie vorzuherrschen."

„Dünkel und Selbstgefälligkeit ebenso. Ich bin mal gespannt auf diesen Jens Schlegel, dem alle was anhängen wollen."

Die Tür wurde aufgerissen. „Meine Herren, ich muß noch etwas loswerden, sonst ersticke ich daran. Ich bin sicher, daß mein Exmann Jochen umgebracht hat. Erst vor ein paar Tagen hatten sie eine üble Schlägerei. Mich selbst hat Schlegel auch schon mit dem Tod bedroht. Deshalb hat das Gericht ihn verurteilt und ein Kontaktverbot verhängt. Dieser Mann ist zu allem fähig!"

Im Wagen erreichte sie ein Anruf aus dem Labor. Wo Spengler mit dem Schlüsselbund bleibe? Kaum war das Gespräch beendet, meldete sich Thiele vom Dezernat. Dr. Hasselmann habe für 17 Uhr eine Pressekonferenz angesetzt und erwarte von Spengler einen Bericht über die Ermittlungen. Hoffentlich gebe es schon eine heiße Spur.

„Gibt es die?" fragte Friedberg. „Ist dieser Schlegel eine?"

„Keine Ahnung. Bevor wir nicht mit dem geredet haben, äußere ich mich nicht dazu. Warum hast du die schöne Masseurin nicht gefragt, wo er wohnt?"

„Um dir Gelegenheit zu geben, mir das vorzuhalten. Ich rufe Thiele an. Der soll's rauskriegen."

„Und auch, ob die Schlegel-Kruses Kinder haben."

5

Jens Schlegel hatte die Nachricht in den Radio-Regionalnachrichten vernommen. Er wußte sofort, daß es sich bei dem als Opfer erwähnten Jochen K. aus der Herderstraße nur um seinen Exschwager handeln konnte. Nachdenklich starrte er auf den fettigen Eßteller, von dem er gebackenen Leberkäse mit Spiegelei gegessen hatte. Klar, daß die Polizei ihn jetzt in die Mangel nehmen würde. Alles sprach gegen ihn. Er hatte sich mit Jochen geschlagen, er hatte ihn bedroht, hatte in Gegenwart von Polizisten über ihn geschimpft. Ein Mord paßte nur allzu gut in das Bild, das man sich allgemein von ihm machte.

Eine gewisse fieberhafte Unruhe packte ihn, als sich ihm die Einzelheiten der Tat wie in einem Film offenbarten. Er war abends zu Kruse gefahren, hatte sich zum Schein bei ihm entschuldigt und sich mit ihm versöhnt. Als Kruse in der Küche einen Friedenschampagner aufmachte, hatte Schlegel das Drogenversteck im Scanner geplündert und nicht nur Kokain gefunden, sondern auch eine Pistole. Beides hatte er an sich genommen. Nachdem sie angestoßen hatten, erbot sich Kruse, ihn nach Hause zu bringen, da er ohnehin noch im Viertel zu tun habe. Bevor sie vom Sielwall auf den Osterdeich einbogen, bat Schlegel, nach links Richtung Hastedt zu fahren und ihn am Weserwehr abzusetzen, da er noch eine Nachtwanderung entlang der Weser machen wollte. Auf dem um diese Zeit einsamen Parkplatz war es dann passiert. So hatte er den Schwager endgültig aus Bärbels Leben eliminiert.

Was hatte er mit der Pistole gemacht? In die Weser geworfen natürlich, weit genug vom Tatort entfernt. Da würde man sie nie finden. Aber wieso war das Fahrrad heute morgen im Keller gewesen? Er hatte es doch in der Herderstraße zurückgelassen, als er zu Jochen in den VW stieg. Oder war er mit der Straßenbahn hingefahren? Keine Erinnerung – Blackout.

Er lachte, suchte im Kleiderschrank ein paar Garnituren Unterwäsche, Oberhemden, Socken, Pullover und Jeans zusammen, steckte alles in seinen Rucksack und legte das Zahnputzzeug, den Trockenrasierer und die Blechdose mit den kleinen Helfern obenauf. Den Regenmantel rollte er zusammen und schnallte ihn fest. Er überprüfte seine Brieftasche nach EC-Karte und Ausweis, zählte die Scheine und kam auf zweihundertvierzig Euro.

Im Keller befestigte er den Rucksack auf dem Gepäckträger und schleppte das Rad, das er inzwischen aus Oberneuland geholt hatte, auf die Straße. Nach zehn Minuten war er am Werdersee. Er legte sich ins Gras und schaute in den strahlend blauen Himmel. Eine Lerche stieg aus den Wiesen auf. Ihr jubelnder Gesang ging unter im Getöse einer Lufthansamaschine, die sich schon im Tiefflug befand und zur Landung ansetzte.

Radfahrer bevölkerten den Deich, junge Mädchen mit nackten Beinen unter wehenden Röcken und alte Männer mit verbissenen Gesichtern. Die einen genossen das Leben, die anderen quälten sich ab, das ihre um ein paar Jahre zu verlängern.

Schlegel wußte nicht recht, wie er selbst mit diesem Tag umgehen sollte. Er empfand keine Genugtuung über den Tod des Schwagers, obwohl der ihn weiß Gott verdient hatte, fühlte sich auch nicht besonders bedrängt durch das, was ihm jetzt drohte. Eine große Gelassenheit war über ihn gekommen. Die Sonne liebkoste seine Haut, und seine Augen berauschten sich an der tiefen Bläue des Himmels. Seine Sinne waren aufnahmebereit für alles, was dieser Frühlingstag zu bieten hatte. Es war ihm, als sei eine schwere Last von ihm abgefallen. Daß er sich jetzt auf der Flucht befand, amüsierte ihn mehr, als daß es ihn ängstigte. Für die Nacht würde er sich vielleicht ein Hotelzimmer nehmen am Hastedter Osterdeich. Allerdings mußte er sich zuvor erst einmal Geld beschaffen, und dazu hatte er eine Idee, die ihn belustigte.

Seine ehemalige Firma hatte ihren Hauptsitz in einer schloßähnlichen Villa am Osterdeich. Am späteren Nachmittag war die Wahrscheinlichkeit, Burkhard Hess dort anzutreffen, am größten. Dann hatte er seine Baustellenbesuche, Geschäftsessen und Kontaktbemühungen hinter sich und widmete sich der Büroarbeit. Ein untrügliches Zeichen für seine Anwesenheit war ein silberner Jaguar auf dem Chefparkplatz.

Schlegel schlief zwei Stunden, den Kopf auf dem Rucksack und das Fahrrad an seinen Gürtel gekettet. Er erwachte mit Kopfschmerzen und heißer Gesichtshaut. Er hatte sich einen Sonnenbrand zugezogen. Er rieb die Stirn mit After-Shave-Balsam ein und freute sich über die kühlende Wirkung. Der Tod von Jochen Kruse gab ihm Kraft, das spürte er deutlich. Und Kraft brauchte er für das Gespräch, das er jetzt vor sich hatte.

Wie erwartet stand die Cheflimousine auf ihrem Parkplatz und glitzerte frisch gewaschen in der Sonne. Schlegel ließ sein Fahrrad auf der Straße, schloß es an ein Verkehrsschild.

Die Frau am Empfangstresen war neu und attraktiv. Sie schaute Schlegel, sonnenverbrannt und hemdsärmelig wie er war, befremdet und arrogant an. „Ja bitte?" fragte sie und beugte sich über ein Formular, in das sie irgendwelche Eintragungen machte. Vielleicht eine Überstundenabrechnung, dachte Schlegel und wartete, bis sie ihren kühlen Blick wieder auf ihn richtete. „Was möchten Sie?"

„Zum Chef, wenn ich bitten darf."

„Der ist nicht da. Kann ich ihm was ausrichten?"

„Sein Wagen steht draußen. Um diese Zeit ist er fast immer im Haus. Das weiß ich noch von früher, denn ich hab hier mal gearbeitet."

„Ach ja? Dann wissen Sie sicher auch, daß Herr Hess viele Besprechungen hat. Im Moment möchte er jedenfalls nicht gestört werden."

„Hören Sie, junge Frau, Sie sollten solch eine Firma nicht mit einer Behörde verwechseln und sich vor allem nicht von Äußerlichkeiten leiten lassen. Was meinen Sie wohl, was Herr Hess Ihnen erzählt, wenn sich herausstellt, daß ich ihm ein Bombengeschäft vorzuschlagen habe und Sie mich abwimmeln wollten. Vielen Dank, ich kenne den Weg." Schlegel wandte sich zur Treppe.

„Aber Sie können doch nicht einfach ..." Die Frau verlor etwas von ihrer Überheblichkeit.

„Sie werden lachen, ich kann. Und bestellen Sie Herrn Hess, daß Jens Schlegel zu ihm auf dem Weg ist mit einem interessanten Angebot. Sie werden sehen, er empfängt mich."

Die Frau griff nach dem Telefon, als er gut gelaunt die Treppe hinaufstieg und sich den Rucksack abschnallte. Er hörte ihr aufgeregtes Flüstern.

Ein merkwürdiges Gefühl, sich wieder in dem Haus zu bewegen, in dem er so viele Jahre gearbeitet hatte. Die altvertraute herrschaftliche Eichentreppe aus der Gründerzeit, die schweren Holztüren mit pompösem Schnitzwerk, die hohen Stuckdecken und der eigenartige, unverwechselbare Geruch nach vergangener Zeit, der sich trotz aller Renovierungen gehalten hatte. Vielleicht steckte er in dem überall sichtbaren antiken Holz.

Im Vorzimmer von Hess' Büro traf er eine alte Bekannte, Frau Richter, trotz ihrer sechzig Jahre immer noch ganz Frau mit getönten Haaren und geliftetem Gesicht. Sie war bestimmt schon dreißig Jahre in der Firma, hatte zunächst dem Senior treu gedient und sich dann auch für den Junior mit ihren enormen Branchenkenntnissen unentbehrlich gemacht. Sie lächelte vorsichtig, schien nicht recht zu wissen, ob sie sich freuen durfte oder sich Sorgen machen mußte, denn natürlich war sie informiert über seinen unrühmlichen Abgang. „Hallo, Herr Schlegel. Wie geht es Ihnen?"

„Danke, gut. Und Sie braucht man nicht zu fragen, so gesund und jung, wie Sie aussehen." Sie wagte es, ihr Lächeln auf verschämt zu programmieren. „Ist er drin?" fragte Schlegel, wie er es tausende Male getan hatte und als sei er nur eben für eine Stunde aus dem Haus gewesen. Sie nickte und sagte in die Gegensprechanlage: „Herr Schlegel."

„Soll reinkommen", hörte man Burkhard Hess' mächtigen Baß.

Schlegel wurde nicht an der Tür abgeholt, wie es sonst bei wichtigen Gästen üblich war, sondern mußte sich selbst in das riesige Büro mit Blick auf Osterdeich und Weser bemühen. Parkett, schwarzes Leder und ein riesiger Schreibtisch, hinter dem Hess thronte, wuchtig, stiernackig und kurzatmig. Ein Mittfünfziger, der nur ans Geldverdienen und nicht an seine Gesundheit dachte, der Gegentyp zu all den alerten, sportgestählten Managern der jüngeren Generation. Er konnte und wollte seine proletarische Herkunft nicht verleugnen, denn sein Vater hatte als einfacher Maurer angefangen.

„Setz dich." Hess zeigte, ohne aufzustehen, auf den Besuchersessel vor dem Schreibtisch. „Was für ein tolles Angebot hast du für mich?"

Schlegel ließ sich langsam in den Sessel sinken und schlug die Beine übereinander. „Guten Tag erstmal. Wie geht es dir? Was machen Ellen und die Kinder? Alles wohlauf?"

„Komm zur Sache, Jens. Ich hab nicht viel Zeit. Außerdem gefällt es mir nicht, daß du hier plötzlich auftauchst. Ich hab dir zwar damals kein Hausverbot erteilt, aber ich bin davon ausgegangen, daß wir für immer geschiedene Leute sind. Wenn du also dein Haus verkaufen oder umbauen willst, gibt es Hunderte andere Ansprechpartner. Ich mache mit dir keine Geschäfte mehr."

„Das war deutlich, wenn auch wenig fair. Du scheinst völlig vergessen zu haben, daß du mir einiges schuldig bist."

„Ich dir?" schnaufte Hess. „Hab ich dich nicht großzügig abgefunden? Das war ein sauberer Deal, oder nicht?"

„Du läßt nur außer acht, daß ich seit damals keinen Job mehr finde. Du hast mir zwar Geld gegeben, aber du hast auch dafür gesorgt, daß ich in der Branche völlig unten durch war. Du hast dich deine saubere Weste einiges kosten lassen, okay, aber mich hast du ruiniert."

„Das hast du selbst getan. Oder hab ich dich gezwungen, krumme Geschäfte zu machen?"

„Natürlich nicht. Dazu bist du viel zu clever. Aber nahegelegt hast du's mir. Und du hast von all den kleinen Nebenabsprachen gewußt."

„Ich hatte Besseres zu tun, als mich um solchen Pipifax zu kümmern. Wozu hat man einen Geschäftsführer?“

„Willst du mir immer noch einreden, du hättest vom Wintergarten für Martens oder vom Pool für Rosenberg nichts gewußt, um nur zwei Beispiele zu nennen?“

„Was willst du?“ fragte Hess ungeduldig.

„Endlich eine gerechte Anerkennung meiner Leistung. Ohne mich würdest du heute nicht zu den reichsten Leuten in Bremen gehören. Wer jedes Jahr Zigtausende für den Bürgerpark spenden kann, sollte sich auch gegenüber einem Freund und Förderer erkenntlich zeigen.“

„Du willst also Geld. Obwohl ich dir eine dicke Abfindung gezahlt habe. Bist du jetzt völlig übergeschnappt?“

„Ich hab im Moment einen gewissen finanziellen Engpaß. Was liegt da näher, als einen alten Freund daran zu erinnern, daß er noch Schulden hat.“

„Hör mir auf, von Freundschaft zu reden, und erst recht damit, irgendwelche weiteren Ansprüche anzumelden. Wir haben damals einen sauberen Deal ausgehandelt, und dabei bleibt’s. Und jetzt raus mit dir! Setz dich von mir aus mit ’ner Blechdose in die Sögestraße, aber laß mich in Ruhe.“

Schlegel lächelte sanft und rührte sich nicht. „Du machst es dir sehr einfach und ignorierst dabei, daß du auf mich angewiesen bist, auf meine Schweigsamkeit. Auch wenn das jetzt fünf Jahre her ist, könnte ich mich immer noch geschäftsschädigend auswirken. Ein Plauderstündchen bei einer Zeitung, und der gute Ruf der Firma wäre zum Teufel.“

„Du willst mich also erpressen“, keuchte Hess und lehnte sich über den Schreibtisch.

„Von wollen kann keine Rede sein. Du zwingst mich dazu.“

„Und wenn ich die Polizei rufe?“

„Nur zu. Die konnte mir noch nie Angst einjagen. Jedenfalls hättest du dann auch den Skandal, dafür würde ich schon sorgen. Und du weißt ja: ein bißchen was bleibt immer hängen.“

„Du bist ein Schwein."

„Gern. Du glaubst nicht, wie gut es mir tut, dich schwitzen zu sehen."

„Raus! Ich geh das Risiko ein. Dir glaubt sowieso keiner, wenn du mich anschwärzt. Wer bist du denn? Eine verkrachte Existenz. Kein seriöser Journalist in Bremen würde sich mit dir abgeben."

„Lassen wir's drauf ankommen. Ich würde ja nicht einfach irgendwelche Behauptungen in die Welt setzen, ich könnte alles belegen. Ich habe seinerzeit die wichtigsten Vorgänge dokumentiert und für mich kopiert."

„Ja, ich weiß. Und diese Kopien hast du mir für die Abfindung gegeben."

„Das waren Kopien der Kopien. Für wie blöd hältst du mich?"

„Du hast hoch und heilig geschworen ..."

„Ein falsches Ehrenwort gegen deine hinterhältige Art, mich zum alleinigen Sündenbock zu machen – wer will da richten? Nimm einfach zur Kenntnis, daß ich dich nach wie vor in der Hand habe."

„Wieviel willst du für die Kopien?"

„Die kriegst du nicht. Die bleiben meine Lebensversicherung. Im Moment will ich nur ein Taschengeld. Gib mir alles, was du in der kleinen Kasse hast, deine Barschaft für Notfälle."

„Das sind viertausend, glaube ich."

„Soll reichen fürs erste. Wegen der Kopien komme ich später wieder."

„Die meisten Vorgänge sind längst verjährt."

„Mag sein. Ich will dich ja nicht hinter Gitter bringen. Aber deinen guten Ruf kann ich auch mit verjährten Gaunereien ruinieren."

„Schwein." Hess öffnete eine Schreibtischschublade und holte eine Metallkassette hervor. Mit einem Schlüssel, den er aus der Jackentasche zog, öffnete er sie, nahm ein Bündel Geldscheine heraus und schob es über den Tisch.

Vorsichtig griff Schlegel zu und zählte. „Es sind fünftausend“, sagte er schließlich und steckte das Geld in den Rucksack, der zwischen seinen Beinen stand.

„Dann freu dich. Und jetzt verschwinde, ehe ich mich vergesse.“

„Soll das eine Drohung sein?“ Schlegel lachte. „Denk an dein Herz. Du solltest unbedingt abnehmen. Dein Keuchen klingt gar nicht gut.“

„Raus!“ brüllte Hess.

Betont langsam erhob sich Schlegel, machte eine Verbeugung und zog sich rückwärts gehend zurück, den Rucksack über das Parkett schleifend. Im Vorzimmer warf er Frau Richter eine Kußhand zu, was sie mit einem zuckersüßen Lächeln quittierte.

Die Dame an der Anmeldung würdigte ihn keines Blickes, als er sich den Rucksack überwarf und mit einem Taschenkamm vor einem Spiegel das Haar glättete. Er sah sich noch einmal um und sog den Duft des Hauses ein. Ein wesentlicher Teil seiner Existenz war hier für immer begraben.

Auf der Straße fühlte er sich beobachtet. Da lauerten sie hinter den Fenstern und schauten dem Verlierer triumphierend hinterher. Vielleicht saßen auch in den geparkten Autos am Osterdeich Polizisten, die nach ihm Ausschau hielten. Er sollte so schnell wie möglich aus der Stadt raus.

Er fuhr den Osterdeich Richtung Hemelingen, durchquerte das Hafengebiet und fand sich in der Hemelinger Marsch wieder. Es war Unsinn, in ein Hotel zu gehen. Wenn nach ihm gefahndet wurde, würde man die Hotels überwachen. In die Neustadt konnte er nicht zurück, und eine andere Bleibe hatte er nicht.

Er achtete nicht auf den Weg, empfand es als wohltuend, durch gleichmäßige Bewegung beschäftigt zu sein, und konstatierte zufrieden, daß er noch über einige Kraftreserven verfügte. Er war blind für die Reize der Weserlandschaft und für andere Ausflügler, die ihm gutgelaunt und leicht bekleidet auf Rädern oder zu Fuß begegneten. So kam er über Arbergen und Osterholz schließlich nach Oberneuland.

Auf dem Hodenberger Deich legte er sich auf eine Bank, den Kopf auf dem Rucksack. Er hatte Hunger und Durst, mußte also auf jeden Fall noch in die Stadt, um sich mit Lebensmitteln zu versorgen.

Warum verdammt noch mal durfte er jetzt nicht einfach nach Hause gehen zu Bärbel? In wenigen Minuten konnte er bei ihr sein. Er würde sein Rad in die Garage stellen, mit ihr zu Abend essen und anschließend einen schönen Film im Fernsehen anschauen. Dazu würden sie ein Flasche Bordeaux trinken und sich in Stimmung bringen für eine zärtliche Stunde im Bett.

In einem Supermarkt deckte er sich mit Snacks und Getränken ein und war verblüfft, als ihn die Kassiererin mit einem freundlichen „Guten Abend, Herr Schlegel" verabschiedete. Man erinnerte sich also noch an ihn hier in der Gegend. Aber man wußte nicht, daß er ein gesuchter Verbrecher war.

Am Hodenberger Deich gab es einige Wochenendgrundstücke mit bewohnbaren Gartenhäuschen. Eines war zum Verkauf angeboten, wie ein Schild am Jägerzaun verriet. Das stand also leer und konnte ihm vorerst als Unterkunft dienen. Jetzt am späteren Abend würden sicher auch keine Interessenten mehr auftauchen, um das Anwesen in Augenschein zu nehmen.

Er kletterte über den Zaun, als niemand weit und breit zu sehen war, hob das Rad hinüber und versteckte es hinter einem Schuppen. Das Häuschen hatte eine kleine Gartenterrasse mit einer Glastür, die in den einzigen Raum führte, der, wie er erleichtert feststellte, noch möbliert war. Die Tür war natürlich verriegelt, und keiner seiner Schlüssel paßte in das Schloß. Es gab allerdings ein Seitenfenster, das nur mit einem altmodischen Klemmriegel gesichert war. Mit einem Taschenmesser, das er immer im Rucksack dabei hatte, hob er ohne große Mühe den Riegel nach oben und stieß das Fenster auf. Mit Hilfe eines Gartenstuhls von der Terrasse stieg er ein in sein neues Domizil, das etwas muffig roch, aber alles an

Komfort bot, was er für eine Nacht brauchte, sogar eine Toilette. Auch Strom war vorhanden, aber er traute sich nicht, Licht zu machen.

Mit kalten Frikadellen, einem Käsebrötchen und einer Flasche Wein setzte er sich auf die Terrasse, denn es war noch sehr warm. Er genoß das Abendessen und fühlte sich an ein Ferienhaus in der Toskana erinnert, in dem er mit Bärbel den letzten gemeinsamen Urlaub verbracht hatte. Die schon vorhandenen Spannungen zwischen ihnen hatten sich in Luft aufgelöst, wenn sie abends weinselig in die Dämmerung dösten, wenn die Fledermäuse um die Zypressen torkelten und die Zikaden ihr mächtiges Konzert begannen, wenn auf den gegenüberliegenden Hügelketten das letzte Licht violett verglühte.

Hier gab es zwar nur Tannen und Lebensbäume statt der Zypressen, aber der Abendhimmel hatte sich genauso betörend verfärbt wie damals in Italien. Seine Sehnsucht tat weh.

Er brauchte noch eine Stunde, bis die Flasche geleert und die Dunkelheit perfekt war. Dann stand sein Entschluß fest. Er mußte Bärbel an diese Toskana-Nächte erinnern.

Zunächst fuhr er mit Beleuchtung, um nicht aufzufallen, falls ihm ein Streifenwagen begegnete. In der Nähe des Hauses stellte er den Dynamo ab und schob das Rad. Er ließ es hinter einem Transformatorhäuschen stehen und bemerkte ein fremdes Auto vor Wellhausens Grundstück. Vermutlich Polizei. Er überstieg den Zaun zu einem Nachbargarten, schlich an der Innenseite einer mannshohen Hecke entlang, kletterte über eine weitere Einfriedung und huschte im Schatten dichter Büsche bis an Bärbels Grundstück. Den letzten Zaun bewältigte er an einer Stelle, wo ihn ein Rhododendronbusch sofort verbarg. Am seitlichen Maschendrahtzaun entlang, geschützt von Ziersträuchern und Rosenbüschen, kroch er bis zum großen Rasen hinterm Haus. Auch hier bot ihm ein Rhododendron gleich neben der Terrasse Sichtschutz. Allerdings raschelte trockenes Laub, als er sich auf den Boden setzte.

„Was war das?“ hörte er Bärbel fragen.

„Wahrscheinlich ein Vogel oder unser Igel“, antwortete Andreas.

‚Unser Igel‘ – Schlegel biß sich auf die Zunge.

„Ich hab immer Angst, daß Jens hier irgendwo rumschleicht, wenn wir draußen sitzen.“

„Den hat die Polizei sicher längst eingebuchtet.“

„Hoffentlich.“

Durch den Blätterschirm sah Schlegel die beiden nebeneinander auf dem Korbsofa, Bärbels Beine in eine Decke gehüllt. Vor ihnen auf dem Gartentisch Weingläser und eine fast geleerte Flasche. Andreas zeigte auf die Flasche und fragte: „Soll ich noch eine aufmachen?“

„Um Gottes Willen, nein. Ich bin froh, daß ich endlich etwas zu mir komme. Wenn ich jetzt weitertrinke, fange ich gleich wieder an zu heulen.“

„Armes Mädchen.“ Andreas legte den Arm um ihre Schultern.

„Ich kapier einfach nicht, warum er das getan hat. Wenn er mich abknallen würde, wäre das ja irgendwie logisch, aber mein Bruder kann überhaupt nichts für unsere Probleme. Er mochte Jens nicht sonderlich, na gut, er hat Jens provoziert, als er ihm jetzt die Drogen gesperrt hat, doch reicht das für einen Mord?“

„Und wenn es gar nicht Jens war?“

„Ausgeschlossen. Warum ist er dann verschwunden? Ein eindeutigeres Schuldeingeständnis gibt es ja wohl nicht.“

„Die Polizei war vorhin überaus vorsichtig mit ihren Mutmaßungen.“

„Mag sein. Ich kenne Jens und weiß, wie jähzornig er sein kann. Außerdem spüre ich einfach, daß er damit zu tun hat. Denk doch nur mal daran, wie er neulich über dich hergefallen ist. Jens ist inzwischen so instabil, daß er zu allem fähig ist.“

Andreas schüttete den Rest des Weines in die beiden Gläser. „Trotzdem auf dein Wohl, mein Schatz.“ Er prostete ihr zu.

Sie nahm einen kleinen Schluck. „Jedenfalls bin ich dir dankbar, daß du heute nicht zum Training gegangen bist.“

„Na, hör mal, das ist ja wohl selbstverständlich in solch einer Situation."

„Ach, was ist schon selbstverständlich? Laß uns langsam reingehen. Ich hab Angst, daß Jens hier plötzlich auftaucht. Man muß davon ausgehen, daß er bewaffnet ist."

„Ist er nicht!" Schlegel sprang aus dem Busch. „Ich komme nur, um dir zu sagen, wie leid mir alles tut."

„Grundgütiger", stammelte Bärbel. „Ach du Scheiße!" bellte Andreas.

„Keine Angst, ich bin völlig entspannt und friedlich gestimmt. Weißt du, warum, Bärbel? Ich mußte vorhin an unseren letzten Urlaub in der Toskana denken, als ich den schönen Sonnenuntergang sah. Damals waren wir noch ein Paar, erinnerst du dich? An die stillen Abende mit unserem Brunello auf der Dachterrasse? Für mich ist das alles noch so lebendig, als wäre es gestern gewesen."

„Jetzt ist er völlig übergeschnappt", flüsterte Bärbel.

„Die Polizei ist hinter dir her wegen Jochen." Andreas nahm den Arm von Bärbels Schultern und lehnte sich sprungbereit nach vorn.

„Ich weiß. Aber dazu habe ich nichts zu sagen. Ich fürchte mich nicht vor deren Fragen. Wenn ich es für richtig halte, werde ich zu ihnen gehen. Doch im Moment habe ich andere Sorgen. Bleib sitzen, Andreas. Wenn du versuchst, mich aufzuhalten und denen auszuliefern, wirst du das bitter bereuen." Er zeigte auf die Taschenlampe in seiner Hosentasche, die durchaus eine Waffe sein konnte.

„Jens, komm endlich zur Vernunft. Noch ist es nicht zu spät", flehte Bärbel.

„Doch. Es ist zu spät. Meine Toskanaträume sind ausgeträumt, scheint mir.

„Was hat Jochen dir getan?" Bärbel wurde vom Weinen überwältigt.

„Viel. Und das weißt du. Vor allem hat er dich gegen mich eingenommen. Es ist schwer zu ertragen, wenn ein Gauner wie er sich als moralische Instanz aufspielt. In deiner Familie sind es immer die Falschen, die glauben, über andere richten zu können. Schade, dieses wäre eine Nacht für die Liebe, Bärbel. Versuche gar nicht erst, sie bei diesem Klotz an deiner Seite zu finden. Ich darf mich verabschieden. Wer mir folgt, kriegt Ärger. Aber ihr könnt gern die Polizei verständigen. Ihr müßt nur laut rufen. Jaja, Andreas, glaubst du im Ernst, ich hätte nicht bemerkt, daß das Haus überwacht wird? Ein verdächtiger Wagen steht vor Wellhausens Grundstück. Ich kenne meine Schleichwege. Adieu!"

Er floh auf demselben Weg, den er gekommen war. Er zerriß sich die Hose an einem Zaun und ratschte sich das Bein auf. Er spürte das warme Blut auf der Haut. Hinterm Trafohäuschen riß er sich einen Ärmel vom Oberhemd und verband die Wunde.

Inzwischen waren die Polizisten aktiv geworden, alarmiert von Andreas. Mit Taschenlampen suchten sie die Straße und die umliegenden Vorgärten ab. Schlegel hatte keine andere Wahl, er mußte das Fahrrad vorerst im Stich lassen und zu Fuß das Weite suchen, quer durch Gärten und Anlagen.

In einem Straßengraben wartete er eine halbe Stunde und schlich dann zurück zum Trafohäuschen. Vor Bärbels Haus war Ruhe eingekehrt. Die Polizisten saßen wieder in ihrem Auto, und sein Rad stand so da, wie er es hingestellt hatte. Sogar der zusammengerollte Pullover lag noch auf dem Gepäckträger. „Brave Ordnungshüter", murmelte er und zog den Pullover an, denn mit einem abgerissenen Hemdsärmel sah er nicht gerade vertrauenerweckend aus. Die Schmerzen im Bein waren erträglich, und durch den Verband drang kein Blut. Er war also für weitere Unternehmungen bestens gerüstet. Das einzige, was ihm jetzt fehlte, war eine schöne Linie Koks.

Er schob das Fahrrad über eine Garageneinfahrt auf ein großes Grundstück, das gerade bebaut wurde und noch nicht mit einem Zaun gesichert war. Ein kleines Wäldchen mit Teich nahm ihn auf, und von dort führte ein Fußweg zu einer Seitenstraße. So verschaffte ihm seine Vertrautheit mit dem Gelände einen Vorteil gegenüber der Polizei. Er genoß das kleine Triumphgefühl.

Er trat kräftig in die Pedalen und scheute sich nicht, die Beleuchtung anzuschalten. Nach einer Viertelstunde war er in Horn. Es war jetzt elf, aber vielleicht noch nicht zu spät, um mit Sabine zu sprechen. Das Haus der Eltern lag dunkel hinter der Ligusterhecke. Nur das Seitenfenster im Obergeschoß zeigte Licht. Sabine schlief also noch nicht. Er nahm das Handy aus der Brusttasche und wählte ihre Nummer. Der Teilnehmer sei vorübergehend nicht erreichbar, teilte ihm eine freundliche Frauenstimme mit.

Sollte er läuten? Dann würde er die Eltern wecken, und eine Begegnung mit ihnen konnte er jetzt nicht brauchen. Sicherlich hatte die Polizei sie schon besucht und in größte Verwirrung gebracht. Also was tun?

Während er unschlüssig an der Pforte stand und den Briefkasten anstarrte, bemerkte er, wie im Flur Licht gemacht wurde und zwei Personen die Treppe herunterkamen. Schnell lief er durch den Vorgarten und stellte sich neben die Haustür. Die wurde leise aufgeschlossen und vorsichtig geöffnet. Hinter Sabine kam ein junger Mann zum Vorschein, der sich mit einem Kuß auf die Wange von ihr verabschiedete.

„Wir sehen uns morgen. Schlaf gut und Kopf hoch", flüsterte er.

„Mach's gut", antwortete sie leise.

Schlegel trat vor und legte den Finger auf den Mund. „Keine Panik", flüsterte auch er.

Sabine fuhr erschrocken zurück, der junge Mann schaute irritiert. „Papa, was soll das?" Sabine faßte sich mit beiden Händen ans Herz.

„Brauchst du Hilfe?" fragte der junge Mann.

Sabine schüttelte den Kopf. „Ist schon in Ordnung."

„Sie sollten jetzt besser verschwinden, junger Mann." Schlegel stellte sich in die Tür und schob Sabines Besucher hinaus. „Ich muß mit meiner Tochter allein reden."

„Soll ich die Polizei rufen, Sabine?“ Der junge Mann entfernte sich einen Schritt.

„Um Gottes Willen, nein. Kümmere dich nicht weiter um uns. Er ist mein Vater.“

„Ich bin in diesem Haus aufgewachsen und habe das Recht, hier ein und aus zu gehen. Sie müssen sich keine Sorgen um Sabine machen, sie ist bei mir in guten Händen. Auf Wiedersehen.“ Schlegel drückte seine Tochter zurück in den Flur und schloß vorsichtig die Tür. „Komm, gehen wir rauf. Nur für ein paar Minuten. Kann man dem Jungen trauen, oder holt der wirklich die Polizei?“

„Weiß ich nicht. So gut kenne ich ihn nicht. Wir sind zusammen in einem Seminar.“

„Na gut. Das Risiko muß ich eingehen. Schläfst du mit ihm?“ Sie stiegen leise die teppichbespannte Treppe hinauf.

„Ist das wichtig?“

„Natürlich. Ich möchte nicht, daß er dich unglücklich macht.“

Sie betraten das Zimmer, und Sabine setzte sich aufs Bett, das noch nicht aufgeschlagen war. „Du hast wirklich Probleme.“ Sie schüttelte den Kopf. „Heute war mir jedenfalls nicht danach, mit jemandem ins Bett zu gehen. Und das verdanke ich dir.“

Schlegel hatte den Schreibtischstuhl genommen. „Bist du verliebt in ihn? Sieht jedenfalls ganz nett aus. Du mußt nur vorsichtig sein. Ich hoffe, du nimmst die Pille.“

„Tu ich nicht und bin trotzdem vorsichtig. Papa, was willst du von mir? Oma und Opa, die alten Kruses und besonders Mama sind völlig aus dem Häuschen wegen Onkel Jochen, und du kreuzt hier seelenruhig auf und willst wissen, ob ich die Pille nehme? Hast du sie noch alle? Die Polizei macht einen Riesenaufstand, weil du abgehauen bist, und du tust so, als sei nichts geschehen. Überfällst Mama und erzählst ihr was vom Toskana-Urlaub. Und jetzt sitzt du hier und spielst den besorgten Vater. Wenn ich's nicht selbst erlebte, würde ich's nicht glauben.“

Schlegel lachte. „Hat Mama dich also schon angerufen. Warum hast du mir nie erzählt, daß du einen Freund hast, der hier die halbe Nacht mit dir rumsitzt?“

„Weil es dich nichts angeht. Weil mich euer ganzes Leben ankotzt. Weil ich nur noch für mich selbst verantwortlich bin. Und jetzt sag mir endlich, was du mit Onkel Jochen zu tun hast!“

„Nichts. Ich bin nur froh, daß er die verdiente Strafe erhalten hat.“

„Die Polizei verdächtigt dich, und du tust alles, um den Verdacht zu rechtfertigen. Hast du Onkel Jochen erschossen?“

„Wenn ich jetzt nein sage, würdest du mir glauben?“

„Wie denn, nach allem, was geschehen ist?“

„Siehst du. Deshalb bin ich untergetaucht. Wenn du schon Zweifel an meiner Unschuld hast, wie soll ich dann von der Polizei oder von einem Richter erwarten, daß sie mich gerecht und vorurteilsfrei behandeln. Seit es Mama gelungen ist, mich als Verbrecher abstempeln zu lassen, habe ich jeden Kredit verspielt.“

„Dann sag mir die Wahrheit.“

„Wahrheit? Wessen Wahrheit? Meine, deine, die von Mama, die vom alten Kruse oder die der Polizei? Man verfolgt mich wie einen Mörder – ist es da noch wichtig, wer was getan hat? Ich bin auf der Flucht, und ich muß dir gestehen, daß ich Vergnügen dabei empfinde. Vorhin, als ich Mama besucht habe, konnte ich die Polizei gleich zweimal an der Nase herumführen. So was schafft Selbstvertrauen.“

„Papa, du bist mir unheimlich. Ich kenne dich nicht mehr. Du redest wie ein Fremder.“

„Siehst du. Das ist eben deine Wahrheit. Laß mir die meine. Du könntest mit meiner nichts anfangen. Irgendwann werden sie mich schnappen und als Mörder verurteilen, und dann ist die Welt wieder in Ordnung.“

„Papa, was willst du hier?“

„Nur dich sehen, dein liebes Gesicht, deine schönen Haare. Mir klar machen, daß du lebst als Beweis dafür, daß Mama und ich mal ein Paar waren. Ich sehe uns beide in dir, meine Augen, ihren Mund, ihre hohen Wangenknochen, ihr Lächeln, wenn du dich mal dazu aufraffen kannst."

„Du mißbrauchst mich. Ich mag nicht Projektion eurer Beziehung sein. Ich bin mit Lars zusammen, um endlich Abstand zu gewinnen. Ich werde so schnell wie möglich hier ausziehen und meine neue Adresse geheimhalten oder einfach ins Ausland verschwinden. Schluß, aus! Ich kann nicht mein ganzes Leben nur Tochter sein." Sabine warf sich weinend aufs Bett. Als er sie streicheln wollte, stieß sie heftig seine Hand zurück. „Wenn du das Onkel Jochen angetan hast, werde ich nie mehr mit dir sprechen."

„Ich weiß, ich weiß", murmelte er. „Wie konnte dich deine Mutter so verletzen? Wir sind beide Opfer ihrer Gefühlskälte. Armes, armes Mädchen."

„Raus!" schrie Sabine und trat mit beiden Füßen nach ihrem Vater.

Man hörte Geräusche auf der Treppe und gleich darauf ein zaghaftes Klopfen an der Tür. „Was ist los, Sabine? Geht es dir nicht gut?" Die Stimme der Großmutter.

„Doch, Oma, es ist alles in Ordnung." Sabine richtete sich auf.

„Mit wem hast du gesprochen? Hast du immer noch Herrenbesuch?"

„Ja. Lars geht gleich."

Schlegel stand auf und öffnete die Tür. „Es ist nicht Lars, Mama, ich bin's."

Die Mutter stand im Nachthemd, mit einem Umschlagtuch über den Schultern, zitternd in der Tür. „Dachte ich's mir. Deine Stimme hab ich sofort erkannt. Gut, daß du endlich da bist. Alle Welt sucht nach dir. Die Polizei war auch schon da, nicht wahr, Sabine? Du siehst schlecht aus, mein Junge."

„Komm rein und mach die Tür zu, sonst weckst du Papa." Schlegel nahm die alte Frau an die Hand und führte sie zu Sabine, neben der sie sich aufs Bett setzte.

„Der schläft wie ein Stein. Er hat eine Tablette genommen. Ich glaube, er hat sich deinetwegen ziemlich aufgeregt, Jens. Wer hat schon gern die Polizei im Haus? Was ist denn nun mit deinem Schwager? Hast du wirklich was mit dem Verbrechen zu tun?"

„Aber Mama, du kennst doch deinen Jens. Der tut keiner Fliege was zuleide."

„Hab ich deinem Vater auch gesagt, als der anfing, sich Sorgen zu machen. Aber das ist das alte Problem: Väter und Söhne – so alt wie die Welt. Ich habe gleich gesagt, eine Mutter spürt so was. Wenn der Sohn auf die schiefe Bahn geriete, hätte sie keine ruhige Minute mehr. Dein Vater ist eben das geborene Mißtrauen. Schon bei deinen Schulproblemen hat er immer nur die Schuld bei dir gesucht."

„Ja Mama. Aber das ist lange her ..."

„Richtig", unterbrach sie ihn, „ allerdings hat dein Vater nichts dazugelernt. Als du bei Hess so gut im Geschäft warst, hat er immer geunkt. ‚Wart's nur ab' war seine ständige Rede. Es ist so leicht, recht zu behalten, wenn man bloß mit dem Schlimmsten rechnet."

„Papa hat mir nie viel zugetraut, ich weiß."

„Jedenfalls nichts Gutes. Statt dessen hat er es durchaus für möglich gehalten, daß an den üblen Gerüchten über deine Kündigung etwas dran sein könnte. Wie oft haben wir deswegen gestritten."

„Ja, Mama, und dafür bin ich dir dankbar. Du bist der beste Beweis dafür, wie relativ jede Wahrheit ist."

„Das verstehe ich jetzt nicht." Die alte Dame wandte sich irritiert an Sabine. „Du?"

„Ich glaube schon, Oma. Aber ich bin müde und möchte jetzt allein sein."

„Ja, Kindchen, du hast recht. Morgen ist wieder ein anstrengender Tag. Wollen wir uns noch ein wenig ins Wohnzimmer setzen, Jens? Vielleicht magst du was trinken. Ich glaub, da ist noch eine Flasche Bier im Kühlschrank."

„Nein, Mama. Ich muß jetzt los."

„Gut, mein Junge. Und vergiß nicht, zur Polizei zu gehen. Die Herren wollen dringend mit dir reden. Dein Vater hat sogar versprochen, sie zu informieren, wenn du auftauchst. Aber das kannst du ja nun selbst tun. Alt genug bist du ja." Sie lachte und erhob sich ächzend. Sie küßte Sabine auf die Stirn und umarmte Schlegel. „Gute Nacht, ihr beiden Hübschen." Sie schlurfte hinaus und schloß die Tür leise hinter sich.

„Warum gehst du nicht mit ihr?" fauchte Sabine.

„Ich kann dich in diesem Zustand nicht allein lassen."

„Du kannst ihn nur noch verschlimmern, wenn du mich nicht endlich in Ruhe läßt."

„Alles, was du vorhin gesagt hast, hörte sich nach einem endgültigen Bruch mit mir an. Das kann ich nicht akzeptieren. Ich verstehe, daß du erregt bist, aber ich werde nicht noch einmal den Fehler machen, eine Trennung zu akzeptieren, die wir beide nicht durchhalten. So wie Mama immer meine Frau bleiben wird, bist du bis in alle Ewigkeit meine Tochter. Ich werde erst gehen, wenn du eingesehen hast, daß du zu weit gegangen bist. Selbst wenn ich Jochen getötet haben sollte, kommst du von mir nicht los."

„Papa, ich kann nicht mehr. Mach, was du willst, aber laß mich endlich in Ruhe." Sabine ließ sich erneut aufs Bett fallen und vergrub das Gesicht im Kopfkissen.

„Ist dir eigentlich bewußt, daß du mich den ganzen Abend wieder ‚Papa' nennst, nachdem du dich neulich geweigert hast? Ich halte das für ein gutes Zeichen. Das ist einfach der Beweis unserer Abhängigkeit voneinander."

„Wenn du jetzt nicht gehst, rufe ich die Polizei!" Sabine richtete sich wieder auf.

„Tu's. Hier bitte." Er reichte ihr sein Handy. „Einseinsnull."

„Seit heute weiß ich, wie recht Mama hatte, dich in die Wüste zu schicken."

„Ruf an. Niemandem außer dir würde ich es gestatten, mich der Polizei auszuliefern. Das ist deine große Chance. Die zukünftige Juristin sorgt für Recht und Ordnung."

„O mein Gott, womit hab ich das verdient!" Sie warf das Handy auf den Boden.

Er hob es auf und steckte es ein. „Hab ich dir schon gesagt, daß du hübscher geworden bist? Das macht die neue Frisur. Neulich hattest du die noch nicht. Alles für Lars, nicht wahr? Ich freu mich für dich, ehrlich. Es gibt nichts Schöneres, als frisch verliebt zu sein. Sei mir nicht böse. Es wäre mir auch lieber, das Zusammengehörigkeitsgefühl zwischen uns wäre etwas Selbstverständliches und müßte nicht auf so dramatische Art und Weise eingefordert werden. Versuch, an mich zu glauben, und drück mir die Daumen, daß ich das alles einigermaßen überstehe. Ich hab dich sehr lieb. Gute Nacht." Er küßte sie auf die Stirn, was sie sich teilnahmslos gefallen ließ.

6

Spengler und Friedberg saßen sich im Präsidium an ihren Schreibtischen gegenüber. Friedberg blätterte in Akten. Spengler hatte den ‚Weser Kurier' aufgeschlagen vor sich liegen. Draußen stockte der Verkehr. Vor der Kurfürstenklinik hatte sich wie fast jeden Morgen eine riesige Autoschlange gebildet, die bis zu Lidl zurückreichte. Friedberg stand auf und schloß das gekippte Fenster.

„Ewig dieser Gestank", fluchte er.

„Es scheint ihnen immer wieder ein Vergnügen zu sein, wenn sie schreiben können, daß man noch keine heiße Spur hat", knurrte Spengler.

„Dabei haben wir ja eine. Wir werden das denen nur nicht gleich auf die Nase binden." Friedberg setzte sich wieder.

„Hasselmann will, daß wir morgen ein Fahndungsfoto von Schlegel veröffentlichen, wenn er heute im Laufe des Tages nicht auftaucht. Mir geht das zu fix. Was haben wir denn gegen ihn in der Hand? Daß seine Exfrau und dieser Kruse ihn belasten, ist verständlich, aber wenig aussagekräftig."

„Vielleicht bringt uns ja das Labor noch Hinweise auf ihn."

„Selbst wenn die Fingerabdrücke oder Haare oder Kleidungsfussel von Schlegel im Tatwagen finden, hilft uns das nicht viel weiter. Sogar seine Frau räumt ja ein, daß Kruse seinen Schwager manchmal mitgenommen hat im Wagen. Die haben immerhin bis zuletzt Drogengeschäfte miteinander gemacht."

„Und warum versteckt sich Schlegel dann?"

„Frag mich was Leichteres. Vielleicht ahnt er, daß er Ärger kriegt, wenn wir ihn uns vorknöpfen."

„Nur daß er sich durch solche Spielchen wie heute nacht in Oberneuland noch verdächtiger macht. Der hat die Kollegen doch richtig verarscht."

Spengler lachte. „Cleveres Kerlchen. Mich stört einfach, daß die Familie Kruse uns den Schlegel auf dem Präsentierteller serviert. Die können den offensichtlich nicht schnell genug hinter Gitter kriegen.“

„Kann man doch verstehen. Der Kerl macht bei denen ja auch ständig Zoff. Und es spricht wirklich vieles gegen ihn. Anrüchige Geschäfte bei Hess ...“

„Wissen wir auch nur aus dem Munde seiner Ex. Hess selbst hält sich ja völlig bedeckt.“

„Drogenkonsument. Verurteilt wegen Stalking mit Morddrohung gegen seine Ex und so weiter und so weiter.“

„Nix und so weiter. Das ist eben schon alles. Einer wie Schlegel tötet vielleicht im Vollrausch: erschlägt, ersticht, erwürgt nach einer fürchterlichen Keilerei. Aber ein Kruse, durchtrainiert und in der kriminellen Szene zu Hause, läßt sich von einem Spinner wie Schlegel nicht abmurksen. Der weiß, wie man sich wehrt. Kruse ist regelrecht hingerichtet worden, und zwar völlig überraschend für ihn. Er muß den Täter gekannt und ihm vertraut haben. Nichts deutet auf irgendeine Art von Widerstand hin. Wenn du mich fragst: das war Profiarbeit. Womöglich durch einen Auftragskiller. Wenn wir Pech haben, ist der schon längst über alle Berge. Sitzt gemütlich in einem Café auf der Via Veneto und trinkt seinen Cappuccino.“

„Dann können wir ja die Akte schließen, und du kümmerst dich ab sofort um dein Boot. Einverstanden?“

Spengler lachte. „Da fühle ich mich aber durchschaut. Die arme Irmgard sitzt jetzt ganz allein im Hafen und saut sich ein. Es gibt nichts Schlimmeres, als den alten Lack runterzuholen. Nein, im Ernst: der Kruse war eine so dubiose Erscheinung, daß wir unbedingt in Richtung Drogenszene ermitteln müssen. Eine Schlüsselfigur scheint diese Marion Hellmann zu sein.“

„Möglich. Die vom Drogendezernat haben sich noch nicht gemeldet. Das heißt, daß Kruse dort ein unbeschriebenes Blatt ist. Sonst hätten wir längst die Akte.“

„Frag noch mal nach, bitte."

Friedberg seufzte und telefonierte. „Hier ist noch mal Friedberg. Habt ihr inzwischen was rausbekommen wegen Kruse?"

Während Friedberg zuhörte, begann Spengler, das Kreuzworträtsel in der Zeitung zu lösen. Dabei konnte er besonders gut nachdenken. Das Hirn arbeitete zweigleisig, oft mit überraschenden Ergebnissen.

Friedberg legte auf. „Eine Akte Kruse gibt es drüben nicht. Die haben den schon lange auf dem Kieker, aber bisher konnten sie ihm nie was nachweisen."

„Das bestätigt einmal mehr, was für ein gerissener Hund dieser Kruse war. Mit Kleindealerei an der Straßenecke hat der sich nicht abgegeben. Wie sein Konto zeigt, ging es um große Geschäfte. Daß er seinen Schwager mit Drogen versorgt hat, war nur eine Gefälligkeit am Rande."

Friedberg seufzte. „Und ansonsten auch keine Hinweise. Telefon, Laptop, Anrufbeantworter – alles unergiebig. Der wußte, wie man den Saubermann spielt."

Es wurde laut an die Tür geklopft, und ohne Aufforderung betrat Ulrich Kruse das Zimmer. „Guten Tag, die Herren. Darf ich Sie kurz sprechen?"

Sie erwiderten den Gruß, und Spengler zeigte auf den Besucherstuhl neben seinem Schreibtisch. „Bitte, nehmen Sie Platz."

Kruse öffnete sein Jackett, rückte seine Krawatte zurecht und setzte sich.

„Was können wir für Sie tun?" fragte Spengler.

„Für mich können Sie gar nichts tun, aber für die Aufklärung des Mordes an meinem Sohn. Ich bin einigermaßen erstaunt, Sie hier so seelenruhig im Büro sitzen zu sehen. Ich bin davon ausgegangen, daß mit einer Großfahndung nach meinem Exschwiegersohn gesucht wird. Oder gehen Ihre Ermittlungen inzwischen in eine andere Richtung?"

„Darüber können wir keine Auskunft geben." Spengler legte die Zeitung zusammen.

„Sie müssen mir nichts vormachen. Ich hatte mein ganzes Berufsleben über mit Polizeiarbeit zu tun. Ich bin also, wenn Sie so wollen, kollegial eingebunden. Vertraulichkeit war immer mein oberstes Gesetz. Da ich in diesem Fall nicht einfach ein neugieriger Laie, sondern ein betroffener Fachmann bin, darf ich wohl eine besondere Behandlung beanspruchen."

„Wir ermitteln in verschiedene Richtungen, und mehr ist dazu nicht zu sagen."

„Darf ich fragen, weshalb Sie mir nicht vertrauen? Ich habe in meinem Leben mit mehr Verbrechen zu tun gehabt als Sie, Herr Kommissar. Einfach aufgrund meines Alters. Warum wollen Sie mein Wissen, meine Erfahrung nicht nutzen? Müssen alle Kriminalisten die Verbrechensaufklärung neu erfinden? Oder zweifeln Sie an meiner Denkfähigkeit, an meiner geistigen Mobilität?"

Spengler seufzte und rollte die Zeitung zusammen. „Nichts dergleichen, Herr Kruse. Es ist schlicht nicht gestattet, Außenstehende über unsere Ermittlungen zu informieren."

„Wen wundert's da, daß die Aufklärungsquote so niedrig ist. Die Polizei bleibt in ihrem Trott, auch wenn die Welt draußen in Flammen steht."

„Wir wären Ihnen dankbar, wenn Sie uns nicht weiter von der Arbeit abhalten würden", sagte Friedberg frech.

„Junger Mann, ich sehe Ihnen das nach. In Ihrem Alter glaubte ich auch manchmal, mich provozierend verhalten zu müssen, besonders wenn ich im Unrecht war. Seien Sie gewiß, das gibt sich. Ich räume allerdings ein, daß ich an der Polizeiarbeit regelmäßig Anstoß genommen habe. Wie oft mußte ich Verbrecher freisprechen wegen schlampiger Ermittlungen oder ungenügender Beweissicherung und Beweisführung. Wie oft hab ich mich gefragt, ob Polizistenhirne besonderem Verschleiß ausgesetzt sind. In Zeiten wie diesen, wo wir es nicht nur mit einer erschreckend hohen Alltagskriminalität zu tun haben, sondern mit Terrorismus, religiösem Fanatismus, neuem Faschismus und vor allem mit einem extremen Nihilismus, der zu Amokläufen und zu sinnlosen Schulmassakern führt, befindet sich die Polizei nur noch auf der Verliererseite dank schlechter Ausbildung, Einfallslosigkeit ..."

„... und schlechter Bezahlung", feixte Friedberg.

„Machen Sie sich nur lustig, junger Mann. Mich wundert es jedenfalls nicht, wenn angesichts der desaströsen Zustände bei den Ordnungskräften immer mehr Bürger zu privaten Sicherheitsdiensten Zuflucht nehmen oder einfach Selbstjustiz üben. Wenn Leute wegen eines Parkplatzes, der ihnen vor der Nase zugestellt wurde, zur Waffe greifen, oder wenn Rentner wegen hundert Euro erschlagen werden, dann ist der Tag nicht fern, an dem man sich nur noch mit Leibwächtern aus dem Haus begeben kann. Und das vor allem aufgrund des totalen Versagens der Polizei."

„So, jetzt reicht's, Herr Kruse. Auch wenn der Verlust Ihres Sohnes Ihnen sicher sehr zugesetzt hat, müssen wir es uns doch verbitten, daß Sie in dieser Art und Weise unsere Arbeit verunglimpfen." Spengler schlug mit dem Zeitungsröllchen auf den Schreibtisch.

„Wem der Schuh paßt, der zieht ihn sich an. Dabei habe ich gar nicht Sie persönlich gemeint, meine Herren. Ich habe ganz allgemein gesprochen und Sie nur ein wenig nachdenklich stimmen wollen. Ich habe Ihnen meine Dienste angeboten, und Sie haben mich abserviert. Können Sie es mir da verdenken, daß mir wieder einfällt, wie oft ich mich über polizeiliche Ignoranz und Arroganz geärgert habe? Also nichts für ungut, Sie sind bestimmt die rühmlichen Ausnahmen von der Regel."

„Dann können Sie also getrost davon ausgehen, daß die Ermittlungen im Mordfall Kruse bei uns in besten Händen sind. Guten Morgen." Spengler warf die Zeitung in den Papierkorb und griff demonstrativ nach einer Akte.

Kruse blieb wie angenagelt sitzen. „Ich verstehe einfach nicht, weshalb die Polizei einen Mann wie Schlegel nicht dingfest machen kann. Dieser Kerl ist gestern abend sowohl bei meiner Tochter als auch bei meiner Enkelin aufgetaucht, zwei wunderbare Gelegenheiten für einen Zugriff. Was ist passiert? Die Beamten vor dem

Haus meiner Tochter lassen den Mann entwischen, und das Elternhaus von Schlegel, in dem meine Enkelin zur Zeit wohnt, wird nicht einmal überwacht. Nennen Sie das professionelle Arbeit?"

„Es steht Ihnen frei, sich bei Doktor Hasselmann über uns zu beschweren."

„Worauf Sie sich verlassen können."

„Gut. Dann besorgen Sie sich am besten gleich einen Termin und warten bitte draußen im Flur."

„Sehen Sie, Sie bestätigen geradezu mustergültig meine Vorbehalte gegenüber Ihrer Arbeit. Statt zu sagen: jawohl, da haben wir gepatzt. Es ist unentschuldbar, einen dringend Tatverdächtigen gleich zweimal entkommen zu lassen. Statt endlich mal kleine Brötchen zu backen, wollen Sie mich vor die Tür setzen, den unbequemen Mahner mundtot machen."

Spengler wandte sich an Friedberg. „Hast du die Adresse von der Hellmann? Ich denke, wir sollten uns jetzt hier absetzen."

Friedberg nahm sein Notizbuch und steckte es in die Brusttasche. „Kar. Ich geh schon mal in die Fahrbereitschaft und kümmere mich um den Wagen." Friedberg stand auf. „Besserwisser wie Sie sind genau das, was unsereins so braucht. Da macht die Arbeit gleich doppelt Spaß. Guten Tag, Herr Kruse."

Kruse lachte höhnisch. „Wer als Polizist Spaß bei der Arbeit sucht, hat seinen Beruf verfehlt. Sie als Kriminalbeamter und ich als Richter haben die traurige Pflicht aufzupassen, daß die Welt nicht völlig im Chaos versinkt. Der Mensch ist eine Mißgeburt, ein fehlentwickeltes Tier, das mit seinen ungezügelten Trieben nur darauf aus ist, sich Vorteile gegenüber anderen zu verschaffen und diese anderen notfalls auch zu vernichten, gar nicht zu reden von denen, die Lust dabei empfinden, wenn sie töten. Ich habe meinen Beruf oft gehaßt wegen des unglaublichen menschlichen Drecks, der da in die Gerichte geschwemmt wird. Wenn Sie Ihren Job wirklich ernst nehmen, meine Herren, wenn Sie sich dabei auch noch von ethischen Maximen leiten lassen, dann können Sie nur verzweifeln angesichts der menschlichen Misere."

„Trotzdem verschwinde ich jetzt." Friedberg wandte sich zur Tür.

„Warte, ich komme gleich mit." Spengler warf sich sein Jackett über den Arm. „Schönen Tag noch, Herr Kruse." Sie stürmten aus dem Zimmer und überließen den alten Herrn sich selbst.

Erst im Wagen fand Spengler wieder Worte. „Sag mal, was war das eben? Hast du so was schon mal erlebt?"

„Nee, der redet ja wie ein Buch. Ich hab nur kapiert, daß der uns Feuer unterm Hintern machen will. Denkst du, der geht zu Hasselmann?"

„Unter Garantie. Und das gibt Ärger, denn der Alte hat ja recht, was die Pannen gestern abend anbetrifft. Daß der Schlegel seine Ex auf der Terrasse überfallen konnte, ist nicht gerade ein Ruhmesblatt für unsere Kollegen. Und daß wir das Haus der Eltern nicht überwacht haben, ist schlicht Scheiße. Mein Fehler, dein Fehler, unser aller Fehler. Ich kann mir das für mich nur so erklären, daß ich irgendwie unbewußt an Schlegel als Täter nicht glaube. Aber das ist Psychokacke. Vielleicht bringt der jetzt gerade seine Frau um. Jedenfalls ist nicht zu übersehen, daß der Alte den Schlegel unbedingt hinter Gittern wissen will. Was herrscht in dieser Familie für ein unguter Geist! Und warum, verdammt noch mal, müssen wir uns immer mit Familienproblemen herumschlagen? Wo wir doch beide keine haben und froh darüber sind."

„Du sagst es. So, da wären wir. Carl-Schurz-Straße 18. Und natürlich kein Parkplatz. Ich stell mich drüben in die Garageneinfahrt und mach'n Zettel mit meiner Handynummer an die Windschutzscheibe."

Sie klingelten und mußten nicht lange warten. Ein Summer entsperrte die Tür. Marion Hellmann empfing sie auf dem Flur der ersten Etage und begleitete sie in eine hübsch eingerichtete Altbauwohnung, eine geschmackvolle Mischung aus Antiquitäten, Designermöbeln, vielen Büchern und modischen Kunstdrucken. Sie setzte sich an den Eßtisch, auf dem ein Laptop stand, und zwang so die Herren, sich ebenfalls auf gestylten, aber unbequemen Stühlen niederzulassen.

„Ich war bei der Arbeit." Sie zeigte auf das Notebook. „Eine Übersetzung aus dem Englischen für eine Freundin, die an einem Kinderbuch schreibt. Sie haben Glück, mich noch anzutreffen. Ich wollte gerade in die Stadt und Besorgungen machen."

„Fein. Dann wollen wir Sie nicht lange aufhalten. Ich denke, es ist auch in Ihrem Interesse, wenn wir möglichst schnell Licht in das Dunkel um Kruses Tod bringen." Spengler schenkte ihr das netteste Lächeln, zu dem er sich aufraffen konnte. Er spürte die Nervosität seines Kollegen neben ihm und mußte befürchten, daß der wieder aus der Rolle fallen könnte, denn die junge Frau hatte trotz Trauer nichts von ihrer Attraktivität eingebüßt. T-Shirt und Jeans betonten auch heute jedes Detail ihres Körpers.

„Nachdem Jens Schlegel untergetaucht ist, deutet doch vieles darauf hin, daß er mit der Sache zu tun hat." Sie lächelte zurück und zeigte makellose Zähne.

„Woher wissen Sie vom Verschwinden von Schlegel?"

„Von Bärbel. Ich habe vorhin mit ihr telefoniert. Es ist im Moment wichtig, daß wir uns ein bißchen beistehen."

„Ja, Trost und Genugtuung darüber, daß es ganz offensichtlich einen Schuldigen gibt. Merkwürdig, alle Kruses und nun auch Sie wirken wie erlöst, seit Schlegel sich verdächtig macht." Spengler lächelte immer noch.

„Ich wirke erlöst?" fragte sie erstaunt.

„Ja. Ihre Gereiztheit von gestern ist wie verflogen."

„Das Kätzchen schnurrt und versteckt seine Krallen." Friedberg grinste.

„Kätzchen? Was erlauben Sie sich? Reden Sie immer so mit Hinterbliebenen?"

„Selten. Höchstens mit solchen, die eine Schau abziehen." Friedberg intensivierte sein Grinsen.

Marion Hellmann wandte sich an Spengler. „Herr Kommissar ..."

„Hauptkommissar, wenn ich bitten darf. Aber Sie können mich auch mit Namen anreden: Spengler."

„Herr Spengler, würden Sie bitte Ihrem jungen Kollegen klarmachen, daß ich nicht gewillt bin, auf diesen unverschämten Ton einzugehen."

Spengler wandte sich an Friedberg. „Ich soll dir klarmachen, daß Frau Hellmann nicht gewillt ist, auf deinen unverschämten Ton einzugehen."

„Schade. Sie ist so hübsch anzuschauen. Eine echte Bereicherung in diesem tristen Fall. Wenn ich Frau Hellmann wäre, würde ich gewillt sein herauszubekommen, was mit ‚Schauabziehen' gemeint ist. Sie nimmt nur Anstoß an meinem Ton, den ich gern ändere, aber in der Sache widerspricht sie nicht."

„Sie reden in Rätseln, junger Mann." Marion Hellmann begann, in ihrem Notebook zu tippen. „Für mich ist das Gespräch beendet."

„Wir können Sie auch gern aufs Präsidium bestellen, wenn Ihnen das lieber ist", meinte Spengler und malte mit dem Zeigefinger Figuren auf die Tischplatte.

„Was soll das alles?" Wütend klappte sie das Notebook zu. „Weshalb versuchen Sie, mich zu provozieren?!"

„Weil Sie uns so einiges verschweigen. Zum Beispiel, warum Sie aus dem Schuldienst entlassen wurden." Spengler gab sich besonders liebenswürdig.

„Ich wurde nicht entlassen. Ich habe selbst gekündigt."

„Weil man es Ihnen nahegelegt hat. Wir wissen von Ihrer Drogenvergangenheit, und wir glauben Ihnen einfach nicht, daß Sie nichts von Kruses Beziehungen zur Szene gewußt haben. Der Mord an Kruse ist Profiarbeit. Ein Spinner wie Schlegel killt nicht so geschäftsmäßig. Wir wollen von Ihnen wissen, mit welchen Leuten aus der Szene Kruse Kontakt hatte."

„Außerdem wollen wir wissen, wie Kruse seine Geschäfte abgewickelt hat. Die Summen, die er bar auf sein Konto eingezahlt hat, sind zu üppig für Kleindealerei." Friedberg lächelte verbindlich.

„Ich kann Ihnen wirklich nichts dazu sagen“, wehrte sich Marion Hellmann.

„Wollen Sie uns weismachen, daß man mit einem Mann zusammenleben kann, ohne etwas von seinen Machenschaften mitzukriegen?“ Spengler schüttelte lächelnd den Kopf.

„Zumal Sie selbst ja Ihren Stoff von ihm bezogen. Reicht Ihnen noch Hasch, oder sind Sie inzwischen bei härteren Sachen gelandet? Koks würde gut zu Ihnen passen.“ Friedberg nickte ihr ermunternd zu.

„Sie wollen mich fertigmachen. Ihre Frechheiten sollen mich einschüchtern. Denken Sie, darauf falle ich rein?“ Die plötzliche Blässe und die zitternden Mundwinkel verrieten ihre Erregung.

„Was hält Sie davon ab, uns ins Vertrauen zu ziehen? Haben Sie Angst, nicht mehr beliefert zu werden? Stoff gibt's im Viertel an jeder Straßenecke. Befürchten Sie Racheakte von den Hintermännern, wenn Sie auspacken? Oder sind Sie selbst so in die ganze Sache verwickelt, daß Sie sich ans Messer liefern, wenn Sie reden?“ Spengler wischte sich den Mund, als hätte er zuviel gesagt.

Friedberg übernahm. „Sie tun sich keinen Gefallen, wenn Sie uns verscheißern. Wir kriegen ja sowieso raus, was da gelaufen ist. Und wenn wir dann entdecken, daß Sie Dreck am Stecken haben, sehen Sie alt aus. Arbeiten Sie mit uns zusammen, und wir halten die Hand über Sie.“

Marion Hellmann lachte nervös. „Ich glaub, ich spinne. Ich komme mir vor wie in einem schlechten Krimi. Denken Sie im Ernst, auf diese primitive Art und Weise können Sie mich dazu bewegen, irgendwelche Geständnisse abzulegen?“

„Also gibt es was zu gestehen?“ fragte Friedberg schnell und lehnte sich vor.

Als wollte sie seiner Bewegung ausweichen, warf sie den Kopf zurück. „Ich verliere meinen Lebensgefährten, und Sie behandeln mich wie eine Verbrecherin.“

„Woher stammt das viele Geld auf Kruses Konto?“

„Er hat Geschäfte gemacht, na klar. Von irgendwas mußte er schließlich leben. Glauben Sie, das hätte er von seiner Musik tun können?“ Sie schüttelte den Kopf.

„Was für Geschäfte?“

„Was weiß ich.“

„Natürlich wissen Sie es“, sagte Spengler hart.

„Er hat manchmal Immobilien gekauft und renoviert. Dann hat er sie weiterverkauft.“

„Wie dürfen wir das verstehen?“

„Er hat alte Häuser saniert und in Einzelwohnungen umbauen lassen zum Beispiel.“

„Und warum gibt’s darüber keine Unterlagen in seiner Wohnung?“

„Er war ja nur so eine Art Vermittler auf Provisionsbasis. Die Verträge sind über die Firma Proll gelaufen.“

„Nach seinen Einkommensteuererklärungen hat er nur geringfügige Einnahmen gehabt, gerade genug als Existenzminimum. Das andere lief dann schwarz, stimmt’s?“ Friedberg legte beide Arme weit über den Tisch, als wollte er nach der Frau greifen.

„Das weiß ich nun wirklich nicht.“ Sie hatte einiges an Glanz verloren und konnte die Angst in ihren Augen nicht mehr verbergen.

„Prima. Bei ‚Grashoff‘ oder im ‚Topas‘ essen gehen, im Luxus leben und nicht fragen, woher das Geld dafür kommt.“ Spengler schaute angewidert aus dem Fenster.

„Dann will ich Ihnen mal erklären, wie so was abgeht“, bot Friedberg scheinbar unterwürfig an. „Man kauft ein altes, renovierungsbedürftiges Haus für sagen wir hundertzwanzigtausend. Man saniert es selber, das heißt: man holt sich Schwarzarbeiter aus Polen, für sagen wir weitere zwanzigtausend. Macht hundertvierzigtausend. Es entstehen drei Einzelwohnungen, die man das Stück für achtzigtausend verkauft. Gewinn hunderttausend. Auf dem Papier verkauft man die Wohnungen nur für siebzigtausend das Stück, die restlichen je zehntausend kassiert man schwarz. Der Käufer spart auf diese Weise Grunderwerbssteuer und Notargebühren, der Verkäufer beim Finanzamt. Besonders beliebt ist dieses Verfahren auch bei Geldwäsche. Man legalisiert nicht nur das Drogengeld, man vermehrt es auch noch aufs Eindrucksvollste."

„Ich kann mir nicht vorstellen, daß Jochen sich für so was hergegeben hat", sagte Marion Hellmann kleinlaut. „Natürlich hab ich mich manchmal gewundert, wie großzügig er mit Geld umging, doch wir haben nie darüber im einzelnen gesprochen. Er hat wohl mal gesagt, daß er eine Wohnung günstig verkauft hat, doch das klingt ja nun nicht gleich nach Verbrechen."

„Sie können uns nicht weismachen, daß Sie nicht zumindest geahnt haben, was mit Kruse los war. Warum haben Sie sonst zunächst alle Auskünfte darüber verweigert?" Spengler seufzte tief und schneuzte sich in ein zerknittertes Taschentuch, das auch schon mal bessere Tage gesehen hatte.

„Wenn man vom Tod eines Freundes erfährt, überlagert die Erschütterung alles andere. Vielleicht kommt es dann zu unsinnigen Reaktionen und Fehlleistungen. Es tut mir leid, daß ich Ihnen Schwierigkeiten gemacht habe. Ich wollte einfach nicht, daß der Mensch, der mir am meisten bedeutet hat, plötzlich in einem schlechten Licht dasteht." Sie drückte ein paar Tränen unter ihren langen Wimpern hervor.

„Klingt beinahe überzeugend. Und da wir nun ganz offen miteinander reden, werden Sie uns sicher auch sagen, ob Kruse in letzter Zeit Ärger hatte mit jemandem aus der Immobilienszene." Friedberg zog seine Arme vom Tisch und verschränkte sie hinter dem Kopf.

„Vielleicht mit Proll selbst. Jochen hat mal über ihn gesagt, daß der den Hals nie vollkriegen könne. Es ging, glaube ich, darum, daß Proll die Provisionen kürzen wollte. Deshalb gab es wohl einen handfesten Krach."

„Und dabei hat Kruse gedroht, daß er den ganzen Laden hochgehen lassen würde, und Proll hat nur einen Ausweg gesehen, den lästigen Kruse zum Schweigen zu bringen..."

„Aber nein, was legen Sie mir da in den Mund? Wir sind hier nicht bei der Mafia!“

„Vielleicht doch“, sagte Spengler bedächtig. „Liebe Frau Hellmann, ich will Ihnen nicht unterstellen, daß Sie im einzelnen Bescheid wußten. Aber Sie sind eine intelligente Frau mit zwei wachen Augen im Kopf. Ihnen kann nicht alles entgangen sein, nur wollten Sie gar nichts Genaueres wissen. Sie wollten in Frieden mit Kruse leben und den lieben Gott einen guten Mann sein lassen. Sie haben immer gespürt, daß mit Kruse was nicht stimmte, doch es war bequemer wegzuschauen. Es gibt in diesem Land eine große Tradition des Wegschauens, des Nichtwahrhabenwollens, Sie befinden sich also in bester Gesellschaft. Nichts für ungut, diese kleine Verallgemeinerung mußte einfach sein. Ich wünsche Ihnen von Herzen ein schlechtes Gewissen. Guten Tag.“

Das Bürohaus von Proll lag an der Contrescarpe hinter der Wallmühle. Sie fuhren ohne Blaulicht und brauchten einige Zeit durch den Innenstadtverkehr.

„Verrückt.“ Spengler schüttelte den Kopf. „Immobiliengaunereien scheinen in Bremen sehr beliebt zu sein. Vielleicht hat ja der Schlegel seinen Schwager erst auf die Idee gebracht.“

„Aber bei Schlegel spielte wohl Geldwäsche keine Rolle.“

„Weiß man’s? “

„Was versprichst du dir von einem Besuch bei Proll?“

„Vor allem das Vergnügen, so einen Kerl zum Schwitzen zu bringen. Daß der Herr seine Hände in Unschuld wäscht, ist sowieso klar. Aber vielleicht zeigt er ja Nerven.“

„Da können Sie nicht parken, die Plätze sind für die Geschäftsleitung reserviert.“ Ein Mann in einem uniformähnlichen Overall näherte sich eilig, als sie sich vor das Haus an der Contrescarpe stellten. Es waren vier Parkplätze frei.

„Sicherheitsdienst.“ Friedberg machte den Motor aus. „Herr Proll hat wohl Schutz nötig.“

„Darf ich Sie bitten, Ihren Wagen sofort zu entfernen.“ Der schnauzbärtige Mann trat ans Seitenfenster zu Friedberg und gab sich streng. „Dies ist ein Privatgrundstück.“ Friedberg hielt ihm den Polizeiausweis unter die Nase. „Können Sie uns sagen, ob Herr Proll im Hause ist?“

„Der ist unterwegs. Ich weiß nicht, wann er zurückkommt.“

„Könnten Sie das in Erfahrung bringen?“

„Moment.“ Er zog ein walkytalkyähnliches Gerät aus der Tasche und drückte einen Knopf. „Ja bitte?“ hörte man eine weibliche Stimme krächzen. „Hier sind zwei Herren von der Polizei und fragen nach Herrn Proll. Wissen Sie, wann er wieder in der Firma ist?“

„Nicht vor fünfzehn Uhr. Und dann hat er gleich eine Besprechung. Ich werde die Herren für sechzehn Uhr vormerken. Wie heißen die beiden?“

„Spengler und Friedberg von der Kripo“, sagte Friedberg.

Der Mann gab die Namen durch und winkte den Wagen vom Parkplatz, als gelte es, auch nicht eine Sekunde Zeit zu verlieren.

„Das ist unsere Konkurrenz. Diese Typen machen uns irgendwann arbeitslos. Law and Order in privater Hand. Zauberhaft. Und was nun?“

„Laß uns mal mit Schlegels Tochter reden. Die wohnt bei ihren Großeltern in Horn. Vielleicht kriegen wir da was raus über Schlegels Aufenthalt.“

Eine alte Dame in grauem Wollkleid und Schürze öffnete ihnen die Haustür. „Ja bitte?“ fragte sie und blinzelte, als hätte sie was an den Augen. Das Gesicht wirkte trotz der Falten noch mädchenhaft jung, und ihr Lächeln war wohl früher mal verführerisch gewesen.

„Wir sind von der Kriminalpolizei ...“

„Ach ja“, unterbrach sie traurig. „Hat sich also mein Sohn nicht bei Ihnen gemeldet. Es waren ja gestern schon zwei Herren in Uniform hier wegen Jens. Als er gestern abend reingeschaut hat, mußte er mir versprechen, daß er Sie aufsucht. Vielleicht hat er’s vergessen. Er hat ja soviel am Hals im Moment. Und dann diese dumme Geschichte mit seinem Schwager. Aber nein, so was vergißt er nicht. Er ist sehr zuverlässig. Er ist jetzt bestimmt gerade bei Ihnen im Polizeihaus, nachdem Sie weggefahren sind. Sie haben sich einfach verfehlt."

„Dann hätte man uns benachrichtigt. Wir sind ständig erreichbar."

„Merkwürdig. So kenne ich meinen Sohn gar nicht." Sie schüttelte ratlos den Kopf.

„Was ist denn los, Mama?" Ein alter Herr mit krummem Rükken schlurfte in den Flur. Sein graues schütteres Haar stand wirr um den Kopf, und eine Lesebrille hockte auf der Nasenspitze.

„Hier sind zwei Herren von der Polizei. Jens hat sich nicht bei ihnen gemeldet. Verstehst du das? Er tut ja gerade so, als hätte er etwas zu verbergen."

„Er ist und bleibt ein Schlawiner", sagte der Alte und lachte. „Machen Sie sich keine Sorgen, meine Herren, das hat nichts Ernstes zu bedeuten. Jens hatte immer einen eigenen Kopf. Ich habe ihm schon so oft ins Gewissen geredet. Es fehlt dieser Generation an Respekt vor den Mitmenschen oder auch vor staatlichen Organen. Ich würde mir nie erlauben, die Polizei warten zu lassen. Aber so was hält man heute für Untertanengeist ..."

„Wir sind eigentlich gekommen, um mit Ihrer Enkelin Sabine Schlegel zu reden", unterbrach Spengler sanft.

„Ist sie denn da?" fragte der Alte seine Frau.

„Ich denke schon. Sie wollte sich auf ein Seminar vorbereiten. Sabine?" rief sie die Treppe hinauf.

Eine Tür wurde geöffnet. „Moment, Oma, ich habe gerade Lars am Telefon."

„Hier warten zwei Herren von der Polizei."

„Komme sofort."

„Wenn die Herren inzwischen im Wohnzimmer Platz nehmen wollen. Ich gehe mal voran."

Sie folgten dem Alten in einen Raum, der mit altmodischen Stilmöbeln vollgestellt war und wenig Bewegungsfreiheit ließ. Allerdings entschädigte der Blick über eine Terrasse auf einen hübschen Garten mit blühenden Rosensträuchern in allen Variationen.

„Wie schön", sagte Spengler und deutete nach draußen. Er erntete einen dankbaren Blick des Alten und ein süßes Lächeln der Frau.

„Darf ich Ihnen was anbieten? Wasser? Saft? Oder vielleicht Kaffee?" Sie wandte sich zu einem Vitrinenschrank mit Geschirr.

Spengler lehnte dankend ab und wollte sich in einen Ohrensessel setzen. „Den bitte nicht, der ist meinem Mann vorbehalten. Er hat einen kranken Rücken. Nehmen Sie doch mit einem der anderen vorlieb. Da haben Sie freie Wahl."

Spengler ließ sich langsam auf einem Eichenschemel nieder, der wohl zum Hochlegen der Füße gedacht war. Jedenfalls zeigte das verzeihende Lächeln der alten Dame, daß er wieder einen Fehler gemacht hatte, während Friedberg ohne Beanstandung einen Samtsessel in Besitz nahm.

„Komm, Papa." Frau Schlegel führte ihren Mann zum Ohrensessel und wartete daneben, bis er ächzend hineingesunken war. „Verdammte Arthritis", stöhnte er. „Wissen Sie, unsere Generation muß die Hungerjahre nach dem Krieg bitter büßen. Unsere Gelenke und Bandscheiben sind allesamt hinüber. Aber erzählen Sie mal heute einem jungen Menschen, wie hart es ist zu hungern. Die gucken nur verständnislos und hungern freiwillig, um so eine Mannequin-Figur zu bekommen. Eine paradoxe Welt."

„Da bin ich. Tut mir leid, daß Sie warten mußten." Sabine stand lächelnd in der Tür, hübsch zurechtgemacht mit frisch gewaschenen Haaren und in sommerlich leichter Kleidung. Man sah ihr an, daß sie gerade mit ihrem Freund gesprochen hatte. Sie strahlte eine Sinnlichkeit aus, die Friedberg sofort aufmerken ließ.

Aus dem muffigen, betont unansehnlichen Mädchen war in kürzester Zeit eine verführerische junge Frau geworden, und diese Entwicklung stand in eigenartigem Widerspruch zu den dramatischen Ereignissen um ihren Vater und ihren Onkel. Der alte Schlegel rieb sich verblüfft die Augen. „Donnerwetter“, flüsterte er.

„Wir würden Sie gern allein sprechen.“ Spengler erhob sich.

„Dann müßten Sie zu mir raufkommen. Ist allerdings etwas eng oben.“

„Wir machen hier Platz“, sagte Frau Schlegel fröhlich. „Komm, Papa, du kannst mir ein bißchen in der Küche helfen. Bleiben die Herren zum Essen?“ Sie wollte ihrem Mann aus dem Sessel helfen, was er unwillig abwehrte.

„Vielen Dank. Wir müssen gleich weiter.“ Schlegel setzte sich wieder.

„Schade. Beim Essen plaudert's sich so angenehm. Viel Erfolg, meine Herren.“

„Seien Sie gnädig mit meinem Sohn. Was auch immer er angestellt hat, er ist im Grunde kein schlechter Kerl. Es fehlt ihm einfach wie so vielen in seinem Alter an Respekt.“ Der Alte deutete eine Verbeugung an und verschwand mit seiner Frau, auf deren Arm er sich stützte.

„Was wollen Sie von mir?“ Sabine setzte sich aufs Sofa und schlug die Beine übereinander.

„Wissen, weshalb Sie so guter Laune sind?“ fragte Friedberg schnell.

„Bin ich das?“ fragte Sabine und drehte sich eine Locke über den rechten Zeigefinger.

„Ihr Onkel wurde erschossen, und Ihr Vater steht unter Mordverdacht. Berührt Sie das nicht?“ Friedberg rieb sich die Hände.

„Doch, aber anders, als Sie das wohl erwarten. Ich muß dafür nicht in Sack und Asche gehen. Mein Onkel hat mir nicht sehr nahe gestanden. Er hat sich wenig für mich interessiert. Ich mochte seine Arroganz nicht. Er hielt mich für ein dummes Gänschen und wurde darin auch noch unterstützt von seiner Marion, dieser scheinheiligen Stricherin.“

„Stricherin?“ fragte Spengler.

„Ja. Oder besser: Callgirl. Eine Gesellschafterin für die oberen Zehntausend. Ich hab sie mal beim Joggen vorm Parkhotel mit einem meiner Profs aus einem Jaguar steigen sehen. Von einem Kommilitonen weiß ich, daß sie unter Profs und Wirtschaftsbossen herumgereicht wird. Sie verdient viel Geld, denke ich. Und mein Onkel war auch kein Unschuldslamm. Ich bin sicher, daß in seinem Leben Drogen eine große Rolle gespielt haben. Vor diesem Hintergrund ist es vielleicht verständlich, wenn sich meine Trauer in Grenzen hält."

„Haben Sie Ihr Wissen anderen Familienmitgliedern anvertraut?" fragte Spengler.

„Nein. Ich habe immer brav meine Rolle als dumme Kleine gespielt. Alle waren sich einig darin, daß das Kind geschont werden muß. Zwar hat meine Mutter ohne jede Rücksicht auf mich die Scheidung von meinem Vater vorangetrieben, aber ein offenes Wort hat sie darüber nie mit mir gewechselt. Und mein Vater, realitätsblind wie er nun mal ist, will mir bis zum gestrigen Abend vormachen, daß er alles in Ordnung bringt, daß seine Ehe noch zu retten ist, daß wir eine intakte Familie sind."

„Vielen Dank für Ihre Offenheit." Spengler lächelte sie väterlich an. Er mochte das Mädchen auf Anhieb. Für solch eine Tochter hätte er sogar eine Heirat riskiert.

„Ja, verrückt, nicht? All das Ungesagte, jahrelang Unterdrückte will jetzt plötzlich aus mir raus. Und das bei zwei Polizisten, von denen der eine mich anstiert, als ginge ich oben ohne, und der andere den lieben Papa spielt, um mich gefügig zu machen. Nichts für ungut, die Herren. Ich habe mir geschworen, mich ab sofort nicht mehr zu verstecken. Ich sag Ihnen auch, warum. Ich habe endlich einen Freund gefunden, der meine ganze Verdruckstheit durchschaut und mich ermutigt, mit nichts mehr hinterm Berg zu halten. Sie können es auch Verliebtheit nennen. Es mag Sie befremden, aber ich bin glücklich, auch wenn mein Vater ein Mörder sein sollte. Er ist es natürlich nicht."

„Was macht Sie da so sicher?“ Friedberg hatte seine Verlegenheit überwunden.

„Instinkt, positives Denken, Lebensfreude – suchen Sie sich was aus. Mein Vater ist ein Melancholiker, ein Paranoiker, aber im Grunde liebt er das Leben genau wie seine Tochter. Vor allem aber liebt er meine Mutter, die das überhaupt nicht verdient. Meine Mutter ist im Geldverdienen verkommen und hat ihre Gefühle verraten. Sie bringt meinen Vater zur Verzweiflung, aber das geht nicht so weit, daß er sie töten würde. Und nun genug der Redseligkeit. Ich komme mir vor, als hätte ich Sabbelwasser getrunken.“

„Warum wohnen Sie hier bei Ihren Großeltern?“ Spengler hatte Mitleid mit ihr. Sie überspielte ihre Misere mit besonderer Exaltiertheit.

„Sagte ich das nicht schon indirekt, indem ich von meinen Eltern berichtete? Es war schlicht die Hölle in Oberneuland. Und meine Großeltern sind zwei wunderbare Menschen. Stellen Sie sich vor, die sind immer noch verliebt ineinander. Sie sind zwar schon ein bißchen tüttelig, aber gerade ihre Hilflosigkeit macht sie so liebenswert.“ Sie weinte.

„Können Sie sich vorstellen, wo sich Ihr Vater aufhält?“ fragte Spengler leise.

„Nein.“ Sie schüttelte den Kopf und schniefte.

„Haben Sie eine Erklärung dafür, weshalb er untertaucht, wenn er doch, wie Sie glauben, unschuldig ist?“ Friedberg war erstaunt über die plötzlichen Tränen. Wie paßten die zu der Munterkeit, die die junge Frau bisher an den Tag gelegt hatte?

„Ich sagte doch schon: er ist ein Paranoiker. Vielleicht bildet er sich sogar ein, Onkel Jochen getötet zu haben.“

„Warum haben Sie uns gestern abend nicht gerufen, als er hier war?“ Friedberg wurde ungeduldig. Er hatte kein Verhältnis zu Frauentränen.

„Ich würde ihn auch jetzt nicht verraten, wenn ich wüßte, wo er sich rumtreibt. Was wollen Sie von dem armen Mann? Der bringt es fertig und legt ein Geständnis ab, wenn Sie ihn nur ordentlich in die Mangel nehmen."

„Das hat keiner vor. Aber Sie sollten einsehen, daß wir ihn befragen müssen." Spengler blieb bei seiner väterlichen Art.

„Ich sehe gar nichts ein. Die Audienz ist beendet." Sabines Gesicht hatte sich völlig verschlossen. Das Haar war zusammengefallen, die Haut grau verfärbt.

„Was treiben Sie für ein Spiel mit uns?" Friedbergs Ton wurde aggressiv.

„Ich muß jetzt ins Seminar. Wenn Sie mich bitte entschuldigen wollen." Sie stand auf, machte einen Knicks und stürmte aus dem Zimmer. Man hörte sie die Treppe hinaufpoltern und eine Tür hinter sich zuschlagen.

„Was haben Sie mit dem armen Kind gemacht?" Frau Schlegel erschien erzürnt in der Tür.

„Nichts. Sie ist plötzlich ausgeflippt." Friedberg schüttelte den Kopf.

„Was soll das heißen?" Frau Schlegel wischte sich die Hände in der Schürze ab.

„Bitte kümmern Sie sich um Ihre Enkelin. Das Gespräch hat sie ziemlich mitgenommen." Spengler winkte Friedberg. „Wir dürfen uns dann verabschieden. Vielen Dank für Ihre Unterstützung."

„Sie ist ein ganz besonderer Mensch und hat es nicht verdient, daß man ihr so zusetzt."

„Was ist denn mit dem Kind?" fragte der alte Schlegel, der aus der Küche aufgetaucht war und ebenfalls eine Schürze trug.

„Ach nichts. Die Beamten haben es vermutlich an der nötigen Feinfühligkeit fehlen lassen. Geh du nur wieder an die Kohlrabi. Ich schau mal eben nach Sabine. Guten Tag, die Herren."

Diesmal stand ein Riesen-BMW auf einem der Parkplätze der Firma Proll, daneben ein silbergrauer Mazda-Sportwagen. Friedberg wartete, bis der Mann für die Sicherheit ihnen einen Platz zugewiesen hatte. Man kannte sich und war nett zueinander.

Als Spengler und Friedberg ausstiegen, verließ eine junge Frau die Villa, eilte zu dem Sportwagen und damit direkt auf sie zu.

„Na, so was“, sagte Friedberg und blieb stehen.

„Hallo, Frau Hellmann. So sieht man sich wieder.“ Spengler tat erfreut.

Sie gab sich locker und schaute lächelnd auf die Uhr. „Sie sind zehn Minuten zu früh.“

„Tja, Pech gehabt. Sie wollten wohl noch schnell vor unserem Eintreffen verschwinden. Aber Polizisten kommen gern lieber zu früh als zu spät. Wollten Sie Herrn Proll auf unseren Besuch vorbereiten?“ fragte Friedberg süffisant.

„Auf jeden Fall freuen wir uns, daß Herr Proll kein Unbekannter für Sie ist. Zählt er zu Ihren Kunden?“ Spengler hielt ihr die Wagentür auf.

„Ich weiß nicht, wovon Sie reden“, sagte sie eisig und ließ den Motor aufheulen. Der Wagen schoß rückwärts vom Parkplatz und verschwand mit quietschenden Reifen auf der Contrescarpe.

Alfred Proll empfing sie freundlich. Ein großer, hagerer Mann mit grauen Haaren und einem jungenhaften Gesicht. Für einen Immobilienmakler wirkte er ungewöhnlich vertrauenerweckend. Ein fester Händedruck und ein werbendes Lächeln waren Teil seiner gut einstudierten Charmeoffensive.

„Was kann ich für Sie tun?“ Er wies auf eine elegante Sitzgruppe. Zweifelsfrei italienisches Design. Hier hatte jemand einen ähnlichen Geschmack wie die fesche Marion.

„Hat Frau Hellmann Sie nicht informiert, weshalb wir vorsprechen?“ fragte Spengler.

Proll zögerte nur eine Sekunde. Die kleine Verlegenheit wurde sofort weggelächelt. „Ja, richtig. Sie kommen wegen Kruse. Eine schreckliche Geschichte. Sie glauben nicht, wie sehr ich seinen Tod bedaure. Von Frau Hellmann wissen Sie vielleicht, daß wir gelegentlich zusammengearbeitet haben. Darf ich Ihnen was anbieten? Kaffee oder Tee?“

„Nein, vielen Dank. Wie hat man sich diese Zusammenarbeit vorzustellen?“ wollte Spengler wissen.

„Nun, er war mehr ein freier Mitarbeiter. Auf Provisionsbasis. Er hat manchmal Altbauten in meinem Auftrag gekauft und saniert. Ich habe das Kapital vorgestreckt und die vertragliche Abwicklung betrieben. Kruse hat die Arbeiten vor Ort betreut und organisiert.“

„Könnten Sie uns die Akten der jüngsten Projekte von Kruse zur Verfügung stellen? In seiner Wohnung haben wir nichts darüber gefunden.“

„Selbstverständlich. Sie können jederzeit Akteneinsicht haben, wenn möglich aber hier im Hause. Ich gebe ungern vertrauliche Unterlagen nach draußen. Speziell die Kaufverträge und Finanzierungspläne.“

„Wir werden einen Fachmann vorbeischicken“, bot Spengler an.

„Wunderbar. Haben Sie schon eine heiße Spur im Falle Kruse?“

„Wir ermitteln in mehrere Richtungen, unter anderem in eine, die uns zu Ihnen führt.“ Spengler rieb sich die Hände an der Hose ab, ehe er sie auf die kostbaren Sessellehnen legte.

„Wie darf ich das verstehen?“ Prolls Lächeln verlor an Wärme.

„Wußten Sie, daß Kruse seine Provisionen nicht versteuert hat?“ schoß Friedberg ihn von der Seite an.

„Meine Herren, dafür bin ich nun wirklich nicht verantwortlich.“

„Sind denn die Zahlungen durch Ihre Bücher gelaufen?“ legte Spengler nach.

„Das will ich doch sehr hoffen. Nur kümmere ich mich natürlich nicht um solche Details. Wofür hat man eine Buchhaltung?“

„Auch das werden wir nachzuprüfen haben.“ Friedberg schnüffelte an seinem Sessel. „Riecht gut. Echtes Leder, oder?“

„Gewiß. Meine Herren, meine Zeit ist knapp. Wenn Sie nicht noch weitere Fragen haben ...“

„Doch, haben wir“, unterbrach Friedberg. „In welchem Verhältnis stehen Sie zu Frau Hellmann?“

„Verhältnis? Ich kenne sie durch Jochen Kruse. Sie war immerhin seine Lebensgefährtin.“

„Und wieso war sie eben bei Ihnen?“

„Sie hat noch Geld abgeholt, das Kruse zustand, wenn Sie’s genau wissen wollen.“

„Wollen wir. Möglichst auch die Höhe des Betrages.“

„Ich glaube nicht, daß ich verpflichtet bin, Ihnen das mitzuteilen.“ Alle Konzilianz war dem Makler abhanden gekommen.

„Jedenfalls bar auf die Hand, oder?“

„Warum nicht? Ich habe immer etwas Bargeld im Tresor.“

„Ist Frau Hellmann erbberechtigt? Ansonsten würde das Geld doch Kruses Verwandten als Erben zustehen“, schaltete Spengler sich ein. „Sind Sie ganz sicher, daß das Geld nicht einem anderen Zweck diente?“

„Werde ich hier einem Verhör unterzogen?“ Proll griff verärgert nach einer Zigarette in einem Glasschälchen auf dem Marmortisch. Er zündete sie an und inhalierte tief.

Friedberg hüstelte, als ihm der Rauch ins Gesicht zog. „Uns ist zu Ohren gekommen, daß Frau Hellmann sich auch als Gesellschafterin bezahlen läßt.“

„Meine Herren, ich muß doch sehr bitten. Ich bin ein verheirateter Mann und habe drei Kinder.“

„Das muß nicht unbedingt stören. Immerhin hat Frau Hellmann einiges zu bieten.“ Friedberg wedelte den Rauch beiseite.

„Stört Sie der Rauch?“ fragte Proll scheinheilig.

„Allerdings. Aber es ist Ihr Büro und Ihre Gesundheit. Ich werd’s überleben.“

„Wie schön!“ Proll zog erneut an der Zigarette, blies aber den Rauch nach oben.

„Weshalb hatten Sie Streit mit Kruse?“ Spengler rutschte im Sessel nach vorn und stützte die Ellbogen auf die Knie.

„Streit? Das ist zuviel gesagt. Meinungsverschiedenheiten trifft’s besser. Nun ja, wenn man zusammenarbeitet, bleibt so was nicht aus.“

„Und worum ging es dabei?“

„Um Handwerkerrechnungen, um Verzögerungen bei Sanierungsmaßnahmen. Ehrlich gesagt hatte ich das Gefühl, daß Jochen manchmal mit frisierten Rechnungen etwas abgezweigt hat. Aber Schwamm drüber. De mortuis nihil nisi bene.“

„Was heißt das?“ Friedberg stellte sich dumm.

„Über Tote soll man nicht schlecht reden.“

„Haben Sie nach dem Krach noch Geschäfte mit ihm gemacht?“

„Weniger.“

„Ja oder nein?“

„Nein.“

„Und wieso holt dann Frau Hellmann Geld für Kruse bei Ihnen ab?“

„Weil ich mich an den Kosten für seine Bestattung beteiligen wollte.“

„Kommen dafür nicht seine Verwandten auf?“

„Was wollen Sie von mir?“ Proll drückte wütend die Zigarette aus.

„Nur, daß Sie uns nicht länger auf den Arm nehmen“, sagte Spengler gemütlich. „Sollen wir Ihnen verraten, was wir vermuten?“

„Ich höre.“

„Sie haben wie einige andere hochgeschätzte Persönlichkeiten dieser Stadt ein Verhältnis mit Marion Hellmann. Sie haben die Dienste von Kruse nur in Anspruch genommen, weil die Dame sich für ihn verwendet hat. Als Kruse zu unverschämte Forderungen stellte, haben Sie ihn gefeuert, woraufhin er Ihnen gedroht hat, nicht nur die krummen Geschäfte bei den Haussanierungen publik zu machen, sondern auch Ihr Verhältnis mit einem Callgirl. Er hatte Sie in der Hand, und Sie haben brav gezahlt, bis Ihnen der Kragen platzte.“

„Wollen Sie damit andeuten ...?“ Jetzt schwitzte der Herr und zeigte Nerven.

„Ziehen Sie selbst die Schlüsse aus dem, was ich gesagt habe.“

„Ich werde einen Anwalt einschalten, und der wird mit Ihrem Vorgesetzten reden.“

„Kein Problem. Wir dürfen uns dann verabschieden. Einen guten Abend.“ Spengler sprang aus dem Sessel und hatte es eilig, das stickige Büro zu verlassen. Friedberg konnte ihm kaum folgen.

7

Schon gegen fünf weckte ihn der Lärm der Vögel. Er hatte bei offenem Fenster geschlafen, um sich nicht so beengt zu fühlen in dem kleinen Häuschen. Er versuchte gar nicht erst, noch einmal einzuschlafen, denn sofort fielen die Gedanken wieder über ihn her, die ihn seit gestern bewegten, nachdem er im Abstellraum des Häuschens einen großen Leinensack gefunden hatte, groß genug, um darin einen Menschen zu verbergen. Er hatte es plötzlich vor sich gesehen, wie er Bärbel diese robuste Hülle über den Leib zog und sie darin verschnürte.

Er hatte lange überlegt, wie er es am besten anstellte, sie damit zu überwältigen, denn Bärbel war eine kräftige Frau und ihm körperlich durchaus ebenbürtig, wenn nicht sogar überlegen. Es war ein wenig wie David gegen Goliath, und deshalb mußte er listig vorgehen.

Er wusch sich flüchtig und rasierte sich mit kaltem Wasser. Das Frühstück bestand aus Knäckebrot mit Honig, dazu Apfelsaft. Er kam erst richtig zu sich, nachdem er eine Linie geschnupft hatte, und wurde gleich darauf mit dem entscheidenden Einfall belohnt. Er würde sie in ihrem Auto überfallen. Er erinnerte sich daran, wie er im Traum ins Haus eingestiegen war. Auf diese Weise konnte er sich die zweiten Wagenschlüssel besorgen, wenn Bärbel sie, wie sie es immer getan hatte, in ihrem Sekretär aufbewahrte.

Natürlich konnte er sie auch im Haus erwarten, weil Andreas abends nach der Arbeit zum Training zu gehen pflegte, doch darauf war nicht hundertprozentig Verlaß. Außerdem konnten plötzlich Nachbarn oder ihre Freundin Christa auftauchen. Überhaupt gab es im Haus zu viele Unwägbarkeiten und zu viel Platz. Und wie die schwere Frau, wenn sie denn eingepackt wäre, aus dem Haus in den Wagen verfrachten? In der Praxis war es noch schwieriger, sie zu entführen, wenn nicht gar unmöglich. Nein, im Auto funktionierte das am besten. Es war eng darin, also wenig Platz für Bärbel, sich zu wehren und um sich zu schlagen. Er mußte sie nur dazu bringen, sich auf den Beifahrersitz zu setzen, dann würde er den Sack über sie und die Rückenlehne werfen, damit sie ihre Arme nicht mehr benutzen konnte. Er würde sie bis zu den Hüften einschnüren und die Lehne nach hinten klappen. Er würde durch ein Loch im Sack ihren Mund suchen und sie knebeln. Er würde sich vom Rücksitz aus über sie legen und damit ihre Bewegungsfreiheit weiter einschränken, denn sie konnte ja immer noch mit den Beinen strampeln. Er würde erst ihre Knie zusammenschnüren, dann ihre Knöchel. Erst danach würde er aussteigen, eine Decke über sie legen und das Auto übernehmen.

Das größte Problem allerdings: wie brachte er sie dazu, den Platz im Wagen zu wechseln? Er mußte sie massiv bedrohen, und dazu brauchte er eine Waffe. Sie mußte ja nicht echt sein, nur so aussehen. Zur Not ginge auch ein Küchenmesser, aber eine Pistole war besser. Da Bärbel ihn ja für den Mörder von Jochen hielt, würde eine Schußwaffe sie sicher beeindrucken.

Den zeitlichen Ablauf stellte er sich so vor: zunächst würde er nach Öffnung der Geschäfte eine Kinderpistole, eine Wäscheleine und Klebeband besorgen. Und natürlich ausreichend Lebensmittel und Getränke für Bärbel und sich. Dann würde er in das Haus eindringen und die Zweitschlüssel für den Wagen an sich nehmen. Gegen Mittag würde er zur Praxis fahren und alle Utensilien unter den Vordersitzen von Bärbels Wagen verstauen. Sich selbst würde er auf den Boden vor der Rückbank legen und sich mit einem Reiseplaid, das sich immer im Wagen befand, zudecken. Sollte ihn Bärbel beim Einsteigen bemerken, mußte er sie sofort mit der Pistole bedrohen und auf den Beifahrersitz zwingen. Ob er sie dann gleich in den Sack einschnüren konnte, hing von der Situation ab. Waren andere Leute in der Nähe, mußte er erst einmal mit Bärbel fliehen, am besten zum ehemaligen Parzellengelände hinter der Universität, das jetzt Brachland war und auf seine Bebauung wartete. Hierher verirrten sich höchstens mal ein paar Hundehalter.

Doch man durfte nicht zuviel vorausplanen. Er ging davon aus, daß Bärbel, die beim Einsteigen immer schon ganz auf die Armaturen und das Zündschloß konzentriert war, keinen Blick in den hinteren Teil des Wagens werfen würde. Sie war eben eine Frau, die nur nach vorn schaute, eine Siegernatur.

Er würde sie nach Oberneuland fahren lassen, sich erst im Carport vor dem Haus aufsetzen und sie mit der Pistole auf den Beifahrersitz zwingen. Hatte er sie wie geplant bezwungen, würde er sie an eine einsame Stelle in den Wümmewiesen bringen, denn in dem Gartenhäuschen konnte er sie tagsüber nicht verstecken. Die Gefahr, daß Kaufinteressenten auftauchten, war einfach zu groß.

Auch den vorigen Tag hatte er im Hollerland verbracht, nachdem er sorgfältig alle Spuren von sich in der Hütte beseitigt hatte. Man konnte wunderhübsche Wege in den Wiesen entdecken und romantische Plätze direkt an der Wümme, wo man sich im Schilf verbergen konnte. Bei strahlendem Maiwetter war es keine Strafe, kein Zuhause zu haben, im Gegenteil, alle Probleme fielen von einem ab, wenn man unter diesem riesigen Himmel unterwegs war, kaum beachtet von weidenden Kühen und herumtollenden Pferden. Nur die Einsamkeit war manchmal ein wenig quälend. Wie gern würde er die Eindrücke von dieser prachtvollen Frühlingslandschaft mit jemandem teilen! So war es ihm in den Sinn gekommen, Bärbel aufzufordern, ihm Gesellschaft zu leisten, zumindest solange er sich noch vor der Polizei verstecken mußte.

Die Nächte würden sie in dem Häuschen verbringen. Er würde auf dem Fußboden schlafen und Bärbel die alte Couch überlassen. Wenn er sie schon fesseln mußte, sollte sie wenigstens bequem liegen. Doch er war überzeugt, daß er sie überreden konnte, freiwillig bei ihm zu bleiben. Ein paar Tage Urlaub würden ihr guttun und sie letztendlich auch ihm gegenüber milde stimmen. Dieses Häuschen und der Garten hatten einen ganz eigenen Charme und würden Bärbel nicht unbeeindruckt lassen. Vielleicht bekam sie sogar Lust, das Anwesen zu kaufen.

Zum Glück hatte er in einem Wandschränkchen einen Schlüssel für die Terrassentür gefunden, so daß er Bärbel nicht zwingen mußte, durchs Fenster zu klettern. Überhaupt würde er alles für ihre Bequemlichkeit tun. Auf jeden Fall die Einkäufe machen und die Ausflüge tagsüber planen. Bei Regenwetter mußten sie natürlich den Wagen benutzen und womöglich darin ihre Mahlzeiten einnehmen, aber das konnte ja auch seinen Reiz haben. Mit ihrem ersten Auto hatten sie oft solche Touren gemacht und sogar darin geschlafen, ganz zu schweigen von den Schmusestunden auf der Rückbank. Damals war das Auto mehr als nur ein Fortbewegungsmittel gewesen. Man hatte es geliebt und sich darin vor der Welt verkrochen. Wie Kinder in einer Höhle hatten sie darin gehaust und es engumschlungen genossen, wenn der Regen aufs Dach trommelte und in kleinen Rinnsalen die Fenster hinunterlief.

Er lüftete und räumte auf, bis nichts mehr auf seine Anwesenheit hinwies. Den prall gefüllten Rucksack stellte er auf die Terrasse. Eine Plastiktüte mit Lebensmitteln, die er tagsüber nicht brauchte, versteckte er hinter dem Schuppen unter einem Bretterstapel.

Er hatte immer noch Zeit und lief hinüber auf den Deich, auf dem er einige Male hin und her sprintete, um sich in Form zu bringen. Ein anderer Jogger musterte ihn neugierig, wohl weil er nicht angemessen gekleidet war. Der prüfende Blick des Mannes machte Schlegel mißtrauisch. Was, wenn die Polizei inzwischen ein Fahndungsfoto von ihm veröffentlicht hatte? Er mußte unbedingt gleich eine Zeitung kaufen und gegebenenfalls sein Äußeres verändern, zum Beispiel die Haare schneiden und anders frisieren, notfalls auch färben.

Ach Unsinn. Ihm konnte nichts passieren. Er spürte, daß heute ein besonderer Tag war und das Glück auf seiner Seite. Er würde endlich wieder seine Zeit mit Bärbel verbringen, und alles andere war Vergangenheit, weit weg und wie nicht geschehen. Es hatte kein Verfahren gegen ihn gegeben, und der Mord an Jochen war eine Falschmeldung.

Er holte sein Fahrrad, schnallte den Rucksack auf den Gepäckträger und machte sich auf den Weg nach Horn, wo er alles kaufte, was er brauchte. Der Spielzeugrevolver wirkte verteufelt echt. Er verstaute die Sachen in den Seitentaschen seines Rads und suchte sich eine Bank am Rhododendronpark.

Im Bremen-Teil der Zeitung fand er sein Foto. Darunter ein kurzer Text, in dem er gebeten wurde, sich umgehend mit der Polizei in Verbindung zu setzen, und die Leser aufgefordert wurden, eine Telefonnummer anzurufen, wenn sie etwas über seinen Aufenthalt mitteilen könnten. Das Foto war schon älter und ihm nicht sehr ähnlich. Kein Wunder, daß ihn niemand in den Läden erkannt hatte. Außerdem waren seine Haare jetzt kürzer und grauer. Trotzdem verlegte er erst einmal seinen Scheitel von der linken Seite auf die rechte, klebte das Haar mit Mineralwasser an den Schädel und setzte seine Sonnenbrille auf. Der kleine Taschenspiegel aus dem Kulturbeutel zeigte ihm einen Fremden.

Er schaute auf die Uhr: kurz nach neun. Inzwischen dürften Bärbel und Andreas in der Praxis sein. Er fuhr über die Marcusallee und Achterdiek zum Golfplatz, durch den der Ikensdamm als Radweg nach Oberneuland führte und zu dieser Tageszeit kaum benutzt wurde. Am Achterdieksee hatten sich schon einige Sonnenhungrige an den Strand gelegt, aber niemand beachtete ihn oder vermutete in ihm einen Mordverdächtigen, der gerade im Begriff war, das Kidnapping seiner geschiedenen Frau in die Wege zu leiten. Er lachte bei dem Gedanken, daß er alle Leute, denen er begegnete, quasi an der Nase herumführte, ganz zu schweigen von den Polizisten, die vor der Fußgängerampel an der Rockwinkeler Landstraße ihren Streifenwagen für ihn anhalten mußten, damit er die Fahrbahn überqueren konnte.

An der Mühle vorbei über die Bahnlinie, deren Schranken ausnahmsweise mal nicht geschlossen waren, durch die Mühlenfeldstraße und den kleinen Park hinter der Schule erreichte er schnell den Hohenkampsweg.

Der Carport war leer. Also hatte er freie Bahn. Er stellte das Rad mit dem Gepäck hinter einen Busch und hob das Gitter vom Kellerfensterschacht. Mit dem Schraubenzieher stemmte er die Lüftungsklappe auf, und mit der Drahtschlinge gelang es ihm sofort, das Fenster zu entriegeln. Alles wie gehabt, vor Jahren ganz real, vor kurzem geträumt.

Er stieg ein und schlich sich vorsichtig zur Treppe. Das Gefühl, verbotenes Terrain zu betreten, beherrschte ihn, obwohl er diesen Keller selbst hergerichtet und weiß getüncht hatte. „Du Idiot!" sagte er laut und zuckte zusammen, als er im selben Moment ein Geräusch über sich vernahm. Ein Stuhl wurde auf dem Fliesenboden der Küche bewegt, dann eine Tür laut geschlossen. Kurz darauf hörte man ein Brummen. Der Staubsauger, schoß es ihm durch den Kopf. Er hatte Frau Hinze, die Putzfrau, nicht einkalkuliert.

Das bedeutete, er mußte warten. Im Moment war sie offensichtlich im Wohnzimmer beschäftigt, also gerade da, wo er die Autoschlüssel vermutete. Erst wenn sie sich das Obergeschoß vornahm, konnte er sicher sein, nicht bemerkt zu werden. Aber das würde dauern. Stunden womöglich.

Er setzte sich auf die Kellertreppe und kreuzte die Arme vor der Brust. Ihm war kalt, denn die sommerliche Wärme von draußen war bis hierher nicht vorgedrungen, und er trug nur ein leichtes Freizeithemd. Er redete sich gut zu, diese erste unvorhergesehene Beeinträchtigung seiner Pläne nicht ernst zu nehmen. Vor zwölf würde Bärbel die Praxis auf keinen Fall verlassen, und jetzt war es erst halbzehn.

Er schaltete das Licht an und suchte nach einem wärmenden Kleidungsstück für die Wartezeit. Eigentlich mußte sein alter Anorak, den er früher bei Gartenarbeiten getragen hatte, noch irgendwo hängen. Er fand ihn zusammengerollt neben seinen Gummistiefeln in einem alten Schuhschrank. Immerhin, Bärbel hatte die Sachen nicht weggeworfen. Also rechnete sie im Grunde doch noch mit seiner Rückkehr.

Er kuschelte sich in die alte Jacke und war gerührt. Er steckte die Hände in die Taschen und fand außer einer vertrockneten Kastanie ein Stück Papier. Es war ein alter Einkaufszettel, geschrieben von Bärbel, vermutlich für die gemeinsame Samstagstour zum Weserpark. Der mußte schon uralt sein.

Er mußte schlucken, als er die vertraute Handschrift sah. Ein Verweis auf eine andere Welt. Ein Überbleibsel aus einer Zeit, in der man den anderen als selbstverständlichen Teil seiner Existenz betrachtete, in der er nicht den geringsten Zweifel an der Einmaligkeit und Endgültigkeit seiner Ehe hatte. Dieses Urvertrauen war nicht widerrufbar, dauerte bis zu diesem Moment, als er den Zettel in seine Brieftasche steckte.

Er lauschte dem Brummen des Staubsaugers, der über ihm hin- und herbewegt wurde.

Wenn Frau Hinze ihren alten Rhythmus beibehalten hatte, käme nach dem Staubsaugen das Staubwischen. Danach würde die Küche geputzt, bevor die Fliesen in Küche und Flur gefeudelt wurden. Erst ganz zum Schluß waren die Bäder und das Obergeschoß dran. Solange konnte er nicht warten.

Er mußte ihren Aufenthalt in der Küche nutzen. Dabei riskierte er allerdings, daß sie aus irgendeinem Grund wieder im Wohnzimmer auftauchte, sei es, um etwas Vergessenes zu holen oder ein Geschirrteil in den Wohnzimmerschrank zu bringen. Aber sie könnte ebensogut auch in den Keller kommen, zum Beispiel um Müll runterzutragen. Wenn es der Zufall wollte, war eine Begegnung unvermeidlich. Dann würde er sich rausreden, würde die Versöhnung mit Bärbel, die ja ohnehin bevorstand, zeitlich etwas vorverlegen und als bereits vollzogen verkünden. Frau Hinze, die eine eingefleischte Ehefrau war, konnte das nur freudig begrüßen.

Es war jetzt sehr still über ihm, also wischte sie Staub. Eine Viertelstunde später hörte er Wasser in die Spüle laufen. Damit war die Küche dran. Er schlich die Treppe hinauf. Die Kellertür war gottlob gut geölt, so daß er sie geräuschlos öffnen und schließen konnte.

Er huschte über den Flur ins Wohnzimmer, wobei er nicht an der Küchentür vorbei mußte, die weit offen stand. Die Wohnzimmertür lehnte er hinter sich an. Das war ein Fehler. Denn die Terrassentür war geöffnet, und Frau Hinze, eine Frischluftfanatikerin, sorgte für Durchzug, indem sie auch das Küchenfenster aufmachte. Das Zufallen der Wohnzimmertür glich einem Schuß.

Schlegel blieb das Herz stehen, um danach sofort loszugaloppieren. Er suchte Schutz hinter einem bodenlangen Vorhang, aber das würde wenig helfen, denn seine Silhouette wäre hinter dem leichten Stoff vor dem hellen Fenster bestimmt deutlich sichtbar. Außerdem würde Frau Hinze dann einen fremden Einbrecher vermuten und gleich Alarm schlagen, während sie bei dem vertrauten Anblick des ehemaligen Hausherrn ruhig bleiben konnte. Also stellte er sich, als sei nichts geschehen, auf die Terrasse.

Er wartete vergeblich, Frau Hinze erschien nicht. Wahrscheinlich war das Türzuknallen bei Zugluft für sie ein normales Geräusch.

Der Sekretär war verschlossen. Das war neu. Früher steckte der Schlüssel für das Klappfach immer. Interessant. Bärbel hatte also Geheimnisse vor Andreas. Sie traute ihm nicht über den Weg. Immerhin Anlaß für ein kleines Gefühl der Freude, das jedoch sofort verdrängt wurde von der Sorge, wie er nun an die Autoschlüssel kommen sollte. Zum Glück hatte er den Schraubenzieher in der Brusttasche. Er versuchte, ihn neben dem Schlüsselloch unter die Klappe zu schieben. Vergeblich. Ohne einen Hammer und einen kräftigen Schlag auf den Schraubenzieher ließ sich das Fach nicht aufstemmen. Werkzeug war vermutlich im Keller oder wie früher in einem Kasten unter der Spüle in der Küche. Hoffnungslos.

Er war drauf und dran, seinen Plan aufzugeben, als er den runden Stein vom Mittelmeerstrand auf der Fensterbank sah. Den hatte er damals wegen seiner schönen Maserung als Andenken mitgenommen. Der mußte ihm jetzt helfen.

Der Stein wog schwer in der Hand. Schlegel probierte hin und her, aus welchem Winkel er am besten zuschlagen sollte, denn mehr als einen Versuch hatte er nicht. Er hörte, wie sich ein Hubschrauber mit lautem Geknatter näherte. Das war ein Wink des Schicksals. Kurz bevor das Ding das Haus überflog, knallte Schlegel den Stein auf den Schaubenzieher. Ein kurzer Krach, der vom Hubschrauberlärm übertönt wurde, und die Lade sprang auf. Das Holz darunter war gesplittert. Es würde einiges Geld kosten, das gute antike Stück reparieren zu lassen.

Schlegel rührte das nicht, auch wenn er selbst das Möbel damals entdeckt und Bärbel zum Kauf überredet hatte. Im Gegenteil, es war ihm eine Genugtuung, so deutliche Spuren zu hinterlassen.

Und er wurde belohnt: in dem Schubfach, das schon damals für Kfz-Unterlagen gedient hatte, fand er außer dem Kfz-Brief und Versicherungspapieren die Zweitschlüssel. Er hielt sie triumphierend in die Höhe und entkam durch die Terrassentür. Er legte das Gitter wieder über den Schacht zum Kellerfenster, holte sein Fahrrad hinterm Busch hervor und fuhr zunächst zum Hodenberger Deich, um sich dort ein wenig auszuruhen, denn der Besuch in Bärbels oder besser: in *seinem* Haus hatte ihn mitgenommen. Es war schon eine Demütigung, daß er sich nur auf diese Weise Zutritt zu seinem Zuhause verschaffen konnte, daß er sich vor Frau Hinze verbergen mußte, zu der er immer ein besonders herzliches Verhältnis gehabt hatte.

Die halbe Stunde auf der Bank in der Sonne trieb ihm die Kellerkälte aus den Knochen und die trüben Gedanken aus dem Hirn. Er konnte sich wieder freuen auf das, was er vor sich hatte. Ein bißchen war es ja auch wie Räuber und Gendarm in seiner Kindheit. Die Weite der Landschaft und die Intensität des Lichts gaben ihm seine Festigkeit und den Glauben an ein gutes Ende zurück.

Er fuhr nach Horn und stellte sein Fahrrad auf dem Platz vor dem Kaufhaus Lestra ab. Den Rest des Weges zur Praxis ging er zu Fuß, den Rucksack aufgeschnallt und die Radtaschen überm Arm.

Bärbels Volvo stand auf einem Schattenplatz vor der Praxis. Das war günstig, denn damit war der Wagen von den Behandlungsräumen aus nicht zu sehen. Außerdem würde es nicht zu heiß, wenn

Schlegel das Auto präparierte und darin wartete. Der Rucksack wurde gleich im Kofferraum deponiert, während die Taschen auf die Rückbank gelegt wurden. Schlegel stieg ein.

Zunächst zertrennte er die Wäscheleine in handliche Stücke, dann drehte er aus einem sauberen Taschentuch einen Knebel. Von der Klebebandrolle riß er einen Streifen ab und drückte ihn an der Rückenlehne des Fahrersitzes fest. In den Leinensack schnitt er in Kopfhöhe ein bereits markiertes Loch, durch das er den Knebel in Bärbels Mund stopfen wollte. Der Sack wurde so aufgerollt, daß er schnell über den Sitz und Bärbels Oberkörper gestreift werden konnte.

Immer wieder malte er sich aus, wie alles ablaufen würde, und darüber verstrich die Zeit. Ab halb zwölf legte er sich flach auf den Boden und zog die Reisedecke über sich. Er hörte Patienten die Praxis verlassen und wegfahren, er tippte auf Andreas, als jemand mit aufheulendem Motor eines Sportwagens davonpreschte, und war erleichtert, als er endlich vernahm, wie Bärbel die Praxistür abschloß. Allerdings war sie nicht allein.

„So, Frau Schuster, das schaffen wir noch rechtzeitig, wenn ich Sie eben rüberfahre. Dann sparen Sie das Geld für das Taxi."

„Sonst gehe ich ja immer mit dem Rollator. Aber heute war mir so schwindelig. Kommt wohl von der Hitze. Ist es schon zwölf?"

„Fünf vor. Noch früh genug fürs Essen. Keine Sorge."

„Das sagen Sie so." Die Frauen hatten den Volvo erreicht, und Bärbel bediente die automatische Türentriegelung.

Schlegel schwitzte Blut und Wasser. Wenn Bärbel der alten Dame in den Wagen half, würde sie ihn mit Sicherheit entdecken.

Die rechte Tür wurde geöffnet. „So, Frau Schuster, machen Sie sich's bequem und schnallen Sie sich bitte an."

„Sie sind ja so nett, Frau Kruse. Vielen Dank. Oh, da ist eine Decke runtergefallen." Die Frau sank stöhnend auf den Sitz und steckte den Gurt, den Bärbel ihr gereicht hatte, in die Halterung.

„Kein Problem. Ich heb sie nachher auf. Jetzt wollen wir Sie erstmal im Heim abliefern." Bärbel schwang sich in den Wagen und startete den Motor.

Schlegel atmete auf. Fürs erste war er gerettet, allerdings nur auf die Gefahr hin, gleich beim Aussteigen der Patientin bemerkt zu werden. Nichts lief so, wie er es sich vorgestellt hatte. Doch noch gab es eine Chance, und wenn alles schief ging, wurde er eben festgenommen. Seine Aussichten, aus der Mordaffäre heil herauszukommen, hatten sich zwar entschieden verschlechtert, weil nun noch eine versuchte Entführung hinzukam, aber was konnte man ihm denn letztendlich nachweisen?

Am Riensberger Altenheim war Bärbel so auf die alte Dame konzentriert, daß sie wieder nichts bemerkte. Sie brauchte eine Weile, bis sie die Patientin bei den Schwestern abgeliefert hatte, um sich dann schwungvoll in ihr Auto zu werfen, das Radio anzustellen und bei Schlagermusik nach Oberneuland zu fahren.

Schlegel war das Gedudel willkommen, konnte er doch so freier atmen und sich vorsichtig bewegen, denn ihm schliefen die Glieder ein, und die Spielzeugwaffe drückte gegen die Brust. Eine große Ruhe, um nicht zu sagen Gleichgültigkeit, hatte sich seiner bemächtigt. Alles war jetzt nur noch eine Angelegenheit zwischen ihm und Bärbel. Er würde mit ihr kämpfen und sie besiegen und sie damit für immer von sich abhängig machen.

Als der Wagen im Carport angehalten wurde, drückte Schlegel ihr die Pistole seitlich an die Schläfe, so daß sie ihn und die Waffe im Rückspiegel sehen konnte. Sie erschrak heftig. „Scheiße", flüsterte sie und rührte sich nicht.

„Du weißt, was deinem Bruder passiert ist. Es ist dieselbe Waffe. Laß den Motor laufen und setz dich rüber, dann geschieht dir nichts."

„Mein Gott, Jens, du machst dich todunglücklich", stammelte sie und schob sich langsam auf den Beifahrersitz.

„Beeil dich und halt den Mund. Wenn du schreist, drücke ich ab." In Sekundenschnelle hatte er ihr den Sack über den Kopf gestülpt und ihn über ihren Körper und den Sitz heruntergezogen. Ihre Hüfttasche riß ab und fiel zu Boden. Die erste Schnur schlang er um ihre Brust, die zweite um die Hüften. Sie konnte die Arme kaum noch bewegen, strampelte aber mit den Beinen und stieß gurgelnde Laute aus. Er klappte den Sitz nach hinten, schob das Loch im Sack über ihren Mund, steckte den Knebel hinein und befestigte ihn mit dem Klebestreifen. Er schnitt das Loch so weit auf, daß sie ungehindert durch die Nase atmen konnte.

Dann legte er sich über ihren Bauch und ihre Oberschenkel, zog die Schnur unter ihren Kniekehlen hindurch, riß damit die Beine zusammen und fesselte sie. Die Knöchel zusammenzubinden, machte keine Schwierigkeiten mehr. Geschafft. Er deckte die zitternde Frau mit der Reisedecke zu und stieg aus.

Er atmete einmal tief durch und sah am Straßenrand den Sportwagen von Andreas. Er war also zu Hause und aß nicht wie sonst üblich in einem Schnellimbiß in Horn. Auf nichts war Verlaß. Wenn Andreas den Volvo hatte kommen sehen und Bärbel nicht erschien, würde der Kerl nicht lange auf sich warten lassen. Also nichts wie weg!

Schlegel setzte den Wagen zurück und fuhr Richtung Hodenberger Deich. Der war zwar für normalen Autoverkehr gesperrt, aber die Polizei kontrollierte nur selten. Wenn er gleich in den vorgesehenen Feldweg einbog und den Wagen versteckte, gab es mit Sicherheit keinen Ärger.

Für den Moment brauchte er eine Pause. Nachdem die Entführung gelungen war, hatte ihn eine große Müdigkeit überfallen. Außerdem mußte er Bärbel erklären, daß ihr keine Gefahr drohte, wenn sie sich seinen Wünschen widerstandslos fügte.

Er stellte den Wagen in den Schatten einer Ulme in der Nähe der Wümme, wo Weißdornbüsche einen guten Sichtschutz boten. Er hatte den Platz schon am Vortag ausgesucht. Hier würden sie den Nachmittag verbringen und erst am Abend in das Häuschen einziehen. Er öffnete alle Fenster und schlug die Reisedecke zurück. Bärbel versuchte verzweifelt, sich in ihren Fesseln zu bewegen. Vielleicht hatte sie einen Krampf.

„Kannst du mich verstehen?“ fragte er.

Sie nickte.

„Wenn ich dir den Knebel rausmache, bleibst du dann ruhig?“

Sie nickte.

„Schreien würde auch nicht viel nützen, weil hier weit und breit keiner vorbeikommt.“ Er riß das Klebeband ab und zog ihr den Knebel aus dem Mund.

„Ich schwitz mich tot“, sagte sie und leckte sich die Lippen. „Tu den Sack weg.“

„Dann muß ich dir erst die Hände fesseln.“ Er löste die Schnur um ihre Hüften und zog den Sack so weit nach oben, daß die Hände zum Vorschein kamen. „Halt sie nebeneinander.“ Sie gehorchte, und er schlang die Leine um ihre Handgelenke.

„Nicht so fest, verdammt. Du tust mir weh.“

„Sorry. Ich werde von jetzt an nur für dich da sein. Dein Wohlbefinden steht an oberster Stelle.“ Er befreite sie vom Sack.

„Dann binde mich los. Ich laufe nicht weg.“

„Das glaube ich dir nicht. Du hast im Moment nur den Gedanken an Flucht im Kopf, das ist ja wohl klar. Du hast Angst um dein Leben, und das ist gut so.“

„Vor allem muß ich mal. Soll ich mir in die Hose machen?“

„Das paßt jetzt schlecht. Ich wollte erstmal was zu essen vorbereiten. Ich hab an alles gedacht. Sogar an den Krabbensalat, den du so gerne magst. Dazu gibt’s Baguette mit Butter und hinterher Gorgonzola. Eigentlich wollte ich grillen, aber das Feuer hätte uns vielleicht verraten. Obst ist auch genug da, Wasser und Bier und als besondere Überraschung eine Flasche Sancerre, den du so gern trinkst. Ich werde die Flasche am besten erstmal in die Wümme legen, damit sie nicht warm wird.“

„Jens, es pressiert. Das kommt von der Aufregung. Laß mich eben hinter einen Busch gehen.“

„Gut. Ich helfe dir aus dem Wagen und nehme dir die Fußfessel ab. Dann kannst du dich hier gleich ins Schilf hocken."

Er klappte ihre Rückenlehne hoch, stieg aus, lief um den Wagen und öffnete die Beifahrertür. Er drehte ihren Körper um neunzig Grad und stellte sie auf die Beine. „So müßte es gehen", sagte er zärtlich.

„Und was ist mit den Händen? Wie soll ich mir die Hosen runterziehen?"

„Das mache ich."

„Nein!" sagte sie entschieden. „Es gibt Grenzen, selbst in dieser Situation. Dann geht's eben in den Schlüpfer. Trocknet ja auch wieder."

„Du willst mich reinlegen. Mit freien Händen kannst du die Kniefessel sofort abstreifen und durch das Schilf und die Wümme verschwinden. Du bist die bessere Schwimmerin. Ich würde dich nie wieder einholen."

„Aber du hast doch die Pistole."

„Ach ja, natürlich. Damit kann ich dich in Schach halten, stimmt." Er merkte sofort, daß er einen Fehler gemacht hatte.

Sie schaute ihn prüfend an und lachte. „Die ist nicht echt, oder?"

„Natürlich ist die echt. Meinst du, Jochen ist mit einem Spielzeugrevolver erschossen worden?"

Bärbel seufzte. „Also gut, wie geht's jetzt weiter? Ich platze gleich."

„Nach meinen Regeln. Wir haben tausende Male miteinander geschlafen, da werde ich dich ja wohl ausziehen dürfen. Ich schwöre dir, daß ich wegschaue."

„Du Schwein!" Sie holte mit beiden Armen aus und schlug ihm ins Gesicht, so daß er das Gleichgewicht verlor und ins Gras fiel. Sie trippelte mit winzigen Schritten ins Wümmeschilf, öffnete mit den gefesselten Händen umständlich Gürtel und Reißverschluß und streifte sich beim Hinhocken die Hosen herunter.

Na also, dachte er. Er mußte auf der Hut sein. Sie würde mit allen Mitteln versuchen, ihn hereinzulegen. Es bedurfte noch großer Anstrengungen, sie umzustimmen und wirklich gefügig zu machen.

Er breitete die Reisedecke aus dem Wagen auf dem Boden aus und lief zu Bärbel ins Schilf, als sie sich wieder aufrichtete, die Hosen halbwegs hochgezogen. Er schloß Reißverschluß und Gürtel und packte sie am Arm. „Setz dich auf die Decke“, befahl er und stieß sie vor sich her, daß sie sich kaum noch auf den Beinen halten konnte.

„Es ist nicht fair von dir, mich reinlegen zu wollen.“

„Du redest von Fairneß? Und was ist das, was du hier mit mir treibst?“ giftete sie ihn an und ließ sich auf die Decke fallen.

„Du zwingst mich zu solchen Mitteln. Ich will nichts anderes als noch ein paar Tage mit dir zusammen sein, bevor sie mich einsperren. Da das auf normale Art und Weise nicht möglich ist, muß ich eben Gewalt anwenden, so ungern ich das auch tue.“

„Ungern? Du geilst dich daran auf, mich schwach zu sehen. Du weißt genau, daß ich dich zusammenschlagen könnte, wenn ich nicht gefesselt wäre.“

„Eben. Und deshalb binde ich dir jetzt wieder die Füße fest. Dafür hast du dann die Hände frei beim Essen.“

„Ich will nicht essen!“ Sie trat nach ihm, als er sich mit der Schnur bei ihr hinkniete. Er mußte sich ihre Unterschenkel unter den Arm klemmen, um die Knöchel fesseln zu können. Sie hatte nicht unrecht. Diese Akte von Gewaltanwendung waren kleine Vergewaltigungen. Er spürte seine körperliche Erregung ohne Freude, die Gier nach dieser Frau hatte etwas Düsteres, Dämonisches. Hätte sie sich nicht vor ihm geniert, ihm damit seine alten Rechte streitig gemacht, wäre ihm die ungute Lust vielleicht erspart geblieben. Auf jeden Fall mußte jetzt gegessen werden, um die quälende Spannung zwischen ihnen abzubauen.

Er holte den Rucksack und die Taschen aus dem Kofferraum und breitete die Lebensmittel auf der Decke aus. Er legte Krabbensalat, Baguettescheiben und Butter auf Pappteller, füllte Wasser in

Plastikbecher und befreite Bärbel von den Handfesseln. „Wenn du nicht brav bist, füttere ich dich“, versuchte er zu scherzen.

„Ich esse nur, um bei Kräften zu bleiben. Nicht, um hier mit dir ein idyllisches Picknick abzufeiern.“

„Hauptsache, du ißt.“

Schlegel wartete vergeblich auf eine harmonisierende Wirkung der kleinen Mahlzeit. Wenn er das trotzig verschlossene Gesicht von Bärbel sah, verging ihm selbst der Appetit. Sie stopfte sich einfach voll, und er hatte Mühe, die Speisen zu schlucken. Vielleicht konnte ein Schluck Wein behilflich sein.

„Magst du etwas Wein zum Essen?“ fragte er lieb.

„Spinnst du? Ich muß einen klaren Kopf behalten. Wo ist eigentlich meine Tasche?“

„Die liegt im Wagen. Sie ist heruntergefallen, als ich dir den Sack übergezogen habe.“

„Gib sie mir bitte. Ich muß Andreas anrufen und ihm sagen, daß ich heute ausfalle.“

Schlegel lachte. „Für wie blöd hältst du mich eigentlich? Aber gut, daß du mich an dein Handy erinnerst. Wenn es auf Bereitschaft gestellt ist, kann uns die Polizei orten.“ Er lief zum Wagen und holte das Telefon aus der Tasche. „Verdammt, es ist wirklich an!“ Er drückte den Ausschalter.

„Tja“, sagte sie verdrossen, „das war wohl blöd von mir. Wie bist du eigentlich in meinen Wagen gekommen?“

„Mit den Zweitschlüsseln. Frau Hinze war so nett, die Terrassentür offen zu lassen. Leider mußte ich den Sekretär mit Gewalt öffnen. Ich denke, der Schaden läßt sich reparieren. Wäre ja ein Jammer um das gute Stück. Weißt du noch, wie wir es zusammen gekauft haben? Du warst ganz begeistert.“

„Hat Frau Hinze dich gesehen?“

„Natürlich nicht. Die war in der Küche zugange. Es war schon ein merkwürdiges Gefühl, mich wie ein Dieb in mein eigenes Haus zu schleichen. Machst du dir eigentlich manchmal klar, zu welchen aberwitzigen Aktionen du mich zwingst?“

„Wer zwingt hier wen? Machst du dir eigentlich klar, wie sehr du außerhalb jeglicher Realität lebst?"

„Wieso? Es ist doch alles nur eine Frage der Kreativität. Wer die Realität so hinnimmt, wie sie scheinbar ist, kann sich gleich begraben lassen. Man muß die Wirklichkeit gestalten, sich seine eigene Wirklichkeit schaffen. Du mußt zugeben, daß ich heute einwandfrei gearbeitet habe. Diese Entführung ist ein kleines Meisterwerk an Planung. Eine Perfektionistin wie dich so zu überrumpeln und hilflos zu machen, verdient Anerkennung, findest du nicht?"

„Ich fasse es nicht. Jetzt will der auch noch gelobt werden für sein Gemeinheit!" Sie wurde laut.

Er griff nach dem Knebel. „Bitte leise, sonst ..."

Sie schüttelte resigniert den Kopf und ließ sich nach hinten auf die Decke fallen. Den Teller mit Essensresten stieß sie beiseite.

„Bist du satt?"

„Leck mich."

Er nahm die Schnur für die Hände. „Tut mir leid, aber das muß sein." Er fesselte erneut ihre Handgelenke, ohne daß sie sich wehrte. „Ich werde mich jetzt auch ein wenig langmachen. Sollte ich einschlafen, wäre es ein Leichtes für dich, alles aufzuknoten und zu türmen. Deshalb muß ich vorsichtig sein, verstehst du?"

„Du wirst viele Jahre Zeit haben, dieses alles hier hinter Gittern gründlich zu bereuen."

„Und wenn ich uns beide vorher töte?"

„Dazu bist du zu feige."

„Fordere mich bitte nicht heraus", flehte er, legte sich neben sie, schmiegte sich an sie und ergriff ihre Hände. Sie wehrte sich schwach, ließ es dann geschehen.

„Du glaubst gar nicht, wie sehr es mich quält, dich auf diese Weise zu einer Nähe zwingen zu müssen, die früher selbstverständlich war zwischen uns. Wenn ich wüßte, daß du freiwillig ein paar Tage mit mir verbringen wolltest, würde ich dich mit Freuden losbinden. Nur hat mein Vertrauen zu dir sehr gelitten. Deshalb könnte ich dir nicht glauben, wenn du mir versprechen würdest zu bleiben. Ich brauche jedoch jetzt deine Anwesenheit, denn natürlich ist meine Zukunft alles andere als rosig. Ich werde nicht darum betteln, daß du mir beistehst, ich will nichts anderes, als daß du mir zuhörst. Es ist nicht gerecht, wenn Gefühle so einseitig verteilt sind, wenn jemand aus einer Partnerschaft ausbricht, sagt, ich empfinde nichts mehr für dich, und den anderen mit seinen unveränderten Emotionen allein läßt. Das ist für den Verlassenen eine Art Todesurteil. Ihm werden sein Wert und seine Würde genommen, er wird für null und nichtig erklärt. Hast du dich mal gefragt, was ein unschuldig zum Tode Verurteilter empfindet, wenn er zur Gaskammer geführt wird? Ich oft und immer wieder. Du beklagst dich jetzt zu Recht, daß ich dir Gewalt antue. Aber kannst du dir vorstellen, was für ein gewaltsamer Akt es ist, jemanden zu verstoßen? Wenn man den Menschen, mit dem man mal das Bett geteilt hat, von der Polizei jagen, ihn vor Gericht zerren und verurteilen läßt? Ich habe dir nie etwas antun wollen, ich habe immer nur auf ein Zeichen gewartet, auf ein Zeichen von Wertschätzung und Respekt, von Anerkennung meiner Leistungen ..."

„Welcher Leistungen?" unterbrach sie. „Deiner krummen Geschäfte bei Hess, deiner Drogenprobleme?"

„Es gibt andere. Ich danke dir, daß du mit mir sprichst, daß du auf mich eingehst. Kannst du nicht einmal eingestehen, daß du mich sehr verletzt hast."

„Und wenn ich das tue, was hast du davon?"

„Es könnte mir sehr helfen, wenn du das Scheitern unserer Ehe nicht nur mir anlasten würdest."

„Also gebe ich zu, daß ich Fehler gemacht habe. Willst du das hören?"

„Ja, aber nicht in diesem Ton. Wenn du mir das so vor den Latz knallst, muß ich vermuten, daß du es nicht ernst meinst, daß du nur hoffst, mir auf diese Weise zu entkommen."

„Wie also dann?"

„Glaubwürdiger. Vielleicht mit einem Hauch Sympathie und Verständnis."

Sie seufzte. „Jens, ich kann das nicht. Ich bin keine Schauspielerin, die hier plötzlich die liebende Gattin mimt. Vielleicht verhalte ich mich dir gegenüber oft ablehnender, als ich es eigentlich möchte, aber du würdest ja jedes kleine Zugeständnis mißdeuten und sofort Ansprüche daraus ableiten. Ich möchte durchaus eine entspannte Beziehung zu dir, schon wegen Sabine. Ich könnte mir sogar etwas wie Freundschaft zwischen uns vorstellen, aber du läßt das nicht zu. Deine radikalen Forderungen machen alles kaputt. Ich liebe dich nicht mehr. Das ist eine Tatsache, mit der wir beide klarkommen müssen. Daß wir eine gemeinsame Vergangenheit haben, ändert daran nichts, auch wenn ich mich gern an unsere ersten Ehejahre erinnere, an die Zeit, als Sabine klein war und wir uns eine Existenz aufgebaut haben."

„Es ist gut, daß du jetzt wenigstens mit mir sprichst wie mit einem Menschen und nicht wie mit einem Idioten. Ja, wir haben uns etwas aufgebaut, und das war auch der Grund, weshalb ich mich bei Hess auf ungute Geschäfte eingelassen habe. Wir brauchten Geld. Ich habe diese Mauscheleien nicht erfunden. Man hat sie an mich herangetragen, und der liebe Herr Hess hat das nicht nur toleriert, sondern unterstützt. Von meinem normalen Gehalt hätten wir uns das Haus, das große Auto, die Reisen und schließlich auch deine Praxis nicht leisten können. Du hast nie gefragt, woher das Geld stammte, obwohl du selbst hättest drauf kommen können, daß unser Lebensstil nicht dem eines angestellten Geschäftsführers entsprach. Deine große Empörung nach meiner Kündigung war verlogen. Erst hast du die Vorteile gern mitgenossen, und hinterher hast du den Moralapostel gespielt."

„Siehst du, da sind wieder die alten Vorwürfe und einseitigen Interpretationen. Du hast mich schlicht hinters Licht geführt, hast mir Erfolge vorgegaukelt, wo lediglich Bestechung im Spiel war. Du hast mit Leistungen geprahlt, die nichts als miese Gaunereien waren. Du hast mir ein falsches Bild von dir gezeichnet. Als ich dann das echte zu Gesicht bekam, fand ich es zum Kotzen. Du hast dich selbst und damit auch unsere Ehe verraten. Den Mann, den ich mal geliebt und verehrt habe, gibt es nicht mehr."

„Du übertreibst, um recht zu haben. Doch ich verzeihe dir. Wichtiger als alle Rechthaberei ist die Tatsache, daß wir wieder miteinander reden. Vielleicht ist das die Basis für einen Neuanfang. Ich wußte immer, daß zwischen uns noch nicht alles tot ist. Um so bedauerlicher, daß ich dich erst entführen mußte, um dir so nahe sein zu können. Du glaubst nicht, wie glücklich ich bin, daß ich hier neben dir liege, dich anfassen kann, deine Stimme hören, dienen Duft atmen."

„Jens, hör auf. Ich stinke nach Schweiß und fühle mich von dir belagert. Binde mich los und laß mich nach Haus. Dann will ich gern in Ruhe überlegen, ob gewisse Kontakte zwischen uns noch möglich sind. Wichtig wäre vor allem, daß du ganz schnell die Therapie machst, die das Gericht von dir verlangt."

„Ich brauche keine Therapie. Ich sehe alles völlig klar. Auch meine eigenen Fehler und Schwächen. Das muß mir kein Psychiater erzählen. Ich würde dir gern die Fesseln abnehmen. Aber die nachgiebige Bärbel, die die Schnüre aus dir machen, würde sich sofort wieder in die unnahbare Eisprinzessin verwandeln."

„Ach, Jens, was hast du von meiner unfreiwilligen Anwesenheit, wenn ich jetzt weiter von dir entfernt bin als je zuvor? Weshalb werden wohl durch Folter erzwungene Geständnisse von Gerichten nicht anerkannt?"

„Ich will keine Geständnisse, ich will dich nur um mich haben. Dieser Mann, der jahrelang ein Mädchen bei sich eingesperrt hat, wußte auch, daß das Kind nicht freiwillig bei ihm war, und hat ihre Gegenwart trotzdem genossen."

„Was für ein kläglicher, trauriger Genuß. Wenn ich nicht das Opfer wäre, könnte ich sogar Mitleid mit dir haben."

„Das ist das letzte, was ich brauche. Laß uns einfach ein wenig still beieinander liegen und die Ruhe genießen. Ist das nicht ein schöner Platz, den ich für uns ausgesucht habe? Wir sind hier oft spazieren gegangen. Weißt du noch, wie ich hier in der Nähe mal einen Aal gefangen habe? Ohne Angelschein natürlich. Ich war eben schon immer ein Gesetzesbrecher." Er lachte. „Jedenfalls habe ich danach nie wieder eine Angel angefaßt. Dieses glitschige, wilde Vieh vom Haken zu kriegen und totzuschlagen, war so ekelhaft, daß ich danach für alle Zeiten genug hatte."

„Das Biest hat sich sogar noch in der Pfanne gekringelt. Aber du hast nicht locker gelassen. Du wolltest deine Jagdbeute auch verzehren."

„Männerrituale. Atavistische Relikte aus der Steinzeit."

„Wie stellst du dir den weiteren Ablauf vor?"

„Du meinst mit uns beiden? Wir bleiben hier bis zur Dämmerung. Dann fahren wir zu einem kleinen Gartenhaus am Hodenberger Deich, wo ich schon letzte Nacht geschlafen habe. Das Haus steht zum Verkauf und wird nicht benutzt. Morgen werden wir dann nach dem Frühstück wieder hierher zurückkehren und einen genauso schönen Tag wie heute verbringen."

„Und so geht das dann immer weiter?"

„Jedenfalls solange das Wetter mitspielt. Bei Regen werden wir im Wagen bleiben müssen. Doch das Hochdruckgebiet scheint sehr stabil zu sein."

Sie seufzte. „Wunderbare Aussichten. Warum können wir nicht in dem Haus bleiben? Da gibt's doch sicher eine Toilette."

„Tagsüber könnten Kaufinteressenten zur Besichtigung kommen. Das ist mir zu riskant. Deine Geschäfte kannst du doch auch hier im Freien erledigen."

„Weshalb hab ich mich wohl immer geweigert, mit dir zu zelten? Ich hasse hygienische Provisorien. Außerdem muß ich jeden Tag duschen, um mich wohlzufühlen. Und was ist mit frischer Wäsche?"

„Du kannst welche von mir haben. Ich hab ein paar Garnituren eingepackt."

„Zauberhaft. Und wann stellst du deine Forderungen an die Polizei?"

„Was für Forderungen?“

„Na, alle Kidnapper stellen doch irgendwelche Forderungen. Lösegeld zum Beispiel.“

„Quatsch. Du bist hier bei mir, weil ich dich brauche, nun wo alles zusammenkracht. Was soll ich mit Geld? Ich hab mir bei Hess fünftausend geholt. Das dürfte erstmal reichen.“

„Du hast Hess um Geld angeschnorrt?“

„Ja. Und er konnte schlecht ablehnen. Er ist mir noch einiges schuldig.“

„Also Erpressung.“

„Nenn es, wie du willst. Ist doch egal bei all dem, was ich deiner Meinung nach auf dem Kerbholz habe. Wie soll ich meinen Anwalt und die Gerichtskosten bezahlen, wenn du kneifst?“

„Ich hab dir ein faires Angebot gemacht. Ich zahle, wenn du aus Bremen verschwindest.“

„Und das nennst du fair? Ach Bärbel. Sei ein bißchen nett, solange ich dich in der Gewalt habe. Alles andere hat Zeit. Ich meine es doch nur gut.“

„Wenn du es gut meinst, laß mich endlich in Ruhe. Dein Gerede geht mir unsäglich auf den Geist.“

„Warum mußt du ein gutes Gespräch nachträglich entwerten? Es scheint dein einziges Bedürfnis zu sein, alles, was sich positiv zwischen uns entwickelt, gleich wieder zu zerstören.“

„Wundert’s dich, wenn du dir meine Fesseln anschaust?“

Schweigen breitete sich zwischen ihnen aus. Schlegel hatte das Gefühl, daß alles gesagt sei und daß nun die Zeit das ihre tun würde, um Bärbel milder zu stimmen.

Zum Abendbrot beschmierte er Baguettestückchen mit Gorgonzola und öffnete die Flasche Sancerre, die er zuvor in der Wümme gekühlt hatte.

Bärbel aß stumm, aber mit Appetit und trank sogar von dem Wein. Daß sie nicht mit ihm anstoßen wollte, führte er auf die Plastikbecher zurück, die jede Feierlichkeit unmöglich machten.

Die Sonne stand tief, und es wurde kühl. Feuchtigkeit drang durch die Decke. Bärbel bekam eine Gänsehaut. Schlegel half ihr auf die Beine. „Willst du noch mal ins Schilf?“ fragte er fürsorglich.

„Nein, ich warte, bis wir in deinem Gartenhaus sind.“

Er führte sie zum Wagen und half ihr hinein. Er räumte alles zusammen und verstaute das Gepäck im Kofferraum.

Es dämmerte, als sie zurückfuhren. Ein prächtiger Sonnenuntergang verfärbte den westlichen Horizont. Kondensstreifen malten rosa Kreuze an den Himmel, und die Venus glänzte wie frisch poliert. Schlegel nahm die Prächtigkeiten der Natur dankbar in sich auf. Er war in einer schwärmerischen Stimmung mit der Frau an seiner Seite.

Das Gartentor ließ sich von innen entriegeln, so daß er den Wagen hinter dem Gartenhaus verstecken konnte.

Er stieg durchs Fenster ein und öffnete die Terrassentür. Er half Bärbel beim Aussteigen und stützte sie auf dem Weg ins Haus. Er legte sie aufs Sofa, holte das Gepäck aus dem Wagen und zog die Vorhänge vor das Küchen- und Seitenfenster. Seine Taschenlampe half ihm zusammenzusuchen, was für einen gemütlichen Abend notwendig war: eine Kerze, zwei Gläser und die Flasche Wein, die im Rucksack kühl geblieben war.

Er begleitete Bärbel auf die Toilette und entleerte sich selbst. Sie setzten sich zusammen auf das Sofa. Er nahm ihr die Handfesseln ab, damit sie trinken konnte. Über die Terrasse schauten sie in den abendlichen Garten und lauschten dem schluchzenden Gesang einer Drossel.

Nachdem die Flasche geleert war, leistete Bärbel nicht den geringsten Widerstand, als er mit ihr schlafen wollte. Das Abnehmen der Fesseln war fast ein zärtlicher Akt, eine Art Vorspiel. Sie erwiderte seine Gier und fand fast gleichzeitig mit ihm zum Orgasmus. Danach fesselte er sie nur flüchtig und brauchte keine Linie mehr zu schnupfen, um glücklich neben ihr wegzudämmern.

Er wurde geweckt von Motorgeräuschen. Er war sofort hellwach. Bärbel war geflohen. Er stürzte in den Garten und auf die Straße. Er sah gerade noch die Rücklichter des Volvo. Er hatte nur wenige Minuten Zeit, seine Sachen zusammenzupacken und durch die Wiesen davonzulaufen. Vermutlich würde Bärbel schon aus dem Auto per Handy die Polizei informieren. Er vermißte sein Fahrrad, das in Horn auf ihn wartete.

8

Sie winkten den Kollegen, die das Haus bewachten, und klingelten. Sie mußten ein paar Minuten warten, bevor Bärbel Kruse sie hereinließ. Sie war ungeschminkt und nachlässig gekleidet, in einem ausgeleierten T-Shirt und uralten Jeans. Man sah ihr die Strapazen der vergangenen Nacht an.

„Danke, daß Sie uns noch schnell empfangen, bevor Sie in die Praxis gehen.“ Spengler drückte ihr die Hand. Friedberg begnügte sich mit einem Kopfnicken. Er war enttäuscht, daß die Frau offensichtlich jede erotische Ausstrahlung verloren hatte.

„Ich bleibe heute morgen zu Hause. Ein Kollege wird mich vertreten. Kommen Sie ins Wohnzimmer. Ich habe schon Kaffee gekocht.“

Sie folgten ihr in den sonnenhellen Raum und setzten sich in die Sessel, auf die sie zeigte. Sie selbst nahm die Couch und versorgte die Polizisten mit Kaffee. Das kleine Bewirtungsritual gab ihr etwas Farbe, und auch das Haar wirkte plötzlich nicht mehr allzu zerzaust. Friedberg entging die Wiederbelebung ihrer weiblichen Reize keineswegs. Er war verblüfft, wie schnell sich der Wandel vollzog, und wollte nicht ausschließen, daß seine Gegenwart entscheidend dazu beitrug.

„Ich hoffe, wir können das schnell hinter uns bringen“, sagte sie mit gesenktem Blick. „Ich würde den gestrigen Tag am liebsten aus meinem Leben streichen. Außerdem habe ich ja heute nacht bereits alles Ihren Kollegen vom Revier und der Polizeiärztin erzählt. Ich fühle mich ziemlich angeschlagen und würde gern noch ein paar Stunden schlafen.“

„Das sollen Sie auch“, sagte Spengler väterlich milde. „Wir werden Sie nicht lange aufhalten. Doch ist es sicher in Ihrem Interesse, wenn wir Jens Schlegel so bald als möglich festnehmen. Und dabei brauchen wir Ihre Hilfe.“

„Der ist längst über alle Berge. Da kann ich Ihnen gar nicht helfen. Es wäre Ihnen aber ein leichtes gewesen, ihn gestern zu schnappen, hätten Sie dieses Haus bewacht. Wieso konnte er ungehindert ein und aus gehen und sich die Autoschlüssel besorgen?“

„Wir überwachen das Haus zu Ihrem Schutz, das heißt, wenn Sie hier anwesend sind. Aber wir haben nicht genug Personal, um leerstehende Häuser zu beobachten.“

„Was ein Fehler ist, wie man sieht“, sagte sie gereizt.

„Ich bin ehrlich gesagt nicht auf die Idee gekommen, daß so was passiert.“ Spengler zuckte die Achseln. „Hinterher ist man immer klüger.“

Friedberg fand, daß der Unmut Bärbel Kruse gut stand. Er mochte selbstbewußte Frauen, die sich nicht unterkriegen ließen, auch wenn sie ihm zumeist die kalte Schulter zeigten.

Doch sie gab auf. „Mag sein“, sagte sie resigniert. „Also was wollen Sie wissen?“

„Wir haben den Bericht der Ärztin gelesen. Spermaspuren beweisen eindeutig, daß Sie heute nacht Geschlechtsverkehr hatten. Eine DNA-Analyse liegt noch nicht vor, aber wir haben keinen Grund, daran zu zweifeln, daß es sich um das Sperma von Schlegel handelt. Sie behaupten, von Schlegel vergewaltigt worden zu sein, es gibt jedoch keine Hinweise auf Gewaltanwendung, keinerlei Verletzungen im Genitalbereich und keine Hämatome an den Oberschenkeln oder am Unterleib.“

Bärbel Kruse schüttelte den Kopf. „Es ist schon eigenartig, daß Sie ausgerechnet mit dem unappetitlichsten Teil meiner Entführung beginnen. Ich bin mit Gewalt gekidnappt und mit dem Tod bedroht worden, ich habe einen ganzen Tag gefesselt zugebracht. Ist im Arztbericht nicht auch die Rede davon, daß man an Hand- und Fußgelenken Spuren der Stricke gefunden hat? Törnt es Sie an, wenn Sie sich sofort nur mit dem Thema Geschlechtsverkehr beschäftigen?“

„Wir verstehen Ihre Erregung, Frau Kruse. Sie haben recht. Es war vielleicht nicht gerade taktvoll, gleich nach der angeblichen Vergewaltigung zu fragen ..."

„Was heißt hier angeblich?" unterbrach sie wütend. „Hat man Sperma gefunden oder nicht?"

„Das kann auch von einem normalen Geschlechtsverkehr herrühren. Was uns einfach stutzig macht, ist die Tatsache, daß keine Hinweise auf Gewaltanwendung gefunden wurden."

„Solche Verletzungen, die Sie bei mir vermissen, entstehen, wenn die Frau sich entschieden zur Wehr setzt. Wie aber soll das gehen, wenn Sie gefesselt sind?"

„Sie haben zu Protokoll gegeben, daß Schlegel Sie beim und nach dem Verkehr nur unzureichend gefesselt hat, so daß Sie nach seinem Einschlafen entkommen konnten. Also hätten Sie sich wehren können."

„Um zu riskieren, daß er mich wieder fest einschnürt und jeder Gedanke an Flucht sich erübrigt hätte."

„Sie haben sich nicht gewehrt, um ihn nachsichtig und nachlässig zu stimmen?"

„Ich weiß nicht, worauf Sie hinaus wollen."

„Frau Kruse, niemand würde Ihnen einen Vorwurf machen, wenn Sie den Geschlechtsverkehr ganz bewußt als Mittel zur Flucht eingesetzt hätten. Im Gegenteil: jeder hätte Verständnis dafür. Nur könnte man in diesem Fall nicht von Vergewaltigung reden." Spengler lächelte und nickte ihr aufmunternd zu.

„Warum geben Sie sich solche Mühe, Schlegel zu entlasten? Wer ist eigentlich das Opfer? Schlegel oder ich? Sie tun gerade so, als wollte ich Schlegel was anhängen."

Friedberg spielte den Charmanten, zeigte lächelnd alle Zähne, die er hatte. „Liebe Frau Kruse..."

„Ich bin nicht lieb!" unterbrach sie. „Ich bin empört!"

„Es geht uns nur darum, gewisse Widersprüche in Ihrer Aussage aufzuklären und uns ein möglichst objektives Bild der gestrigen Ereignisse zu verschaffen", erklärte Spengler.

„Ich habe immer gedacht, mein Vater übertreibt, wenn er auf die Polizei schimpft, aber Sie tun wirklich alles, mich eines Besseren zu belehren. Ich möchte dieses Verhör jetzt abbrechen.“ Sie stand auf.

„Bitte, setzen Sie sich wieder. Wir haben vollstes Verständnis für Ihre Empfindlichkeit, aber wir tun auch nur unsere Pflicht. Von Verhör kann natürlich nicht die Rede sein. Wir müssen Ihnen einfach ein paar Fragen stellen. Lassen Sie uns zuvor das leidige Thema abschließen: Sie bleiben also dabei, vergewaltigt worden zu sein?“ Spengler wurde eine Spur förmlicher.

Sie setzte sich auf den Boden. „Ja. Schlegel hatte Wein getrunken ...“

„Sie übrigens auch“, unterbrach er. „Oder anderen Alkohol. Das hat die Blutuntersuchung ergeben.“

„Das ist ja wohl die Höhe! Die Ärztin hat den Abstrich und die Blutprobe nur in Hinsicht auf die Vergewaltigung haben wollen. Von einem Alkoholtest war nicht die Rede!“

„Reine Routine. Wird bei jeder Blutuntersuchung automatisch gemacht. Sie haben also zusammen Alkohol zu sich genommen, und dann kam es zu dem Überfall?“

„Ja. Schlegel hatte mehr getrunken als ich und verlor plötzlich jede Beherrschung. Natürlich hab ich mich gewehrt, soweit das meine Fesseln zuließen, aber ich wollte ihn auch nicht zum Äußersten treiben.“

„Was meinen Sie damit?“

„Er hat mir mehrmals gedroht, mich umzubringen. Erst mich und anschließend sich selbst. Schon daraus können Sie ersehen, in welch gefährlicher Verfassung er war. Er schien mir zu allem entschlossen.“

„Und warum haben Sie dann Alkohol mit ihm getrunken?“

„Sie werden lachen: weil ich Durst hatte. Und weil ich mich betäuben wollte. Ich hatte Schmerzen von den Stricken und Krämpfe in den Waden. Irgendwie war mir auch alles scheißegal. Ich hatte mit dem Leben abgeschlossen.“ Sie weinte gekonnt.

„Wie oft hat er Sie mit der Pistole bedroht?“ fragte Spengler sanft.

„Immer wieder. Ich hab’s nicht gezählt. Im Auto bei der Entführung natürlich und später an der Wümme, wo wir den Tag verbracht haben. Als ich mal in die Büsche mußte, hat er mich begleitet und auf mich gezielt. Er hätte sofort abgedrückt, wenn ich abgehauen wäre.“

„Was war das für eine Waffe?“ fragte Friedberg.

„Keine Ahnung. Ich kenne mich mit Waffen nicht aus. Jedenfalls sehr bedrohlich.“

„Hat er im Zusammenhang mit der Waffe auch vom Mord an Ihrem Bruder gesprochen?“

„Ja. Er hat behauptet, Jochen mit eben dieser Waffe erschossen zu haben. Deshalb hab ich mich ja in allem, was er verlangte, gefügt.“

„Auch beim Geschlechtsverkehr?“ fragte Spengler schnell.

„Sie legen mich nicht rein, guter Mann. Wenn man eine Frau gegen ihren Willen dazu zwingt, auch wenn sie dabei nicht halb totgeschlagen wird, ist und bleibt das Vergewaltigung. Ich muß jetzt Schlaf nachholen. Darf ich die Herren hinausbegleiten?“

Sie sprang auf, stellte sich breitbeinig in die Wohnzimmertür und verschränkte die Arme vor der Brust.

Spengler trank seinen Kaffee aus. „Nur eine Frage noch, Frau Kruse. Was glauben Sie, weshalb Schlegel diesen eigenartigen Entführungsversuch unternommen hat?“

„Kann ich nicht sagen. Vielleicht wollte er für meine Freilassung Geld. Er hat mich neulich schon wegen der Anwalts- und Gerichtskosten angebettelt. Vielleicht wollte er auch eine spektakuläre Aktion, um die Öffentlichkeit auf sich aufmerksam zu machen. Was weiß ich, was in so einem armen Irren vorgeht? Er wirkte jedenfalls völlig verstört und außer sich.“

„Wie äußerte sich das?“

„Er redete einfach wirres Zeug, tat so, als hätte es nie ein Problem gegeben zwischen uns. Er hat davon erzählt, wie er einen Aal geangelt hat, den ich dann braten mußte.“

„Was ist daran wirr?“

„An der Geschichte vielleicht nichts, aber so eine banale Sache im Zusammenhang mit einer Situation, in der es um Leben und Tod geht, nimmt völlig surreale Züge an, wenn Sie verstehen, was ich meine.“

„Nur zu gut. Und Sie glauben ihm, wenn er sagt, daß er Ihren Bruder umgebracht hat?“

„Auf jeden Fall. Und mich würde er auch eiskalt erschießen, da bin ich sicher.“

„Was hätte er davon? Er will Sie doch um jeden Preis zurückerobern. Er will mit Ihnen leben und nicht mit Ihnen tot sein.“

„Woher wissen Sie das? Es gibt jede Menge Stalker, die ihre Opfer, wenn sie sie endgültig nicht mehr treffen durften, lieber getötet haben, als auf sie zu verzichten. So ein Mord ist doch auch eine, wenngleich perverse, Form von Inbesitznahme.“

„Das klingt überzeugend. Und Sie schließen völlig aus, daß Schlegel Sie nur deshalb entführt hat, um Sie in seiner Nähe zu haben, um sich der Illusion hinzugeben, für ein paar Stunden wieder mit Ihnen zusammenzuleben? Die Tatsache, daß er Sie letztlich hat laufen lassen, könnte ein Beleg dafür sein.“

„Ich glaub, ich spinne. Sie scheinen einen Narren an meinem Ex gefressen zu haben.“

„Wohl kaum. Ich kenne ihn ja überhaupt nicht. Ich will mir nur später nicht den Vorwurf machen, daß ich nicht alle Möglichkeiten in diesem verwirrenden Fall bedacht habe. Tut mir leid, daß wir Sie so lange aufgehalten haben. Erholen Sie sich gut. Komm, Kollege.“

Er winkte Friedberg und verließ schnell das Zimmer und das Haus.

„Hast du heute deinen sadistischen Tag?!“ schimpfte Friedberg, als sie im Auto saßen. „Warum nimmst du diese arme Frau derart in die Mangel? Man hat wirklich den Eindruck, du verwechselst Opfer und Täter."

„Tut mir leid, wenn ich deine Gefühle für Frau Kruse verletzt habe. Da du schlicht ausfällst, wenn dir eine stramme Blondine gegenübersitzt, muß ich eben für zwei ackern. Frau Kruse hat genau wie ihr Vater eine Art, Schuld auf andere zu verteilen, die mir mißfällt. Ich kann solche egozentrischen, rechthaberischen Damen schlecht verknusen. Wenn sie wirklich in Not wäre, würde sie sich anders verhalten."

„Das hat sie am Anfang auch getan, bis du ihr ständig auf die Füße gesprungen bist. Du hast sie systematisch in Rage gebracht."

„Alter Trick. Leute in Wut zeigen mehr von sich, wie du eigentlich wissen solltest."

„Ach nee, Herr Lehrer. Aber es gibt gewisse Regeln, zum Beispiel die, daß man mit Verbrechensopfern behutsam umgehen muß."

„Vor allem, wenn sie blond und stramm gepolstert sind, nicht wahr? Die hat doch eine Schau abgezogen. Der ist jedes Mittel recht, diesen Schlegel zu belasten. Natürlich hat sie ihn verführt, um frei zu kommen. Sie hat ihm vorgegaukelt, daß alles wieder in Ordnung ist, so daß der Trottel vor lauter Glück jede Vorsichtsmaßnahme vergessen hat. Das wäre ja auch völlig in Ordnung, wenn sie die Kirche im Dorf ließe. Aber nein, sie muß das große Drama liefern, die Tragödie der mißbrauchten Frau."

„Und Schlegel ist für dich bloß eine arme Sau, oder was?" Friedberg schaltete wütend in den vierten Gang.

„Keine Ahnung. Ich bin mir nur sicher, daß der in die Psychiatrie und nicht in den Knast gehört."

Im Präsidium wartete im Korridor der alte Kruse neben ihrer Tür.

„Der hat mir gerade noch gefehlt", knurrte Spengler.

Friedberg lachte. „Das ist die gerechte Strafe. Was du seiner Tochter antust, zahlt er dir heim."

„Kannst du allein mit ihm reden? Ich hab jetzt keinen Nerv für den."

„Oh, nein, mein Lieber. Das stehen wir hübsch gemeinsam durch. Warum willst du dir nicht sagen lassen, daß du schlecht arbeitest? Er hat doch recht."

„Was können wir für Sie tun, Herr Kruse?" Sie setzten sich zu ihm, nahmen ihn in die Mitte.

„Sollten wir nicht in Ihr Büro gehen? Was ich zu sagen habe, ist nicht für jedermanns Ohren bestimmt."

„Wir sind sehr in Eile. Ein neuer Fall, verstehen Sie."

„Ach so, Sie wollen mich gleich wieder sitzenlassen so wie neulich. Höflichkeit gehört wohl nicht zu den polizeilichen Tugenden. Ich möchte meiner Empörung Ausdruck geben, daß dieser Kerl immer noch frei herumläuft. Wenn ich schon nicht nachvollziehen kann, wieso das Gericht einen gefährlichen Mann wie Schlegel nur zu einer Bewährungsstrafe verurteilt, so ist es mir erst recht unbegreiflich, weshalb er der Polizei immer wieder durch die Lappen geht. Meine Tochter hat sofort nach ihrer Flucht per Notruf das Revier über seinen Aufenthaltsort informiert. Warum dann abermals nur Fehlanzeige? Man muß doch fast schon Absicht dahinter vermuten."

„Seien Sie vorsichtig mit Ihren Äußerungen, Herr Kruse. Das Versteck von Schlegel lag am äußersten Stadtrand. In dem Bereich sind nachts nicht ständig Streifenwagen unterwegs. Schlegel brauchte vermutlich nur wenige Minuten, um seine Sachen zusammenzupacken und zu türmen, während unsere Leute eine Viertelstunde unterwegs waren. Ein Zeitproblem und kein Unvermögen, Herr Kruse." Spengler seufzte.

„Ihren anmaßenden Ton können Sie sich sparen. Sie haben hier einen Vater vor sich, der besorgt ist um das körperliche Wohlergehen seiner Tochter und in tiefer Trauer wegen des Mordes an seinem Sohn. Und ich werde den Verdacht nicht los, daß der Fall nicht mit vollem Einsatz Ihrerseits verfolgt wird. Es fehlt an Sorgfalt und Intensität in jeder Beziehung. Offenbar sträuben Sie sich dagegen, einen Zusammenhang herzustellen zwischen Jochens Tod und Schlegels kriminellen Machenschaften. Zudem verharmlosen Sie genau wie das Gericht die Nachstellungen meines Exschwiegersohns, wie es eben Jahrzehnte gebraucht hat, das Phänomen des Stalkings überhaupt als Straftatbestand anzuerkennen. Auch die Tatsache, daß meine Tochter durch diesen Kerl vergewaltigt worden ist, scheint Sie nicht aus Ihrem Dornröschenschlaf zu wecken..."

„Herr Kruse", unterbrach Spengler mühsam beherrscht, als Friedberg aufsprang.

„Telefon! Bin gleich wieder da." Er verschwand im Büro.

„Ich kenne doch Volkesstimme in Bezug auf sexuellen Mißbrauch und Stalking: die Opfer sind selbst schuld, werden es schon irgendwie herausgefordert haben. Davon bleibt natürlich auch ein Polizistengemüt nicht unbeeindruckt. Sie müssen nichts sagen, Herr Kommissar, ich sehe Ihnen an, daß Sie mich zum Teufel wünschen. Die Wahrheit ist eben unbequem."

Friedberg riß die Tür auf. „Kannst du mal kommen? Es ist wichtig."

„Ein eingespieltes Team." Kruse lachte verbittert. „So wimmelt man Leute ab. Bravo, die Herren! Gut einstudiert. Ich räume freiwillig das Feld. Viel Glück weiterhin bei Ihren vorbildlichen Ermittlungen. Herr Doktor Hasselmann hat mir übrigens zugesagt, meinen Beschwerden nachzugehen. Sie werden Ärger bekommen." Er stand auf und schlurfte hoch aufgerichtet den Flur hinunter zur Treppe.

„Das war die Erlösung." Spengler lief zu Friedberg ins Büro. „Danke dir."

„Es war kein falscher Alarm, es ist wirklich was passiert. Mordanschlag am Herdentorsteinweg. Vor einem Italiener. Und nun rate mal, auf wen sie es abgesehen haben."

„Keine Ahnung. Leider nicht auf den alten Kruse, der lebt ja noch."

„Unsern Freund Proll wollten sie umlegen. Und wer war bei ihm und hat einen Schuß ins Bein erhalten?“

„Marion Hellmann.“

„Das ist richtig. Der Kandidat hat hundert Punkte.“

„Und Proll?“

„Streifschuß an der Schulter. Er mußte nur genäht werden. Sie liegt im Zentralkrankenhaus. Die beiden waren zusammen essen. Ein dunkelblauer Passat hat auf dem Parkstreifen gegenüber gewartet. Als sie vor die Tür kamen, hat er brutal gewendet und die beiden aufs Korn genommen. Insgesamt mindestens sechs Schüsse. Die Fensterscheibe des Lokals ist zu Bruch gegangen. Gott sei Dank ist aber sonst niemand verletzt. Der Wagen ist über Rembertikreisel und Schwachhauser Heerstraße vermutlich zur Kurfürstenallee und dann Richtung Autobahn. Leider hat niemand das Nummernschild beachtet. Aber vermutlich war das sowieso geklaut.“

„Merkwürdig. Die Inszenierung sieht nach Profis aus, die Treffsicherheit überhaupt nicht. Ein anständiger Killer würde nicht so daneben ballern.“

„Vielleicht sollte das nur eine Warnung sein. Jemand, der noch eine Rechnung bei Proll offen hat, wollte so seiner Forderung Nachdruck verleihen.“

„Wäre denkbar. Aber der Vorfall zeigt, daß Proll, der brave Familienvater, kein so unbeschriebenes Blatt ist, wie er vorgibt. Und Frau Hellmann hat auch eine Leiche mit dem im Keller. Ich hab irgendwie in der Nase, daß uns die Sache weiterbringt im Fall Jochen Kruse.“

„Und Schlegel ist wieder mal außen vor? Ich kann dir da nicht folgen, beziehungsweise deiner Nase. Ich kann erst ruhig schlafen, wenn der einsitzt.“

„Wegen dem schläfst du schlecht? Laß dich doch mal von seiner Ex massieren. Das wirkt sehr ermüdend. Vielleicht kriegst du Rabatt, weil du ein so mitfühlendes Herz hast.“

„Sehr komisch. Und dir wünsche ich noch viele nette Gespräche mit ihrem Vater.“

„Gut pariert. Wir sind quitt. Wollen wir Herrn Proll unsere Aufwartung machen?"

„Mit Vergnügen. Er wartet in seinem Büro. Wir sollen die Sache erstmal in Angriff nehmen wegen möglicher Verbindungen zum Fall Kruse, meint Hasselmann. *Er* war das am Telefon."

„Na, dann Glück auf."

Proll telefonierte, als sie sein Büro betraten. Er winkte sie in die Sitzecke. „Ja, zwei Mann bitte. Die sollen rund um die Uhr das Haus bewachen. Außerdem möchte ich, daß ab morgen jemand meine Frau zum Einkaufen begleitet und die Kinder zur Schule. Ja, mach mir ein Angebot. Und berücksichtige dabei, daß ich deine Dienste schließlich schon seit Jahren in Anspruch nehme."

Spengler und Friedberg wechselten einen Blick.

Proll hörte eine Weile stumm zu. Endlich sagte er gereizt: „Mag sein. Aber so dramatisch will ich das im Moment noch nicht sehen. Kommt Zeit, kommt Rat. Ich muß Schluß machen. Zwei Herren von der Kripo wollen mit mir sprechen. Mach's gut und vielen Dank für deine Hilfe." Er legte auf. „So sieht man sich wieder. Guten Tag, meine Herren."

Sie erwiderten den Gruß und warteten, bis Proll sich zu ihnen gesetzt hatte.

„Tja, das war ein Schlag in die Magengrube. Die arme Marion Hellmann. Ich hatte noch einiges mit ihr zu besprechen wegen Jochen, und dann das. Ich kann mir überhaupt keinen Reim darauf machen. Ich kann nur die Konsequenz daraus ziehen, in Zukunft noch vorsichtiger zu sein. Deshalb habe ich vor allem zum Schutz meiner Familie einen Wachdienst engagiert, wie Sie eben gehört haben. Denn ich fürchte, daß mir der Staat keinen umfassenden Schutz gewähren kann."

„Jedenfalls nicht, solange wir nicht wissen, wer da ein Hühnchen mit Ihnen zu rupfen hatte. Aber da werden Sie uns sicher weiterhelfen können." Spengler lächelte verbindlich. „Doch zunächst einmal zu Frau Hellmann. Sie wollen uns also immer noch weismachen, daß Ihre Verbindung zu ihr nur mit Kruse zu tun hatte?"

„Was sonst? Ich werde mich natürlich jetzt ein wenig mehr um sie kümmern, denn ich bedaure sehr, daß sie von einem Schuß getroffen wurde, der eigentlich mir galt."

„Warum geben Sie nicht endlich zu, daß Sie ein Verhältnis mit ihr haben? Was sagt denn Ihre Frau dazu, daß Sie mit Frau Hellmann zusammen waren?" wollte Friedberg wissen.

„Sie ist voller Mitgefühl für Marion, äh, Hellmann und teilt keineswegs das Mißtrauen mir gegenüber, das Sie hier an den Tag legen."

„Gut. Lassen wir das. Vielleicht ist ja Frau Hellmann inzwischen etwas auskunftsfreudiger. Wir werden sie gleich besuchen. Da Sie in Ihrer Einleitung im Grunde schon all unsere Fragen beantwortet haben, erübrigt sich ein weiteres Gespräch." Spengler stand auf.

„Wie darf ich das verstehen?" Proll schaute zwischen ihnen hin und her. Friedberg grinste, Spengler wischte sich die Stirn mit seinem Taschentuch.

„Sie waren mit Frau Hellmann essen wegen Jochen, und Sie haben keine Ahnung, wer auf Sie geschossen hat und warum. Damit ist doch alles gesagt. Oder auch nicht. Aber hier herrscht eben das Gesetz des Schweigens, wie wir das aus Italien kennen, und da ist es mir einfach zu blöd, meine Zeit zu vertun."

Proll räusperte sich. „Tut mir leid, wenn ich einen falschen Eindruck erweckt habe. Natürlich will ich konstruktiv mit Ihnen zusammenarbeiten. Bitte nehmen Sie wieder Platz."

„Das hört sich schon besser an." Spengler setzte sich wieder. „Was also ist mit Marion Hellmann?"

„Kann ich auf Ihre Diskretion setzen?" fragte Proll zögernd.

„Selbstverständlich, es sei denn, wir werden durch Ihr Verhalten oder andere Umstände, die wir nicht zu verantworten haben, gezwungen, mit gewissen Informationen an die Öffentlichkeit zu gehen."

Proll seufzte. „Ach, Sie kriegen es ja doch raus. Marion und ich sind schon seit einiger Zeit zusammen. Wir haben das zunächst geheimgehalten …“

„Aber dann ist Kruse dahintergekommen und hat Ärger gemacht“, ergänzte Friedberg.

„So ungefähr. Er hat Geld für sein Stillschweigen verlangt.“

„Ach nee. Immer wieder diese billige Erpressungsmasche. Skrupelloser Absahner und attraktive Nutte tun sich zusammen. Sie macht sich an wohlhabende verheiratete Männer heran, er beobachtet und fotografiert sie bei Tête-à-têtes und kassiert für die Bilder.“

„Daß Fotos im Spiel waren, glaube ich nicht. Bei uns jedenfalls nicht. Kruse verkehrte ohnehin in den sogenannten besseren Kreisen als Stofflieferant, besonders für Kokain. Er war ‚everybodys darling‘, sorgte für gute Stimmung und gelungene Partys, wobei ihm Marion behilflich war und für einen ausgesuchten Kreis von Herren auch im Bett zur Verfügung stand. Kruse konnte darauf bauen, überall offene Türen vorzufinden, war er doch von Familie, und Marion war frei von jeglichem Nuttenimage, denn sie kassierte nicht selber, nahm höchstens mal Geschenke an. Seine Schnorrereien liefen dezent durch total überhöhte Preise für Koks oder Phantasieabrechnungen der Partys. Nur wer sparen wollte, wurde ebenso charmant wie eindeutig unter Druck gesetzt.“

„Na zauberhaft. Wer wundert sich da noch über den Sextourismus namhafter Betriebsräte?“ Spengler schüttelte sich. „Doch wenn Sie das alles wußten, wieso haben Sie sich dann auf ein Verhältnis mit der Hellmann eingelassen?“

„Ich habe das meiste erst im Nachhinein erfahren. Daß dahinter ein sorgsam ausgetüfteltes System existierte, wußte ich nicht. Ich hatte mit Kruse nur in Immobiliengeschäften zu tun. Und Marion gefiel mir. Sie ist intelligent, attraktiv und die amüsanteste Gesellschafterin, die man sich vorstellen kann. Ich war naiv genug zu glauben, daß ich für sie eine Sonderrolle spielte, bis …“ Er zögerte.

„Bis Ihnen die Rechnung präsentiert wurde“, ergänzte Friedberg. „Und dann war guter Rat teuer.“

„Natürlich war ich enttäuscht. Doch sonderlich erschüttert hat mich das Ganze nicht. Ich bin kein schwärmerischer Jüngling mehr, und in meinem Job erlebt man oft die unglaublichsten Geschichten.“

„Aber Sie hatten Angst um Ihre Ehe und Ihre Reputation als Geschäftsmann und haben gezahlt, nicht wahr?“

„Nein. Marion und ich wollen heiraten. Meine Ehe ist sowieso hinüber. Meine Frau und ich leben getrennt.“

„Moment, Moment. Das geht mir zu schnell. Seit wann leben Sie getrennt? Vor oder nach Kruses Tod?“

„Seit ein paar Tagen, seit Marion und ich uns ausgesprochen haben, seit ich von ihrem Vorleben weiß und von ihrem aufrichtigen Wunsch, Schluß zu machen mit diesen schmuddeligen Affären.“

„Jetzt brat mir aber einer ’nen Storch!“ Spengler lehnte sich zurück, starrte an die Decke. „Tun Sie mir das nicht an. Sie hatten das schönste Mordmotiv, und plötzlich spielen wir hier die Kameliendame. Klar, was gibt es Überzeugenderes als eine rührende Liebesgeschichte, um jeden Verdacht von sich abzulenken. Trotzdem werden Sie uns noch erzählen müssen, was Sie in der Nacht gemacht haben, als Kruse dran glauben mußte.“

„Nein, müssen Sie nicht“, schaltete Friedberg sich ein. „Selbstverständlich waren Sie mit Frau Hellmann zusammen. Da haben wir doch das schönste Alibi. Widersprechen Sie?“

„Tut er nicht.“ Spengler lachte. „Jedenfalls finde ich es wirklich zu Herzen gehend, daß Sie trotz der Trennung von Ihrer Frau Personenschutz für sie in Auftrag gegeben haben. Wir wünschen Ihnen und Frau Hellmann alles Gute für die Zukunft. Wir erlauben uns allerdings, auch Ihre zukünftige Frau in dieser Angelegenheit zu befragen.“ Spengler wollte aufstehen.

„Sie können doch jetzt nicht gehen! Was ist mit dem Anschlag auf Marion und mich?“

„Ach wissen Sie, was hätten wir denn an Aufklärung von Ihnen zu erwarten? Sie kennen das Auto nicht, haben niemand darin gesehen und wissen partout nicht, wer Ihnen da ans Leder wollte." Spengler erhob sich.

„Ich werde mich über Sie beschweren. Ihre Impertinenz stinkt zum Himmel!" ereiferte sich Proll.

„Aber gern. Unser Vorgesetzter heißt Hasselmann mit einem Doktor davor. Soll ich Ihnen gleich die Durchwahl geben?" Friedberg stand ebenfalls auf.

„Oder wollen Sie uns jetzt mitteilen, von wem Sie sich bedroht fühlen, wer Ihrer Meinung nach für den Überfall verantwortlich ist? Dann setzen wir uns wieder." Spengler verbeugte sich.

„Vorher sollten Sie mir vielleicht erklären, weshalb Sie mich wie den letzten Dreck behandeln. Ich bin immerhin verletzt worden. Aber eventuell hilft uns ein Kaffee weiter. Oder was anderes zu trinken. Wozu darf ich Sie einladen?" Proll bemühte sich offensichtlich um Versöhnung.

„Gut. Mineralwasser könnte nützlich sein." Spengler setzte sich wieder. Friedberg stellte sich ans Fenster und schaute auf die Wallmühle. Proll orderte über seine Telefonanlage Getränke. Für sich selbst Gin Tonic. Dann herrschte Schweigen, bis eine elegante Frau in den Fünfzigern hereinstöckelte und die Herren bediente.

„Sie fangen an", sagte Spengler, nachdem er ein Glas Wasser heruntergeschüttet hatte.

„Tja, schwierig." Proll wand sich.

„Eifersucht? Ihre Frau dürfte sich nicht gerade darüber freuen, abserviert zu werden."

„So ein Überfall würde meiner Frau im Traum nicht einfallen."

„So was muß man ja nicht selber machen. Dafür kann man Leute kaufen."

„Sie ist nicht der Typ Frau, der nur auf Rache sinnt. Sie ist eher defensiv."

„Manche Männer haben ein völlig falsches Bild von ihren Frauen. Auffällig ist jedenfalls, daß mehr auf Frau Hellmann als auf Sie gezielt wurde."

„Ich glaube eher, daß die Sache mit der Firma zusammenhängt. Vielleicht ein unzufriedener Kunde, jemand, dem ich, ohne es zu wollen, Ärger gemacht habe. Es kommt leider immer wieder vor, daß Bauherren sich über irgendwelche Mängel beschweren. Normalerweise einigt man sich dann friedlich und bessert nach. Aber es gibt auch Leute, denen kann man es nicht recht machen. Die stellen immer dreistere Forderungen, hetzen einem Anwälte auf den Hals und steigern sich da in etwas hinein, das jeder realen Grundlage entbehrt."

„Klingt plausibel. Nur müssen Sie auch Butter bei die Fische tun und uns Namen nennen. Gibt es im Moment einen konkreten Fall in diese Richtung?" Spengler putzte sich die Nase.

„Es fällt mir schwer, jetzt spontan irgendwelche Leute zu verdächtigen. Ich müßte ganz in Ruhe noch einmal darüber nachdenken."

„Na schön, dann tun Sie das. Ich hab's ja geahnt, daß wir nicht weiterkommen. Wenn Sie nachdenken, sollten Sie vor allem überlegen, ob es klug ist, wie Sie uns hinhalten."

„Da ist schon wieder dieser überhebliche Ton. Sie sollten sich in Erinnerung rufen, daß ich hier Opfer bin und nicht Täter."

„Das hab ich heute schon mal irgendwo gehört. Offensichtlich habe ich keinen guten Tag. Es ist schwül. Ich fürchte, das Wetter kippt in den nächsten Stunden. Dann ist mit mir nicht gut Kirschen essen. Entschuldigung." Spengler gab sich zerknirscht.

Friedberg übernahm. „Kruse hatte doch sicher Freunde, die seinen Tod gar nicht lustig fanden. Und erst recht nicht, daß Sie Kruse die Frau ausgespannt haben. Vielleicht hat da jemand einen Zusammenhang hergestellt und Ihnen deshalb eine Kugel verpassen wollen."

„Und dieser Zusammenhang will heißen: Proll hat seinen Nebenbuhler aus dem Weg geräumt. Meine Herren, mir reicht's jetzt. Ich werde mir in Ruhe durch den Kopf gehen lassen, ob es jemanden gibt, dem ich dieses Attentat zutraue. Das werde ich meinem Anwalt mitteilen, mit dem Sie dann alles weitere erörtern können.

Ich jedenfalls stehe Ihnen ab sofort nicht mehr zur Verfügung." Er stand auf. „Sie werden verstehen, daß ich mich jetzt um Frau Hellmann kümmern muß. Ich lasse sie schon viel zu lange warten. Auf Wiedersehen."

„Moment!" Spengler hob die Hand wie ein Schüler, der sich meldet. „Wegen Frau Hellmann werden Sie noch ein wenig Geduld haben müssen, denn jetzt sind wir erstmal dran. Es hat auch keinen Zweck, daß Sie versuchen, mit Ihrem schnellen Auto vor uns da zu sein, denn wir fahren mit Blaulicht und Sirene. Außerdem wird das Krankenzimmer bewacht. Wir werden von unterwegs den Kollegen vor Ort informieren, daß niemand zu der Dame vorgelassen und daß ihr Telefon abgestellt wird, bevor wir nicht mit ihr geredet haben. Soweit alles klar? Wenn wir Sie heute abend oder wann auch immer ins Präsidium vorladen, dürfen Sie gern Ihren Anwalt mitbringen, aber auf Ihre Anwesenheit können wir leider nicht verzichten. Außerdem erwarten wir, daß Sie Bremen in den nächsten Tagen nicht verlassen und immer telefonisch erreichbar sind, hier oder zu Hause. Guten Tag."

Marion Hellmann hatte ein Einzelzimmer mit Blick auf eine frisch begrünte Birke. Der riesige Blumenstrauß auf dem Nachtschrank konnte nur von Proll stammen. Sie schien zu schlafen, als sie ans Bett traten. Spengler hüstelte.

Sie öffnete die Augen, die besonders groß und dunkel wirkten in dem blassen Gesicht. „Ich habe Sie erwartet und bin froh, alte Bekannte wiederzusehen. Ich hatte schon befürchtet, daß man andere Polizisten schicken würde." Sie lächelte und zeigte das tadellose Gebiß. Die nackten Arme auf der weißen Decke, die schmalen langfingrigen Hände, das edel geschnittene Profil, das auf das Kopfkissen wie ein Fächer gebreitete schwarze Haar – alles schien nur eins zu sagen: diese Frau ist unschuldig. Auch der Duft eines teuren Parfums konnte nur von einer echten Dame herrühren.

„Wie geht es Ihnen?" fragte Spengler und setzte sich auf einen Stuhl, während Friedberg sich ans Fenster stellte, das gekippt war.

„Danke. Die Wunde ist nicht das Schlimmste. Ich werde zwar eine hübsche Narbe behalten, aber daran gewöhnt man sich."

„Und die Herren auch", konnte Friedberg sich nicht verkneifen.

Sie überhörte die Bemerkung. „Viel schlimmer ist der Schock. Ich kann immer noch nicht fassen, was da passiert ist. Warum schießt man auf mich? Erst Kruse, dann ich. Ich stehe vor einem Rätsel."

„Vielleicht waren Sie nicht gemeint. Die Schüsse können genausogut Proll gegolten haben, Ihrem Verlobten."

„Bitte? Meinem Verlobten? Was reden Sie da?" Sie richtete sich auf, ließ sich aber gleich wieder zurückfallen.

„Herr Proll wird Sie demnächst heiraten, hat er uns gesagt. Stimmt das etwa nicht?"

Sie schüttelte den Kopf. „Dieser Idiot", flüsterte sie.

„Er hat zugegeben, mit Ihnen ein Verhältnis zu haben und deswegen von seiner Frau getrennt zu leben."

„Was ist denn in den gefahren? Hat ihn der Überfall so mitgenommen? Spielen jetzt alle verrückt?"

„Also sind Sie nicht mit ihm verlobt?" fragte Friedberg.

„Was heißt das überhaupt: verlobt? Er hat mich heute mittag gefragt, ob ich mir ein Zusammenleben mit ihm vorstellen könnte, nun da Jochen tot ist. Ich habe ihm gesagt, daß ich den Zeitpunkt für solch einen Antrag unmöglich finde."

„Aber Sie haben den Antrag nicht grundsätzlich abgelehnt, so daß er sich Hoffnungen machen konnte." Spengler schaute sie erwartungsvoll an.

Sie wandte den Blick ab. „Meine Reaktion war so eindeutig, daß falsche Hoffnungen ausgeschlossen sind."

„Aber von seiner Frau hat er sich Ihretwegen getrennt?" fragte Friedberg.

„Keineswegs. Die Trennung liegt schon länger zurück."

„Und wie lange haben Sie ein Verhältnis mit ihm?" Spengler streichelte die Bettdecke.

„Wir sind Freunde, das ist alles. Ich bin nicht bereit, mir hier etwas andichten zu lassen. Ich finde Sie reichlich rücksichtslos, wenn man bedenkt, was mir heute passiert ist. Ich habe schlicht Angst, gerade weil ich nicht weiß, wer mir nach dem Leben trachten könnte."

„Vielleicht einer Ihrer anderen Verehrer, der sich damit nicht abfinden kann, daß Sie demnächst die brave Ehefrau spielen und Ihrem alten Beruf nicht mehr nachgehen wollen." Friedberg lächelte verständnisvoll.

„Es ist schade, daß man mit Ihnen nicht wie mit normalen Menschen reden kann. Sie scheinen nur darauf aus zu sein, mir etwas anzuhängen, sogar in dieser Situation, wo ich ein wenig Unterstützung und Mitgefühl brauchen könnte."

„Wenn Sie wirklich ehrlich zu uns wären, würden Sie uns zu den sanftesten und verständnisvollsten Zeitgenossen machen. Wie man in den Wald hineinruft ..." Spengler legte die Hände vor der Brust zusammen wie ein buddhistischer Mönch.

Sie schloß die Augen. Als sie sie nach einigen Sekunden wieder öffnete, standen Tränen darin. „Entschuldigen Sie." Sie zog ein Taschentuch unter dem Kopfkissen hervor und tupfte sich die Wimpern. „Ich bin völlig erledigt. Das wächst mir inzwischen alles über den Kopf. Ich muß irgendwie raus aus dem ganzen Chaos."

„Wir hören." Spengler legte ihr kurz die Hand auf den Unterarm.

„Proll stellt mir schon seit Monaten nach. Mag sein, daß die Trennung von seiner Frau damit zusammenhängt. Er behauptet, sich in mich verliebt zu haben. Er hat von Jochen verlangt, mich quasi an ihn abzutreten."

„Wenn man gemein wäre, würde man sagen, Sie an ihn zu verkaufen", wandte Friedberg ein.

„Aber wir wollen ja nicht gemein sein." Spengler warf seinem Kollegen einen tadelnden Blick zu. Friedberg zog die Schultern hoch wie ein ertappter Pennäler.

Sie lächelte. „Sie müssen kein Theater spielen. Es stimmt ja, er hat Jochen Geld geboten, wenn er auf mich verzichtet. Was blieb Jochen anderes übrig, als auf den Handel einzugehen? Er war ja finanziell abhängig von Proll. Mich hat natürlich keiner gefragt, ob ich damit einverstanden war.“

„Kein Wunder bei dem Lebenswandel, den man Ihnen nachsagt.“ Friedberg hob entschuldigend die Hände.

„Wer sagt mir welchen Lebenswandel nach?“ Jetzt richtete sie sich auf, stützte sich auf die Ellbogen.

„Es heißt, Sie wären nicht besonders wählerisch im Umgang mit Männern aus besseren Kreisen, vor allem verheirateten. Man sagt, Sie und Ihr Freund Jochen hätten die Spendierfreudigkeit dieser Herren durchaus zu wecken gewußt.“

Sie ließ sich seufzend aufs Bett zurückfallen. „Das ist infam“, flüsterte sie. „Von wem stammen solche Gerüchte?“

„Von Ihrem Verlobten.“ Friedberg setzte sich in einen Lehnstuhl am Fußende des Bettes.

„Von Proll? Das glaube ich nicht.“

„Aber er hat Ihnen alles verziehen, nachdem Sie beide sich gründlich ausgesprochen und gelobt haben, in Zukunft durch ein gemeinsames besseres Leben intensiv Wiedergutmachung zu betreiben. Er läßt seine Betrügereien, und Sie gehen nicht mehr auf den Strich.“ Friedberg schlug sich auf den Mund, als hätte er sich verplappert.

„Was erzählen Sie da für einen Unsinn? Wollen Sie mich verarschen?!“

„Wir stehen genau wie Sie vor einem Rätsel bei Proll. Einerseits läßt er kein gutes Haar an Ihnen, andererseits gesteht er uns seine große Zuneigung zu Ihnen. Und wenn wir ihn auf irgendwas festnageln wollen, droht er uns mit dem Anwalt.“ Spengler seufzte.

„Man könnte fast annehmen, Sie haben beide etwas mit dem Mord an Kruse zu tun und versuchen nun, durch ein übles Verwirrspiel die Schuld hin- und herzuschieben. Proll stellt Ihre moralische Integrität in Frage, um zu sagen: diese Frau ist zu allem fähig.

Gleichzeitig spielt er den Verliebten und Verzeihenden, um seine eigene Integrität zu unterstreichen. Darüber hinaus behauptet er, die Nacht, als Kruse erschossen wurde, mit Ihnen verbracht zu haben."

„Das ist gelogen! Der Mann hat den Verstand verloren!"

„Also ist es nichts mit dem gegenseitigen Alibi", sagte Spengler geduldig. „Proll ahnt natürlich, daß Sie ihn reinreißen können mit der Information, daß er Sie dem Kruse quasi abgekauft hat. Wenn Sie das dann noch ergänzen mit dem Hinweis, daß Kruse zwar das Geld genommen, die Ware aber nicht geliefert hat, indem er Sie nicht freigab, hätte Proll ein wunderbares Mordmotiv. Kruse hat ihn geprellt und zum Hahnrei gemacht. Er muß also uns gegenüber den Eindruck erwecken, als gäbe es keinerlei Grund zur Eifersucht, als seien Sie beide schon seit langem ein Paar."

Sie stöhnte gequält. „Aber so war das alles überhaupt nicht."

„Dann klären Sie uns bitte auf."

„Wenn Kruse mich wirklich gegen meinen Willen verkauft hätte, müßten Sie ja wohl mich als Hauptverdächtige ins Visier nehmen. Welche Frau läßt sich von ihrem Freund so etwas gefallen?"

„Eine Edelnutte, für die das Sichverkaufen normal ist."

„Das mußte ja jetzt kommen, und natürlich von Ihnen", fauchte sie verächtlich. Friedberg duckte sich. „Aber wahrscheinlich ist es zuviel verlangt, wenn ich von Ihnen Fairneß erwarte, so verworren, wie der Fall sich darstellt. Zum Thema Edelnutte: ich gebe zu, kein Kind von Traurigkeit zu sein, weil ich Partys liebe und gern mit Menschen zusammen bin. Ich gebe zu, daß ich einem Flirt nicht abgeneigt bin, vor allem nach Alkoholgenuß, wenn ich interessanten Männern begegne. Doch ich habe es nie darauf abgesehen, mit Männern wahllos zu schlafen und auch noch Geld dafür zu nehmen. Mir war der Flirt immer wichtiger als das Bett."

„Es bereitet Ihnen also Vergnügen, Männer scharf zu machen und dann zu frustrieren?" Friedberg duckte sich wieder.

„Wenn man das Verhältnis der Geschlechter auf Anmache zum Bumsen reduziert, mögen Sie recht haben. Ich habe mich aber nur mit Männern abgegeben, denen das Spiel genau so wichtig war wie mir. Deshalb würde ich mich auch mit einem wie Proll nie ernsthaft abgeben, weil der nur Sex im Kopf hat."

„Sie sagten, daß Sie mit ihm befreundet seien", erinnerte sie Spengler.

„Ja, verdammt noch mal! Wir waren eben oft zusammen wegen der Geschäfte, die Jochen und er betrieben. Man kann gut mit ihm lachen und saufen. Doch schließen wir das Thema ab. Ich bin Jochen im großen und ganzen treu gewesen bis auf wenige Ausnahmen, von denen er immer gewußt hat. Geld hat dabei nie eine Rolle gespielt. Das können Sie mir nun glauben oder nicht. Proll hat mir einen Antrag gemacht, das ist wahr. Aber schon wegen Jochens Tod ist das ein absurder Gedanke. Ich habe mit dem Mord nichts zu tun, und ich denke, Proll auch nicht. Der hat zwar einiges auf dem Kerbholz, aber so weit würde er nicht gehen."

„Und was hat er auf dem Kerbholz?" fragte Friedberg schnell.

Sie zögerte. Eine Schwester schaute herein und fragte, ob die Patientin einen Wunsch habe. Marion Hellmann verneinte. Die Schwester musterte die Polizisten mißtrauisch und meinte, man dürfe die Kranke nicht überfordern. Spengler beruhigte sie, indem er das baldige Ende des Gesprächs in Aussicht stellte.

„Wir waren bei Prolls Kerbholz", erinnerte Friedberg, als die Schwester gegangen war.

„Naja, das Übliche. Frauengeschichten und ... Ach, lassen wir das. Ich bin jetzt müde. Das Spekulieren bringt ja auch nichts."

„Sehen Sie, das meinte ich. Erst jemanden scharf machen und dann abblitzen lassen."

„Wer, glauben Sie, steckt hinter dem Überfall?" fragte Spengler sachlich.

„Das habe ich mich schon die ganze Zeit gefragt, bevor Sie kamen. Ich kenne niemanden, der es auf mich persönlich abgesehen haben könnte. Aber ich weiß, daß sowohl Jochen als auch Proll in letzter Zeit manchmal von osteuropäischen Mafiabanden gesprochen haben, die Ärger machen. Es geht dabei, wenn ich es richtig verstanden habe, um Leiharbeiter, die von dubiosen Vermittlern für geringe Löhne auf deutsche Baustellen geschickt werden. Diese Typen kassieren die Löhne und geben nur einen Teil davon an die Arbeiter weiter. Neuerdings spionieren die Kerle aus, was der Bauunternehmer dem Auftraggeber letztendlich an Löhnen in Rechnung stellt. Weicht das erheblich nach oben ab von dem, was die Vermittler kriegen, kommen die mit Nachforderungen und scheuen dabei auch vor Erpressung nicht zurück."

Friedberg lachte. „Klar. Eine Information an die Presse, daß Bauunternehmer Proll Dumpinglöhne zahlt, aber teure deutsche Handwerkerstunden in Rechnung stellt, hebt nicht gerade das Ansehen der Firma."

„Oder man läßt die Leute schwarzarbeiten und bescheißt auch noch das Finanzamt, wie das Herr Kruse gemacht hat. Bisher lief das relativ glatt, weil die Osteuropäer sich einzeln verdingen ließen, aber wenn sich jetzt die Organisierten dahinterklemmen, wird's ungemütlich. Da passiert es eben wie heute, daß die Herrschaften ihren Forderungen ein wenig Nachdruck verleihen, indem sie in der Gegend herumballern. War es das, was Sie uns andeuten wollten, Frau Hellmann?"

„So in etwa. Beweisen kann ich das natürlich nicht, und einer wie Proll wird nie zugeben, daß er unsaubere Geschäfte macht."

„Sie können ihn gleich fragen. Er wartet sicher schon draußen. Am liebsten hätte er Sie noch vor uns besucht, um Sie zu briefen." Friedberg erhob sich und schüttelte seine Hose zurecht.

„Tja, Frau Hellmann, dann wünschen wir Ihnen gute Besserung." Auch Spengler stand auf. „Seien Sie nicht zu streng mit Herrn Proll, vielleicht liebt er Sie ja wirklich. Jedenfalls sehen wir nun ganz klar: die Polenmafia ist an allem schuld. Vermutlich auch am Tod von Kruse, oder?"

„Wer weiß?" Ihr Gesicht verschloß sich. Sie gab sich alle Mühe, den Herren einen möglichst makellosen Eindruck ihrer Schönheit mit auf den Weg zu geben.

9

Schlegel war aus der Stadt geflohen. Gleich nach der Flucht von Bärbel war er noch im Dunkeln bis nach Dreye gefahren und hatte sich bis zum Morgen auf eine Bank am Weserdeich gelegt. Er hatte sich von der Sonne wecken und aufwärmen lassen und Brotreste mit Margarine und Marmelade vertilgt. Trotz seines überstürzten Aufbruchs in Oberneuland hatte er alles Wichtige in seinen Rucksack geworfen, auch ein paar Lebensmittel.

Später war er über Kuhweiden direkt an die Weser gezogen und hatte zwischen zwei Buhnen einen kleinen Sandstrand gefunden, der einsam genug war, um ihm für die nächste Zeit als Aufenthaltsort zu dienen. Hinter ihm nur endlose Wiesen mit Kühen, vor ihm der mächtige Strom, auf dem zwar Boote und Lastkähne hin und her fuhren, von denen aus er aber nicht beachtet wurde.

Am späteren Vormittag war er nach Dreye gefahren, hatte sich in der ‚Freizeitwelt' ein kleines Zelt und einen Schlafsack gekauft und sich in einem Supermarkt für mehrere Tage mit Lebensmitteln und Getränken eingedeckt.

Er hätte sich wie ein Urlauber fühlen können, wäre da nicht ständig der quälende Gedanke gewesen: sie hat mich abermals verraten, und diesmal schlimmer als je zuvor. Wir waren wieder zusammen wie in unseren besten Jahren, unsere Körper haben wieder eine Einheit gebildet, wir waren wieder ein Wesen, nur zufällig geteilt in zwei Hälften – und dann diese Flucht, mit der er nicht gerechnet hatte.

Reingelegt hatte sie ihn, ihm eine Versöhnung vorgegaukelt, nur um ihm zu entkommen und möglichst schnell die Polizei zu rufen.

Diese beispiellose Anhäufung von Verrat und Betrug ahndete niemand. Immer war er der Schuldige, der Angeklagte, niemand sah all das Unrecht, das ihm angetan wurde. Seine Verbitterung nahm ihm jede Freude über das idyllische Plätzchen am Wasser, über den warmen weißen Sand, in den er sich kuscheln konnte, über die erfrischenden Bäder in der Weser.

Er tat zwar alles zu seinem Wohlbefinden, doch ohne daß es ihm wirklich zuteil wurde. Manchmal vergoß er sogar Tränen über das Unheil, das ihm widerfuhr.

Die erste Nacht im Zelt wurde begleitet von einem heftigen Gewitter und starkem Regen, der länger als eine Stunde auf das dürftige Dach über ihm prasselte. An Schlaf war nicht zu denken. Gottlob bewahrte ihn die Bodenplane aus Plastik vor eindringender Nässe, aber es kühlte sich empfindlich ab, so daß er in seinem Schlafsack zitterte. Vielleicht war es gar nicht die Kälte, die ihn beben ließ, sondern die Unheimlichkeit dieser unbeherrschten Naturraserei. Er fühlte sich von jeder Zivilisation ausgeschlossen, ausgesetzt auf einem feindlichen Planeten, bedroht von einem allesverschlingenden Chaos.

Gegen Morgen schlief er noch zwei Stunden, bis ihn das laute Tuten eines Frachtschiffes weckte. Er zog den Reißverschluß des Zeltes auf und sah einen ungewöhnlich großen Tanker, der eine dicke Bugwelle vor sich herschob. Zunächst wich das Wasser zurück, um sich kurz darauf mit einer mächtigen Woge auf den Strand zu stürzen. Schlegel konnte gerade noch den Reißverschluß hochzerren, bevor das Wasser das Zelt umspülte. Die Elemente hatten sich gegen ihn verschworen, dachte er. Er putzte sich die Zähne mit Mineralwasser, rasierte sich kalt und wusch sich, bis zu den Oberschenkeln in der Weser stehend. Zum Baden war es ihm zu kühl.

Er schmierte sich Marmeladenbrote und machte sich Kaffee auf einem kleinen Campingkocher, den er ebenfalls in Dreye erstanden hatte. Nach dem Frühstück fragte er sich, wie er den Tag überstehen sollte. Es war zwar im Moment trocken, doch der düstere Himmel drohte weitere Regenfälle an. Eine größere Radtour durch die Wesermarsch war also nicht zu empfehlen. Stundenlang im Zelt herumzuhocken, war auch nicht nach seinem Sinn. Eigentlich sehnte er sich nach Ruhe, hatte aber Angst davor, mit sich allein zu sein. Ihm graute vor seinen düsteren Gedanken. Wenn er in Bewegung war, spürte er seine Einsamkeit nicht so deutlich, wie wenn er still saß und auf das Wasser starrte, das nur eine Tendenz hatte: vor ihm davonzufließen.

Er mußte irgendwie versuchen, wieder in Kontakt zu treten mit der zivilisierten Welt. Das Handy durfte er nicht benutzen, weil man damit sein Versteck orten könnte. Doch Zeitung lesen und Radio hören war ungefährlich. Also mußte er ins Dorf fahren und entsprechend einkaufen.

Zunächst trocknete er das Fahrrad ab und putzte es blitzblank. Putzen war immer sinnvoll, wenn man den Schmutz als Hinweis auf die Vergänglichkeit als bedrohlich empfand. Er mußte gegen den Gedanken an seinen baldigen Tod ankämpfen, indem er möglichst schnell auf Feldwegen und holprigen Sträßchen nach Dreye radelte, sich außer Atem und in Schweiß brachte, das Blut kräftig kreisen und damit das Leben in sich pulsieren ließ.

Beim Bäcker gab es den ‚Weser Kurier‘ und in einem Elektrogeschäft einen kleinen Weltempfänger, den man an einer Kordel ums Handgelenk mit sich tragen konnte. Dazu kaufte er ausreichend Batterien, um auf absehbare Zeit mit Strom versorgt zu sein. Diese automatische Planung für die Zukunft gab ihm einen Hauch von Lebensmut zurück. Leider verflog der gleich wieder, als ihn ein Autofahrer anhupte und beschimpfte, weil er angeblich ein Vorfahrtsschild mißachtet hatte.

Schon auf dem Rückweg durch die Marschwiesen begann es erneut zu regnen. Er schützte sich mit einer Golfmütze und einem Regenumhang, beides ständig mitgeführt in einer der Fahrradtaschen. Er würde sich zur Zeitungslektüre ins Zelt verkriechen müssen, dachte er schwermütig. Nein, nein, nein, Bärbel hatte nicht das Recht, ihn aus dem Haus, das er sich als Lebens- und Alterssitz selbst eingerichtet hatte, zu vertreiben.

Er wollte nicht mehr in einem engen Dachgeschoß oder gar in einem Minizelt hausen, er hatte Anspruch auf eine menschenwürdige Unterbringung.

Er schlug zunächst den Ortsteil der Zeitung auf und sah sofort das Foto von Bärbel und sein eigenes daneben. ‚Entführungsopfer wieder frei' stand in dicken Lettern darüber. Ihm wurde schwindelig, die Buchstaben verschwammen vor seinen Augen. Sie hatte es also getan, sie war an die Öffentlichkeit getreten, hatte ein Interview gegeben. Damit hatte sie das ungeschriebene Gesetz gebrochen, ihre Eheprobleme nicht an die große Glocke zu hängen. Sie machte aus einer Entführung, die nur sie beide etwas anging, ein Kapitalverbrechen, sie bezichtigte ihn des versuchten Mordes und der Vergewaltigung. Natürlich war das, was er mit ihr gemacht hatte, eine gewisse Form von Nötigung, zu der er allerdings gezwungen war, weil sie sich ihm verweigerte. Aber ihre Verweigerung war ja auch so etwas wie Nötigung, denn sie zwang ihn zu einem Leben, das er nicht führen wollte, zu einem Verzicht, dem er nie zugestimmt hatte. Seine sogenannten Nachstellungen waren nur die allzu berechtigte Antwort auf ihre völlig unmotivierte Art und Weise, sich ihm zu entziehen. Alles hatte sich bisher im Rahmen eines normalen Ehestreits bewegt, bis sie die Sache vor Gericht gebracht hatte. Damit war die Eskalation nicht mehr aufzuhalten. Er hatte sich jegliche Mühe gegeben, die Auseinandersetzungen wieder auf jenes Maß zu reduzieren, das einen normalen Umgang ermöglicht hätte, unter anderem, indem er sie entführte, um in Ruhe mit ihr sprechen zu können. Diese sogenannte Entführung hatte ja auch konsequent zur Versöhnung bis hin zu einem Liebesakt geführt, und nun das.

Sie hatte ihm ständig vorgeworfen, sich nicht an Absprachen zu halten, zum Beispiel, indem er Trennung und Scheidung nicht akzeptierte. Aber das waren keine Absprachen gewesen, sondern einseitige Beschlüsse gegen seinen Willen. Ihre Verlobung und Heirat waren Absprachen auf Gegenseitigkeit, und daran wollte er festhalten, nicht mehr und nicht weniger.

Bärbel verletzte alle Regeln der Fairneß, wenn sie ihn auf diese Weise verteufelte, indem sie zum Beispiel behauptete, er habe sie den ganzen Tag mit der Waffe bedroht, so daß sie sich ständig in Lebensgefahr befunden habe. Sie log, wenn sie von Schlägen sprach oder von Fesselungen an Sofabeine bei der Vergewaltigung. Sie wollte ihn vernichten und scheute auch nicht davor zurück, ihn mit dem Mord an ihrem Bruder in Verbindung zu bringen, wenn sie so zitiert wurde: „Ich kann dazu nur sagen, daß ein Mensch, der zu soviel Brutalität fähig ist, möglicherweise auch vor Schlimmerem nicht zurückschreckt."

Wie betäubt lag er bis zur Mittagszeit im Zelt, unfähig, einen klaren Gedanken zu fassen.

Er blätterte die Zeitung durch, ohne auch nur eine Zeile bewußt zu lesen, er suchte nach Sendern in dem neuen Radio, hörte Nachrichten und vergaß sie sofort wieder.

Schließlich öffnete er eine Dose mit Ravioli in Tomatensoße und löffelte die kalten Nudeln in sich hinein. Dabei faßte er den Entschluß, dem grausamen Spiel ein Ende zu setzen. Bärbel hatte bewußt jede Rückkehr zur Normalität für ihn unmöglich gemacht. Man würde ihn, wenn man ihn faßte, auch wenn man ihm den Mord an Jochen vielleicht nicht anhängte, für viele Jahre hinter Gittern verschwinden lassen.

Er würde Bärbel töten und sich dann selbst richten. Die Weser, die sich so friedlich vor ihm ausbreitete, sollte sein Grab sein. Er würde sich in seinem Schlafsack, den er mit Steinen von den Buhnen beschwert hätte, in Üsen von der Brücke stürzen. Die Steine würden verhindern, daß man ihn je fand. Das war ihm wichtig. Er wollte allein sein auf dem Grund dieses schönen Flusses. Aber vorher erstmal eine Linie reinziehen.

Den Nachmittag verbrachte er mit der Planung von Bärbels Hinrichtung. Dabei beschäftigte ihn vor allem die Frage, womit er sie umbringen sollte. Mit bloßen Händen wäre am angemessensten. Tötung als Fortsetzung des Liebesaktes. Erwürgen, ersticken – auf jeden Fall auf ihr liegend, ihren Körper ein letztes Mal besitzend.

Aber Bärbel war kräftig und durchaus in der Lage, ihn abzuschütteln. Da er keine Schußwaffe besaß, konnte er die simpelste Methode nicht anwenden. Außerdem würde der Knall Andreas und die Polizei sofort auf den Plan rufen und seine Flucht unmöglich machen. Die war jedoch unerläßlich, weil er sich die Aktion bis zu seinem eigenen Ende nicht mehr aus der Hand nehmen lassen wollte. Am besten also erstechen. Er wußte, daß Bärbel meistens auf dem Rücken schlief, in idealer Position für sein Vorhaben. Außerdem schlief sie sehr fest, so daß er die Decke vorsichtig zurückziehen konnte, um die richtige Stelle über dem Herzen zu finden. Da sie im Sommer weder Nachthemd noch Schlafanzug trug, mußte er nicht befürchten, daß sich das Messer im Stoff verfing.

Woher bekam er das richtige Messer? Auf die Küchenmesser bei Bärbel war kein Verlaß. Möglicherweise waren sie zu stumpf oder zu kurz. Am besten geeignet wäre ein Fahrtenmesser, wie er in seiner Jugend eins besessen hatte. So etwas mußte es doch im Campingladen geben.

Er zögerte nicht lange, schwang sich aufs Rad und fuhr durch den Nieselregen nach Dreye. Er fand ein Fahrtenmesser erst nach längerem Suchen. Danach zu fragen, traute er sich nicht, zumal er befürchten mußte, daß der ‚Weser Kurier‘ auch in solch stadtnahen Ortschaften gelesen wurde.

Die Frau an der Kasse sah ihn groß an, als er das Messer auf den Tresen legte.

„Für meinen Sohn zum Geburtstag“, sagte er lächelnd und zog sich die Golfmütze tiefer in die Stirn.

„Wie alt ist der denn?“ fragte sie besorgt.

„Neunzehn. Und sehr vernünftig für sein Alter. Der wird schon keine Dummheiten damit machen.“

„War das Zelt auch für ihn?“ fragte sie neugierig.

Schlegel erinnerte sich mühsam, daß sie ihn schon am Vortag bedient hatte. „Richtig.“ Er lachte. „Er macht mit einem Freund eine Radwanderung. Dafür sind die Sachen.“

Er stürzte aus dem Laden. Es wurde Zeit, hier zu verschwinden, auch von seinem Zeltplatz an der Weser. Wenn die Frau zufällig eine Zeitung in die Hand bekam und sein Foto und den Fahndungsaufruf entdeckte, würde die Polizei sofort nach ihm suchen, womöglich mit einem Hubschrauber, und dann war er verloren.

So schnell er konnte, fuhr er zurück, baute das Zelt ab, versteckte es mit allen Sachen, die er jetzt nicht brauchte, in einem Weidenbusch und machte sich auf den Weg. Er mußte sich für den Rest des Tages ein Dach über dem Kopf suchen oder sich unter Bäumen verstecken.

Solange er den Regenumhang und die Golfmütze trug, war er hinreichend geschützt vor neugierigen Blicken, und auch aus der Luft würde man ihn nicht erkennen. Er fuhr zunächst auf dem Deich zurück bis zum Werdersee. Unter der Karl-Carstens-Brücke, die die Bremer Erdbeerbrücke nannten, machte er halt. Er lehnte sein Fahrrad an einen Betonpfeiler und lief hin und her zwischen See und Weser. So hatte er es trocken, und der über ihm tosende Verkehr gab ihm ein gewisses Gefühl von Geborgenheit. Oben tobte das Leben und sagte ihm, daß die Welt nicht daran dachte unterzugehen, auch wenn für ihn kein Platz mehr darin war. Das Paradoxe seiner Empfindungen störte ihn nicht, solange er das scharfe Messer in seiner Tasche wußte. Wichtig war nur, daß Zeit verstrich und er nicht gefaßt wurde, bevor er seine Aufgabe erfüllt hatte.

Erst nach Einbruch der Dunkelheit konnte er sich dem Haus von Bärbel nähern, wobei er wieder die Polizeibewachung überlisten mußte. Außerdem mußte er Bärbel Gelegenheit geben, in Ruhe ins Bett zu gehen und fest zu schlafen. Manchmal blieb sie bis Mitternacht auf, zum Beispiel wenn ein interessanter Film im Fernsehen gezeigt wurde.

Das schlechte Wetter sorgte dafür, daß sich kaum Spaziergänger und Radfahrer zeigten. Nur ein paar unentwegte Hundehalter ließen die Tiere ihre Geschäfte erledigen. So konnte er sich ungestört auf einen Steinsockel setzen und eine Tüte mit Käsegebäck verzehren, denn seine Vernunft sagte ihm, daß er nur gesättigt und gestärkt seiner schwierigen Aufgabe gewachsen war. Außerdem verstrichen die Minuten weniger quälend, wenn er sie mit Essen zubrachte.

Der Regen ließ nach, und die Bewölkung riß auf. Sogar etwas Sonnenlicht bahnte sich seinen Weg. Schlegels Nervosität steigerte sich. Er spürte ein unangenehmes Drängen im Darm. Dagegen half nur Bewegung. Er schwang sich aufs Rad und umrundete zweimal den Werdersee. Die gereinigte Luft und der Fahrtwind stärkten seinen Kreislauf. Nur für Sekunden überkam ihn ein Bedauern, daß dieser Körper, der so überaus gut funktionierte, in ein paar Stunden für alle Zeiten abgestellt und der Verwesung preisgegeben wurde. Doch fast überstürzt kehrte er zu seiner Verzweiflung zurück.

Gegen acht Uhr leerte sich die Stadt. Die Leute fanden sich vor dem Bildschirm ein, um sich die ‚Tagesschau' und anschließend Volksmusik oder Krimiserien einzuverleiben. Schlegel fuhr übers Weserwehr durch Hastedt und die Gartenstadt Vahr zum Rhododendronpark, um ein letztes Mal die Blütenpracht zu bestaunen. Die wenigen anderen Besucher, die noch unterwegs waren, hatten nur Augen für die Farbexplosionen der Büsche und beachteten ihn überhaupt nicht.

Er fand eine abgelegene Bank und wartete auf die Dunkelheit. Sein Kopf war leer und der Körper wie erstarrt. Die Zeit verstrich mit dem Abendgesang unzähliger Vögel und dem langsam abflauenden Lärm von der Autobahn. Enten zogen mit ihren Küken über einen Teich und suchten nach Futter. Später würden sie ihre Kleinen unter den Flügeln verbergen und vor Ratten schützen. Merkwürdig, daß bei Tieren Paarung und Aufzucht des Nachwuchses so problemlos funktionierten. Gefahr drohte nur von außen. Zerwürfnisse zwischen den Paaren oder in der Familie waren unbekannt.

Er fand den Weg nach Oberneuland wie im Schlaf. Das Fahrrad verbarg er wieder am Transformatoren-Häuschen, und der Weg durch die Gärten war ihm schon so vertraut, daß er keine Mühe hatte, sich den Blicken der Polizei zu entziehen. Auf Bärbels Terrasse versteckte er sich hinter einer Hollywoodschaukel.

Wie er befürchtet hatte, saßen Bärbel und Andreas vor dem Fernseher. Wegen des kühlen Wetters waren sie im Wohnzimmer geblieben, tranken ihren Wein und aßen Salzmandeln. Sie schienen einen lustigen Film zu sehen, denn von Zeit zu Zeit lachten sie hell auf. Besonders Bärbel amüsierte sich über die Maßen, und niemand, der sie so sah, hätte sie mit dem Entführungsopfer in Verbindung bringen können, von dem in der Zeitung die Rede war.

Schlegel frustrierte dieser Anblick. Er brauchte ein würdiges Opfer, nicht eine alberne Gans, die sich über irgendwelche Fernsehdummheiten ausschüttete. Diese Frau war es nicht wert, getötet zu werden. Außerdem störte es ihn, daß sie sich von Andreas anfassen ließ, sich an ihn kuschelte. Dieses Paar war so mit sich selbst beschäftigt, daß er sich mit seinen Mordplänen völlig deplaziert fühlte. Er war drauf und dran, alles aufzugeben, als Bärbel nach der Fernbedienung griff und den Fernseher ausstellte. Der Film war offensichtlich zu Ende. Die Albernheit zwischen ihnen war wie verflogen. Sie sprachen noch eine Weile miteinander und leerten ihre Gläser. Dann stand Bärbel auf und trat an Fenster. Sie legte das Gesicht an die Scheibe und hielt die Hand über die Stirn. Sie schaute in den Garten, sie vergewisserte sich, daß keine Gefahr drohte. Sie war in Gedanken bei ihm, bei Schlegel, der wie befreit aufatmete, als sie die Vorhänge zuzog.

Er wartete, bis überall im Erdgeschoß das Licht ausgemacht worden war und nur noch die beiden Mansardenfenster im ersten Stock beleuchtet wurden. Offensichtlich hatten Bärbel und Andreas jeweils ihre Zimmer aufgesucht und lasen bis zum Einschlafen, sie einen Krimi, er ein Sportmagazin.

Schlegel kroch auf allen Vieren von der Terrasse zum Kellerfenster an der Seite des Hauses. Aus dem feuchten Garten stieg Dunst auf, der ihn verbarg, so daß er die Polizei nicht fürchten mußte. Das Fahrtenmesser hatte er an den Gürtel geschnallt, das Werkzeug für den Einbruch in eine Leinentasche zum Umhängen gesteckt. Das Kellerfenster war nur angelehnt von seinem letzten Besuch, so daß es ihm gelang, fast geräuschlos in das Haus einzudringen. Er benutzte nur die Taschenlampe, die er mit der Hand abdeckte, damit kein Lichtschein die Polizisten draußen im Wagen auf ihn aufmerksam machte.

Die Kellertür zur Diele, die einen winzigen Quietscher von sich gab, als er die Klinke herunterdrückte, ließ er offen und lauschte im Dunkeln, ob sich im Haus etwas rührte. Nichts geschah.

Schon auf der ersten Stufe der Treppe ins Obergeschoß hörte er Stimmen aus Bärbels Zimmer. Dann auch ein Stöhnen und Wimmern. Er wußte, was das zu bedeuten hatte, und daß es sinnlos war, jetzt nach oben zu schleichen. Erst wenn Andreas Bärbel nach dem Beischlaf verlassen hatte, konnte er ohne Gefahr seinen Plan ausführen.

Das konnte dauern, denn Andreas ließ sich beim Koitus viel Zeit, wie Bärbel ihrem Exmann triumphierend bei einem der Scheidungsgespräche offenbart hatte. Außerdem mußten die beiden danach auch erstmal fest eingeschlafen sein, ehe er aktiv werden konnte.

Deshalb verließ Schlegel die Diele und machte es sich im Wohnzimmer auf der Couch bequem. Er schnallte das Messer schon mal ab und zog es aus der Lederscheide, um es sofort einsetzen zu können, auch für den Fall, daß Bärbel noch mal herunterkäme oder Andreas einen nächtlichen Boxkampf im Fernsehen anschauen wollte.

Um sich die Zeit zu vertreiben und sich Mut zu machen, inspizierte Schlegel die Hausbar. Er fand ausreichend Alkoholika für ein Gelage und genehmigte sich einen doppelten Whisky.

Danach legte er sich auf die Couch, auf der er einen Großteil seines früheren Lebens verbracht hatte. Ob es der Alkohol war, der angenehm wärmend durch die Adern zog, oder die Vertrautheit mit dem Möbel unter sich, Schlegel fühlte sich zu Hause. Er war endlich angekommen. Alle Querelen waren vergessen, der Mann im Obergeschoß nurmehr ein Phantom, das sich mit einer energischen Handbewegung vertreiben ließ. Die letzten Tage ein häßlicher Traum. Gleich würde sich Sabine mit einem Gutenachtkuß von ihm verabschieden und Bärbel von oben aus dem Bad rufen, ob er noch lange unten bleibe, eine indirekte Aufforderung, möglichst bald zu ihr ins Bett zu kommen. Sie trug ein fast durchsichtiges Negligé und strahlte einen betörenden Duft aus. Sie half ihm beim Ausziehen und warf erst ihren Schleier ab, als er schon völlig nackt war. Sie riß ihn mit sich in die Kissen, die wie Wasser über ihnen zusammenschwappten. Er nahm keine Einzelheiten mehr wahr, tauchte ein in ein warmes Bad aus Düften und Daunen und heißer Haut.

Schrilles Geschrei weckte ihn. Bärbel im Schlafanzug stürzte aus dem Zimmer und in die Arme von Andreas, der gerade die Treppe herunterpolterte. „Schlegel! Im Wohnzimmer! Auf der Couch!“ kreischte sie. „Er hat ein Messer!“ Sie rannte nach oben in ihr Zimmer und schloß die Tür ab.

Andreas öffnete die Haustür und rief nach den Polizisten, die nicht lange auf sich warten ließen. „Jens Schlegel im Wohnzimmer! Er ist bewaffnet.“

„Womit bewaffnet?“ fragte einer der beiden Männer und zog seine Pistole.

„Mit einem Messer.“

„Na dann wollen wir mal“, sagte der andere und zog auch seine Pistole.

Sie stürzten ins Wohnzimmer und richteten ihre Waffen auf Schlegel, der sich nicht rührte. „Hände hoch!“ brüllten sie.

„Sind schon oben“, sagte er. Er hatte die Arme hinter den Kopf gelegt. Er wußte, daß er das Spiel verloren hatte, und wie ein Spiel kam es ihm vor, was er in den letzten Tagen erlebt hatte. Es war ihm ein großes Bedürfnis, den Ernst der Lage zu verkennen, denn eigentlich blieb nur Gelächter. Ein Möchtegern-Mörder, der die Tat verschläft – das mußte sogar Staatsanwälte und Richter zum Feixen bringen. Ihm war klar, daß er jede Glaubwürdigkeit eingebüßt hatte. Also sollten sie mit ihm machen, was sie wollten, er würde sich in alles fügen.

Einer der Beamten zielte weiter auf ihn, während der andere seine Waffe wegsteckte und mit Handschellen kam. „Hände nach vorne!“ befahl er, und Schlegel gehorchte. Kalt schloß sich das Metall um seine Handgelenke. „Sie sind Jens Schlegel?“

„Ja.“

„Sie sind verhaftet. Würden Sie sich bitte richtig hinsetzen.“

„Aber gern.“ Schlegel setzte sich auf und schaute die Polizisten erwartungsvoll an.

„Weshalb sind Sie hier eingedrungen?“ fragte der ohne Pistole.

„Um meine Frau zu töten.“

„Mein Gott!“ sagte Bärbel, die inzwischen sittsam gekleidet ins Wohnzimmer gekommen war, gefolgt von Andreas, der sich einen Bademantel übergeworfen hatte.

„Und weshalb liegen Sie hier auf der Couch?“

„Um mich ein bißchen auszuruhen. Bevor ich zur Tat schreiten konnte, mußte ich erst abwarten, bis meine Frau und ihr Geliebter ihren Beischlaf beendet hatten. Dabei muß ich eingenickt sein.“

„Können Sie das bestätigen, Frau Kruse?“ fragte der Beamte.

„Was bitte?“ fragte sie unwillig. „Daß Schlegel hier geschlafen hat? Natürlich. Ich bin noch mal ins Wohnzimmer gegangen, um mir ein Buch zu holen, und da lag er da. Und das Messer auf dem Tisch, wie Sie sehen. Ich habe mich fürchterlich erschrocken und Andreas um Hilfe gerufen.“

„Und ich bin sofort heruntergekommen“, ergänzte Andreas.

„Zu irgendwelchen Gewalttätigkeiten ist es aber nicht gekommen? Herr Schlegel hat Sie auch nicht bedroht, oder?“

„Was heißt bedroht? Ist das Messer auf dem Tisch nicht Bedrohung genug? Wollen Sie auch noch Blut sehen?“ Bärbel beherrschte sich mühsam.

Der Beamte zuckte die Achseln.

„Reg dich nicht auf, Liebe“, bat Schlegel. „Wenn ich es jetzt so im Nachhinein betrachte, möchte ich fast ausschließen, daß ich dir etwas angetan hätte. Ich denke, es war kein Zufall, daß ich eingeschlafen bin. Ich muß es als so beruhigend empfunden haben, in meinem Haus und in deiner Nähe zu sein, daß mir die Mordlust irgendwie abhanden gekommen ist. Im Moment habe ich eigentlich nur Mitleid mit dir, weil ich sehe, wie sehr dir die ganze Angelegenheit an die Nieren geht."

„Können Sie mir diesen Kerl nicht endlich aus den Augen schaffen?" forderte Bärbel, und auch Andreas fühlte sich aufgerufen, seine Meinung kundzutun: „Es ist einfach eine Zumutung für meine Frau …"

„Sie ist nicht seine Frau!" rief Schlegel. „Er arbeitet für Frau Kruse und darf ihr ab und zu sexuell behilflich sein."

„Gut", sagte der Polizist genervt und wandte sich an seinen Kollegen, der immer noch die Waffe auf Schlegel richtete. „Ich frage mal eben im Präsidium an, was wir mit ihm machen sollen."

„Okay. Und bring 'ne Plastiktüte mit für das Messer."

„Geht klar. Bis gleich." Der Polizist verschwand.

Schlegel suchte den Blick von Bärbel, aber sie schaute stur an ihm vorbei. „Bärbel, wir werden uns vermutlich jetzt lange nicht mehr sehen. Wahrscheinlich erst wieder vor Gericht, wenn du deine Zeugenaussage machst, wenn die denn überhaupt nötig ist. Man muß mir ja nichts beweisen, ich werde alles zugeben, um dir jeglichen Ärger zu ersparen. Ich möchte dir nur sagen, daß es mir unendlich leid tut, dich erschreckt zu haben. Kannst du mir nicht wenigstens einen kleinen Trost mit auf den Weg geben?"

Sie schenkte ihm einen Blick. „Ich flehe dich nur an, mich endlich in Ruhe zu lassen."

Er lachte. „Das wird sich wohl zwangsläufig so ergeben. Grüß Sabine von mir und sag ihr, sie möge sich wegen ihres Vaters nicht schämen. Wenn ich eines Tages wieder frei bin, werde ich versuchen, alles wieder gut zu machen, was ich angerichtet habe."

„Da sei Gott vor", stöhnte Bärbel.

Sie brachten ihn ins Präsidium und sperrten ihn in eine Zelle. Die harte Pritsche und die rauhe Decke waren kein Ersatz für das Flußbett unter der Üsener Brücke, das er sich erträumt hatte. Trotzdem schlief er traumlos ein paar Stunden, bis man ihm ein kärgliches Frühstück servierte.

Daß er es unrasiert zu sich nehmen mußte, war ihm peinlich. Überhaupt bereitete es ihm Unbehagen, daß er ohne jedes persönliche Eigentum einsitzen mußte. Natürlich würde man seinen Anwalt verständigen, und der konnte dann Sabine bitten, ihm Wäsche und Toilettenartikel aus der Neustadt zu holen, aber bis dahin würde viel Zeit vergehen.

Gegen zehn wurde er in das Büro von zwei Kriminalbeamten geführt, die sich als die Hauptkommissare Spengler und Friedberg vorstellten. Spengler, den älteren, mochte er auf Anhieb, während ihn der jüngere zu sehr an Andreas erinnerte. Gegen sportliche Typen hegte er nun mal ein tiefsitzendes Mißtrauen. Warum zum Beispiel ließen die sich in der Regel den Kopf fast kahl scheren? Um das Phallische ihrer Gesamterscheinung zu betonen?

Nachdem der Sicherheitsbeamte ihm die Handschellen abgenommen hatte, durfte er sich auf einen Stuhl setzen. Ob er was zu trinken wünsche, wurde er gefragt. Er lehnte ab. Er wollte sich nicht durch Gefälligkeiten dieser Art in falscher Sicherheit wiegen. Er wußte, daß die Beamten keine Sympathien für ihn empfanden. Wie denn auch? Er hatte sich ja nicht gerade von seiner besten Seite gezeigt. Er fragte nach seinem Anwalt.

„Der ist unterwegs“, sagte Spengler.

„Warum warten wir nicht, bis er da ist?“ Schlegel wußte die Antwort. Sie wollten ihn zunächst einmal ohne Beistand in die Mangel nehmen.

„Wir dachten, es wäre nützlich, wenn wir uns erst ein wenig beschnuppern könnten, bevor gleich alles hoch offiziell wird.“ Der jüngere versuchte es mit einem Lächeln, mit dem man Bier hätte kühlen können.

Schlegel hatte Lust zu reden, nachdem er tagelang fast nur geschwiegen hatte. Außerdem würde ihm der Anwalt ohnehin nicht viel helfen können, und letztendlich war es ihm egal, was ihm passierte. „Ich stehe Ihnen zur Verfügung“, sagte er freundlich.

„Fangen wir von vorne an. Wir werden das Gespräch für Protokollzwecke auf Tonband aufnehmen. Sind Sie einverstanden?“

Schlegel nickte. Der Ältere schaltete ein kleines Gerät an und wandte sich Schlegel zu, der hoffte, daß dieser Kommissar auch das Verhör leiten würde. Dem Jüngeren konnte er keine Zugeständnisse machen.

„Sie sind wegen beharrlicher Nachstellungen in Bezug auf Ihre geschiedene Frau Bärbel Kruse verurteilt worden, wobei die neunmonatige Freiheitsstrafe zur Bewährung ausgesetzt wurde. Zudem wurden Sie verpflichtet, eine Therapie zu machen."

„Richtig." Schlegel konzentrierte sich ganz auf diesen korpulenten, fast kahlköpfigen Mann, der eine große Ruhe ausstrahlte.

„Haben Sie die Therapie bereits angetreten?"

„Nein, ich bin noch nicht dazu gekommen, mich mit der Klinik in Verbindung zu setzen."

„Weil Sie statt dessen weiterhin Ihre Exfrau belästigt haben?" fragte der Jüngere.

Schlegel würdigte ihn keines Blickes. „Ich hatte mit meiner Frau einiges zu besprechen hinsichtlich der Prozeß- und Anwaltskosten. Das habe ich bereits Kollegen von Ihnen, die mich deswegen verhört haben, zu Protokoll gegeben. Könnten wir vielleicht ein Fenster öffnen, mir ist nicht ganz wohl. Ich konnte mich nicht mal rasieren."

„Von draußen kommt nur schlechte Luft rein. Außerdem stört der Krach. Wenn Ihnen nicht gut ist, wird das andere Gründe haben", sagte der Jüngere pampig.

„Weshalb halten Sie sich nicht an das Gerichtsurteil?" fragte der Ältere geduldig.

„Weil es absurd ist, ein Paar, das Jahrzehnte zusammengelebt und eine gemeinsame Tochter hat, durch wildfremde Staatsanwälte oder Richter auseinanderreißen zu lassen."

„Aber Sie sind seit drei Jahren geschieden."

„Ohne meine Zustimmung. Die Scheidung war eine Laune meiner Frau. Der willkürliche Bruch einer funktionierenden Beziehung auf Grund einer mißverstandenen Emanzipationsideologie."

„Sie fühlen sich Ihrer Frau also immer noch verbunden?"

„Würde ich sonst hier sitzen?“

„Deshalb auch diese Entführung?“

„Entführung? Was für ein großes Wort für den harmlosen Versuch, eine Möglichkeit zu schaffen, mit Bärbel ganz in Ruhe und ohne fremde Einflüsse zu sprechen.“

„Fremde Einflüsse? Was meinen Sie damit?“

„Das habe ich neulich schon zu Protokoll gegeben. Sie stand massiv unter dem Einfluß ihres Vaters und ihres Bruders.“

„Und deswegen haben Sie den Bruder getötet?“ fragte der Jüngere schnell.

Schlegel lachte. „Verdient hatte er's. Ich mochte ihn nie.“

„Und trotzdem haben Sie sich von ihm mit Drogen versorgen lassen.“

„Warum nicht? Wer begibt sich schon freiwillig in die schmuddelige Drogenszene, wenn er das Gewünschte auch in der Familie beziehen kann?“

„Leiden Sie im Moment unter Entzugserscheinungen?“ fragte der Jüngere.

„Eine Prise Koks wäre schon willkommen, wenn Sie das meinen. Ich habe leider meine ‚kleinen Helfer‘, wie ich sie frei nach den Stones nenne, in der Fahrradtasche in Oberneuland zurücklassen müssen.“

„Standen Sie unter Drogen, als Sie Kruse getötet haben?“ fragte der Jüngere scharf.

„Drogen stimmen mich eigentlich eher milde.“

„Aber wenn Sie dringend eine Dröhnung brauchen, und die wird Ihnen verweigert, dann können Sie schon ausrasten, oder?“

„Es ist amüsant, wie Sie mich in die Enge treiben wollen, junger Mann...“

„Hauptkommissar Friedberg, wenn ich bitten darf“, unterbrach ihn der Jüngere.

„Und wie war es bei der Entführung Ihrer Exfrau? Haben da Drogen eine Rolle gespielt?“ fragte der Ältere.

„Nein. Wir haben abends eine Flasche Wein zusammen getrunken. Das war alles. Weshalb kommen Sie mir dauernd mit Drogen?"

„Weil das vieles erklären und Sie auch entlasten würde", meinte der Ältere.

„Ich brauche keine Entlastung. Ich stehe zu allem, was ich getan habe."

„Auch zu dem Mord an Kruse?"

Schlegel lachte. „Sie spielen hier die alte Nummer vom guten und vom bösen Cop, nicht wahr? Das ist amüsant, aber wenig beeindruckend. Ich soll mich verplappern. Da werden Sie es schwer haben, denn meine Hirnzellen funktionieren auch ohne Koks hundertprozentig. In Katerstimmung bin ich meistens sogar besonders flink im Kopf. Das merke ich beim Kreuzworträtsellösen."

„Haben Sie Ihre Frau absichtlich entkommen lassen nach der Entführung?" fragte der Ältere.

„Sehen Sie, Sie nennen sie ‚Ihre Frau'. Sie sollten über diesen Lapsus nachdenken, Herr Spengler. An dem Abend nach der sogenannten Entführung war sie meine Frau in jeder Beziehung. Da bedurfte es keiner Fesseln mehr. Ich war mir ihrer absolut sicher."

„Frau Kruses Flucht war also für Ihr Gefühl ein Verrat, eine erneute Demütigung?"

„Sie sagen es. Und der Artikel im ‚Weser Kurier', in dem alles völlig entstellt wiedergegeben wurde, war dann der Höhepunkt. Da hab ich begriffen, daß diese Frau mich vernichten will."

„Weshalb Sie beschlossen haben, sie zu töten?"

„Sie und mich, jawohl. Ich habe das Messer gekauft, bin nachts durch das Kellerfenster eingestiegen und wurde dann leider aufgehalten, weil Bärbel Bettbesuch von ihrem Lover hatte. Ein doppelter Whisky und die Bequemlichkeit der Couch verführten mich bedauerlicherweise zu einem kleinen Nickerchen, und deshalb sitze ich hier."

Der Jüngere hatte plötzlich das Bedürfnis, aus dem Fenster zu schauen, während der Ältere sich bückte und eine Akte aus einer unteren Schreibtischschublade hervorzog. In diesem Moment wurde die Tür geöffnet, und eine Frau kündigte den Anwalt Hummel an. Der schoß sofort ins Zimmer.

„Ah, der Herr Schlegel! Darf ich mich vorstellen?“ Er nannte seinen Namen, hörte kaum auf die der Kommissare und suchte nach einem Stuhl. Er fand einen in der Ecke bei Friedberg und schleppte ihn zu seinem Mandanten. Seufzend setzte er sich. Sein Atem ging schnell, und Schweiß perlte auf seiner Glatze.

„Alles soweit okay?“ fragte er Schlegel und legte ihm ermutigend die Hand auf den Arm.

„Ich denke schon. Die Herren ringen gerade mühsam um ihre Fassung, weil ich es, statt meine Frau umzubringen, vorgezogen habe zu schlafen.“

„Nun ja, “ auch der Anwalt zuckte verräterisch, „ein etwas ungewöhnlicher Mordversuch wäre das schon, aber soweit sind wir ja noch nicht. Sie hatten nach allem, was ich dem Polizeiprotokoll entnommen habe, zwar ein Messer bei sich, aber damit ist noch keine Tötungsabsicht bewiesen.“

„Darf ich Sie darauf aufmerksam machen, daß Herr Schlegel bereits ein Geständnis abgelegt hat?“ Spengler hatte sich wieder in der Gewalt und fand zu seinem besorgten Gesichtsausdruck zurück.

„Wobei Sie berücksichtigen müssen, daß mein Mandant sich in einer extremen Gemütsverfassung befindet. So ein Geständnis, abgelegt in einer psychischen Streßsituation, dürfte vor Gericht kaum Bestand haben. Ist es nicht so, Herr Schlegel?“

„Ach, ich weiß nicht. Eigentlich sind die Herren sehr nett zu mir.“

„Kann ich meinen Mandanten kurz allein sprechen?“ wandte sich Hummel an die Kommissare.

„Dafür wäre heute morgen vor diesem Verhör ausreichend Zeit gewesen“, murrte Friedberg.

„Ich hatte einen anderen Termin. Tut mir leid.“ Hummel lächelte devot.

„Na, dann lassen Sie sich mal einweihen. Und vergessen Sie nicht, nach dem Mord an Jochen Kruse zu fragen."

„Zimmer hundertsechsundzwanzig dürfte frei sein." Spengler stand auf und öffnete die Tür. „Links den Flur runter. Wir wären Ihnen dankbar, wenn Sie sich beeilen würden."

„Selbstverständlich", versicherte Hummel eifrig.

„Zum Besprechungszimmer", wies Spengler einen wartenden Beamten an, der dicht neben Schlegel die Begleitung übernahm und nach wenigen Schritten eine Tür aufriß. „Hier herein. Wenn Sie fertig sind, klopfen Sie bitte." Sie wurden eingeschlossen in einem kleinen Raum, ausgestattet nur mit einem Tisch und ein paar Stühlen. Sie setzten sich.

Hummel war erregt. „Wieso legen Sie schon ein Geständnis ab, bevor wir miteinander geredet haben?"

„Hab ich das getan? Ich war mir dessen nicht bewußt. Ich habe nur bestätigt, was ja ohnehin durch Fakten belegt war. Daß ich in das Haus eingedrungen bin und ein Messer dabei hatte, läßt sich wohl nicht bestreiten."

„Und Sie hatten den festen Vorsatz, Ihre geschiedene Frau zu töten?"

„Ich glaube ja. Jedenfalls über weite Strecken des gestrigen Tages. Natürlich sind mir zwischendurch auch Zweifel gekommen, ob es die ganze Sache wert ist, aber irgendwie war ich dann plötzlich im Haus, und das Messer war auch da."

„Sie haben es sich im Wohnzimmer bequem gemacht und sogar Alkohol getrunken. Handelt so jemand, der einen Mord plant? Kann jemand, der unmittelbar vor einer fürchterlichen Bluttat steht, seelenruhig einschlafen?"

„Ich weiß nicht, worauf Sie hinaus wollen."

„Ich will Ihnen möglichst viele Jahre im Gefängnis ersparen. Ich will den Vorwurf des Vorsatzes entkräften. Deshalb müssen Sie Ihr Geständnis widerrufen. Nach Lage der Fakten können Sie ohne weiteres behaupten, sie seien nur eingebrochen, um in der Nähe Ihrer Frau zu sein. Das Messer hätten Sie mitgenommen, um sich im Notfall gegen den Liebhaber, einen kräftigen jungen Mann, verteidigen zu können."

„Wenn Sie meinen, daß so eine Version nützlich ist, will ich sie gern verfechten, obwohl es mir eigentlich ziemlich egal ist, weshalb ich ins Gefängnis komme. Ich hatte ja gestern vor, nicht nur Bärbel, sondern auch mich selbst zu töten. Es fehlt mir inzwischen wohl an Lebenslust. Deshalb ist mir das Gefeilsche um die Dauer meiner Haft ziemlich zuwider. Aber Sie müssen Ihren Job tun, und ich will Ihnen dabei nicht im Wege stehen."

„Was ist mit dem Mord an Kruse?" fragte Hummel ungeduldig. Der Schweiß lief ihm von der Stirn in die buschigen Augenbrauen.

„Weiß ich nicht."

„Bringt man Sie auch damit in Verbindung?"

„Natürlich. Ich bin doch an allem schuld. Ich wußte sofort, daß man mir das in die Schuhe schieben würde. Deshalb habe ich mich für ein paar Tage versteckt."

„Und sich damit natürlich erst recht verdächtig gemacht. Warum haben Sie mich nicht gleich eingeschaltet?"

„Bin nicht auf die Idee gekommen. Außerdem habe ich kein Geld. Wie soll ich Sie bezahlen?"

„Das findet sich schon. Jedenfalls haben Sie mit dem Mord an Kruse nichts zu tun?"

„Hoffentlich."

„Was heißt das?"

„Könnten Sie meine Tochter bitten, mir Hygieneartikel zu bringen? Ich muß mich unbedingt rasieren. Wenn man körperlich verkommt, verliert man jede Selbstachtung."

„Also was ist mit Kruse?"

„Sagen Sie es mir. Welche Version bieten Sie an? Daß ich seine Nähe gesucht hätte, wäre wohl wenig glaubwürdig."

„Machen Sie sich über mich lustig?"

„Nichts liegt mir ferner als das", sagte Schlegel traurig. „Ich habe nur ein wenig den Überblick verloren. Ich bin auf Ihre Unterstützung angewiesen."

„Haben Sie Kruse umgebracht oder nicht?“

„Ich weiß es nicht. Zuzutrauen wäre es mir. Grund genug hätte ich auch. Ich bin mir nicht sicher, ob die Bilder, die ich von seinem Sterben im Kopf habe, real sind oder nur geträumt. Sie finden das vermutlich lächerlich, weil Sie mit Ihren strammen Beinen fest auf dem Boden der Realität stehen. Doch ich leide unter Halluzinationen, und meine Träume sind so intensiv, daß sie für mich wirklicher sind als dies bißchen öde Alltäglichkeit.“

„Herr Schlegel, lassen Sie uns vernünftig sein und eine realistische Basis für Ihre Verteidigung entwickeln. Solche Spintisierereien bringen uns nicht weiter.“

„Ich könnte Kruse gebeten haben, mich mit ins Viertel zu nehmen. Dann habe ich ihn mit dem Revolver gezwungen, nach Hastedt zu fahren. Auf dem Parkplatz am Weserwehr hab ich ihn hingerichtet – genau so, wie ich es mir immer wieder vorgestellt habe. Es spricht soviel dafür, daß ich es war. Und wenn ich es recht bedenke, wäre ich auch gern sein Mörder.“

„Woher hatten Sie die Waffe?“

„Aus seiner Wohnung. Das habe ich doch schon tausendmal zu Protokoll gegeben. Und später hab ich sie weggeworfen. In die Weser, weit weg vom Tatort.“

Hummel schüttelte verzweifelt den Kopf. „Lieber Herr Schlegel, Sie bringen mich völlig durcheinander. Ich merke doch deutlich, daß Sie sich da in etwas hineinsteigern. Vermutlich haben die Ereignisse der letzten Tage Sie psychisch aus dem Konzept gebracht. Ich werde auf jeden Fall auf ein psychiatrisches Gutachten bestehen.“

„Wenn Sie meinen, daß uns das weiterhilft, bin ich damit einverstanden. Ich möchte Sie ja nicht unglücklich machen.“

„Um *mich* geht es dabei nicht. Es geht um *Ihren* Kopf, werter Herr.“

Schlegel lachte. „Die Todesstrafe ist ja leider abgeschafft. Das ‚leider‘ bezieht sich nur auf mich. Ich finde es bedauerlich, daß man mir beim Sterben nicht behilflich sein darf. Gestern wollte ich mich ertränken in meinem Schlafsack. Das wäre sicherlich eine beschwerliche Prozedur. So ein Fallbeil oder eine Giftspritze wären weniger umständlich. Und ich müßte mich nicht selbst drum kümmern.“

Herr Hummel war blaß geworden und rieb sich nervös die Hände. „Ehrlich gesagt, Herr Schlegel, ich werde den Eindruck nicht los, daß Sie das alles hier nicht ernst nehmen.“

„Ja, warum sollte ich denn auch, verdammt noch mal? Wollen Sie, daß ich Ihnen was vorheule? Ich habe zu diesem ganzen Theater keine Lust mehr. Ich brauche dringend eine Prise Koks oder wenigstens eine ordentliche Portion Cannabis. Wenn Sie mir das beschaffen, spiele ich auch brav alles mit, was Sie wünschen.“

„Ich bin ratlos. Wir müssen da jetzt wieder rein. Und wenn Sie nicht höllisch aufpassen, haben Sie nicht nur eine Anklage wegen Entführung und Mordversuchs, sondern auch eine wegen Mordes am Hals. Sagen Sie mir um Himmels Willen, wie wir weiter verfahren wollen.“

„Ich werde schweigen. Und Sie als mein Anwalt können denen erzählen, was Sie für richtig halten. Ich bin gespannt, wie die reagieren, wenn sie von Ihnen hören, daß ich mit Kruses Tod nichts zu tun habe. Wie lange werde ich wegen versuchten Mordes weggesperrt?“

„Keine Ahnung. Das hängt vom Staatsanwalt und Richter ab.“

„Na, mit Sicherheit ein paar Jahre, weil ja noch Entführung dazu kommt. Und für Mord bekäme ich lebenslänglich, das heißt fünfzehn Jahre bei guter Führung. Ich wäre dann im Rentenalter und sicherlich befreit von allen Obsessionen wegen Bärbel. Jenseits von gut und böse, wie es so schön heißt. Wir hätten beide unsere Ruhe, und ich könnte mich um meine Enkelkinder kümmern. Warum also nicht gleich die radikalere Lösung? Dann wären alle zufrieden, und die Polizei könnte die Akten schließen.“

„Sie treiben mich in den Wahnsinn“, keuchte der Anwalt und wischte sich die Glatze.

„Da sei Gott vor. Ich will nichts gesagt haben. Lassen Sie uns also zu den netten Kommissaren zurückkehren und ihnen Ihre Version des Geschehens unterbreiten.“

10

„Allmählich komme ich mir vor wie auf einem Karussell. Immer schön im Kreis herum. Erst gesteht er wie ein Weltmeister, tut sogar so, als käme er auch für den Mord an Kruse in Frage, dann widerruft er alles, und jetzt schweigt er. Du hast recht, der Mann gehört in eine Therapie. Aber bitte in einer geschlossenen Anstalt." Friedberg rieb sich verdrossen die Nase.

„Ich finde es ganz lehrreich, mit so einem Chaoten zu tun zu haben. Macht doch mehr Spaß als mit diesen Burschen von der Discomeile am Bahnhof, denen der Revolver zu locker sitzt. Hab ein bißchen Geduld, der besinnt sich wieder." Spengler gähnte.

„Und die beiden im Flur?"

„Meinst du, wir haben sie lange genug schmoren lassen? Das sind hartgesottene Burschen, die brauchen einige Garzeit. Aber von mir aus hol sie rein. Ich freue mich schon den ganzen Morgen auf Herrn Proll."

Friedberg lief zur Tür und öffnete sie langsam. „Darf ich die Herren bitten."

Proll erschien in Begleitung eines eleganten Schönlings mit randloser Brille und blondem Lockenkopf, der sich wie ein Dreßman bewegte und sich als Doktor Kribitz vorstellte.

Friedberg rückte zwei Stühle zusammen, auf denen sich die beiden niederließen. Proll versteckte seinen Ärger nicht, während der Anwalt sich um ein verbindliches Lächeln bemühte.

„Tut uns leid, daß wir Sie warten lassen mußten, aber im Moment überschlagen sich die Ereignisse. Mord, Attentat, Entführung und Mordversuch – wir wissen nicht, wo uns der Kopf steht." Spengler schloß demonstrativ einen Aktendeckel.

„Sind Sie denn für all die Fälle allein zuständig? Gehen die Personaleinsparungen im öffentlichen Dienst so weit, daß nur noch zwei Kommissare die Ermittlungen bei allen Kapitalverbrechen in Bremen leiten?“ Der Anwalt versuchte es mit Ironie.

„Wenn die alle irgendwie miteinander zusammenhängen, ja. Und das tun sie offensichtlich, und Ihr Mandant steckt mitten drin.“ Friedberg grinste.

„Inwiefern?“ fragte der Anwalt spitz.

„Er hat ein unleugbares Motiv für den Mord an Kruse, und er hat kein Alibi für die Mordnacht, denn Frau Hellmann hat bestritten, zu der Zeit mit Herrn Proll zusammengewesen zu sein.“

„Sie lügt!“ entfuhr es Proll.

„Warum sollte sie? Als Ihre Verlobte muß sie doch daran interessiert sein, Sie zu entlasten. Oder haben Sie uns mit der rührenden Liebesgeschichte zwischen Ihnen und der Dame einen Bären aufgebunden?“ fragte Spengler sanft.

Der Anwalt räusperte sich geziert. Hetero-Liebesgeschichten schienen nicht sein Fall zu sein. „Was konkret werfen Sie Herrn Proll vor?“

„Ganz konkret verdächtigen wir Herrn Proll, seinen Rivalen in Bezug auf Marion Hellmann, Jochen Kruse, getötet zu haben. Kruse hat Ihren Mandanten nicht nur finanziell erpreßt, sondern einen sogenannten ‚Verkauf‘ der Dame Hellmann an Herrn Proll hintertrieben.“

„Und die Beweise für diese Theorie?“

„Wir haben zum Beispiel Fingerabdrücke von Herrn Proll in Kruses Wagen gefunden.“

„Sensationell!“ Der Anwalt lachte. „Die beiden Herren waren befreundet und sind natürlich auch zusammen in Kruses Auto gefahren. Stimmt's, Herr Proll?“

Proll nickte. „Woher haben Sie meine Fingerabdrücke?“

„Wir haben uns erlaubt, ein Wegwerffeuerzeug von Ihrem Couchtisch mitzunehmen. Sie erhalten es selbstverständlich nach Abschluß der Ermittlungen zurück.“ Friedberg hob entschuldigend die Hände.

„Sonst noch Beweise?“ fragte der Anwalt ungeduldig.

„Kruse hat am Abend vor der Mordnacht im Beisein von Herrn Proll in einer Bar der Bahnhofsvorstadt eine Pistole erworben. Wir gehen davon aus, daß es sich dabei um die Tatwaffe handelt."

„Stimmt das?" fragte der Anwalt irritiert seinen Mandanten.

„Von der Waffe weiß ich nichts", beeilte sich Proll zu versichern. „Wir waren zusammen einen trinken, das ist wahr. Wir wollten uns aussprechen wegen Marion und das Kriegsbeil begraben."

„Sie geben also zu, daß es Streit zwischen Ihnen und Kruse gab?" fragte Friedberg schnell.

„Ja, wir hatten Meinungsverschiedenheiten."

„Wegen Meinungsverschiedenheiten gruben die alten Indianer ihre Kriegsbeile nicht aus. Das taten sie nur, wenn sie sich auf den Kriegspfad begaben."

„Es ist doch albern, mich auf so ein Wort festzunageln. Wir haben uns versöhnt, und zwischendurch hat Kruse mal mit einem Typen an einem Ecktisch gesprochen und von dem ein Päckchen erhalten."

„Diesen Typen haben unsere Ermittler ausfindig gemacht, und der hat uns erzählt, daß die Waffe nur in ein Tuch eingeschlagen war, daß Kruse Ihnen die Waffe auch gezeigt hat unterhalb der Thekenkante, und daß er den Eindruck hatte, die Waffe sei für Sie bestimmt gewesen." Spengler rieb sich das Kinn.

„Unsinn. Ich gebe zu, daß er mir die Waffe gezeigt hat. Vielleicht sollte das eine kleine Drohung sein. Auf jeden Fall hat er behauptet, das Ding sei für einen Freund."

„Warum dann nicht für Sie? Sie sind ja sein Freund gewesen, oder?" Friedberg grinste.

„Meine Herren, ich muß doch sehr bitten. Ehe Sie weitere völlig abwegige Schlüsse ziehen, möchte ich mich gern mit meinem Mandanten unter vier Augen beraten."

„Das ist nicht nötig", fuhr ihm Proll in die Parade. „Es käme den Herren sehr gelegen, wenn wir jetzt anfangen mit Heimlichtuereien. Ich bin Manns genug, hier Rede und Antwort zu stehen. Wie haben Sie überhaupt herausbekommen, daß ich mit Kruse zusammen war?"

„Müssen wir ihm das sagen?" fragte Friedberg seinen Kollegen.

„Eigentlich nicht. Aber wir wollen mal nicht so sein, auch wenn das Ihre zukünftige Ehe möglicherweise belastet. Wir haben noch mal mit Frau Hellmann gesprochen, und die wußte das von Kruse. Kruse soll gesagt haben: ‚Wenn mir was passiert, weißt du, wer dahintersteckt.'"

„Was für ein hanebüchener Unsinn!" schimpfte Proll. Sein Anwalt versuchte vergeblich, ihn zu bremsen. „Wenn ich Kruse wirklich umbringen wollte, lasse ich mir doch durch ihn nicht die Waffe dafür besorgen! Ich weiß nicht, was Marion treibt, mich derart zu belasten, ich kann nur vermuten, daß ihre Verletzung ihr sehr zugesetzt hat."

„Was haben Sie nach dem Mord mit der Waffe gemacht?" fragte Friedberg.

„Antworten Sie nicht!" schaltete sich der Anwalt ein. „Meine Herren, ich denke, wir sollten das Gespräch jetzt beenden. Wenn Sie keine handfesteren Beweise vorlegen können, entbehrt Ihre Verdächtigung jeder Grundlage. Mein Mandant hat mich beauftragt, Sie außerdem wissen zu lassen, daß ihm keine unzufriedenen Kunden oder Subunternehmer eingefallen sind, die mit dem Anschlag vor dem Restaurant zu tun haben könnten. Er ist der Auffassung, daß es sich um eine Verwechslung handelt, daß jemand anders gemeint war. Da seine Verletzung inzwischen schon fast geheilt ist, legt er keinen Wert auf eine Strafverfolgung, jedenfalls für seine Person. Was anderes ist das mit Frau Hellmann, aber das wäre dann deren Angelegenheit. Im Übrigen ist die Verlobung mit Frau Hellmann gelöst, Herr Proll hat sich mit seiner Frau versöhnt und wohnt wieder mit ihr zusammen."

„Ach, wie schön. Da freuen wir uns aber. Wer könnte denn was gegen ein Happy End haben? Es ist schon beeindruckend, wie Herr Proll Ordnung schafft in seinem Leben. Hoffen wir, daß die ausgebeuteten Osteuropäer sich dieser Ordnungsliebe nicht verweigern und in Zukunft ihre Schußwaffen auf die richtigen Ziele möglichst bei sich zu Hause richten. Wir danken Ihnen, meine Herren. Sie hören noch von uns." Spengler schüttelte sich.

Grußlos, wie sie gekommen waren, gingen sie, Proll wütend stampfend, der Anwalt anmutig tänzelnd. Die Tür wurde behutsam geschlossen.

„Ein hübsches Pärchen. Ich glaube, ich muß lüften. Riechst du das? Maiglöckchen." Friedberg kippte ein Fenster.

„Ob ich was rieche? Mir stinkt's. Dieser Halunke von Proll springt mit Frauen um wie mit seinen Leiharbeitern. Ausbeuten und schamlos für seine Zwecke mißbrauchen. Man bekommt ja richtig Mitleid mit diesem Miststück von Hellmann."

„Man könnte ihn verwursten, aber hältst du ihn wirklich für schuldig? Solche Leute riskieren schon mal ein paar Jahre Freiheitsstrafe auf Bewährung, doch bei einem Mord ist ihnen der Einsatz zu hoch. Sie wollen schließlich ihr ergaunertes Geld genießen und nicht Plastikspielzeug zusammenstecken."

„Es wäre so schön, ihn in Oslebshausen zu wissen. Und ich könnte mich endlich um mein Boot kümmern. Statt dessen stochern wir weiter mit der Stange im Nebel."

„Also knöpfen wir uns wieder den Schlegel vor. Bei dem ist mehr zu holen als bei Proll, auch wenn er unverändert deine Sympathie genießt. Der Mann neigt zu Gewalt. Wer zum Messer greift, sticht auch zu."

„Wenn er nicht vorher einschläft." Spengler lachte. „Mensch, da fällt mir was ein! Wieso sind wir darauf nicht schon längst gekommen? Kruse hat doch angeblich die Waffe für einen Freund gekauft. Dieser Freund ist vielleicht Schlegel!"

„Moment. Glaubst du im Ernst, der Kruse besorgt dem Schwager eine Knarre, wenn der schon mehrmals Kruses Schwester mit dem Tod bedroht hat? Das heißt doch einem Pyromanen Streichhölzer schenken."

„Da hast du recht. Aber irgendwie spielt diese Waffe eine Rolle bei Kruses Tod, das hab ich im Urin."

„Vielleicht war der Freund eine Freundin. Vielleicht wollte die Hellmann eine Kanone, weil sie sich bedroht fühlte. Viele Nutten haben Waffen."

„Schreckschusspistolen oder Spraydosen, aber keine Mordinstrumente. Wir können sie gern fragen, doch die Antwort kann ich dir jetzt schon sagen. Warum sollte sie ihren Ernährer auch umlegen?"

„Weil Proll ihr mehr zu bieten hatte. Bei diesem Trio infernale ist jede Wendung möglich. Proll beseitigt Kruse, weil er die Hellmann will und von Kruse angeschissen wird, Hellmann beseitigt Kruse, weil Kruse sie nicht freigibt, aber immer wieder auf den Strich zwingt. Proll bietet Hellmann die Chance, all den Dreck hinter sich zu lassen und in die besten Schwachhauser Kreise aufzusteigen. Sie könnte ihr Schmuddelleben eintauschen gegen eine Highsociety-Existenz, wenn da der Lotterbube Kruse nicht im Wege stünde. Also weg mit ihm. Vielleicht haben Proll und Hellmann auch gemeinsam den unbequemen Störer ins Jenseits befördert."

„Auf jeden Fall wäre es eine echte Pointe, wenn Kruse selbst die Mordwaffe beschafft hat. Ich sehe schon, wir müssen uns mit der schönen Marion weiterhin beschäftigen. Immerhin erfreut sie das Auge. Im Bett ist sie einfach nicht zu toppen. Hoffentlich liegt sie noch in der Klinik. Aber vorher wollen wir uns meinen Freund Schlegel noch einmal zur Brust nehmen."

Schlegel begrüßte die Polizisten mit Handschlag wie alte Bekannte. Er war rasiert, trug ein frisches Oberhemd und eine Krawatte. „Ich freue mich, daß die Herren heute noch Zeit für mich finden. Wären Sie nicht auf mich zugekommen, hätte ich selbst um ein Gespräch nachgesucht. Und ohne Anwalt, versteht sich. Darf ich mich setzen?"

Spengler wies auf den Stuhl, der näher an seinem Schreibtisch stand. Schlegel zog die Hose über den Knien hoch, als er Platz nahm.

„Haben Sie sich von Jochen Kruse eine Schußwaffe besorgen lassen?“ eröffnete Spengler das Verhör.

„Gut, daß Sie gleich darauf zu sprechen kommen. Ich habe die Waffe bei ihm gefunden. Er hatte ein Drogenversteck in einem umgebauten alten Scanner und darin auch den Revolver verborgen.“

„Ist das die Waffe, mit der Sie dann Ihre Frau bedroht haben?“

Schlegel lachte. „Wo denken Sie hin? Das war eine Spielzeugpistole. Die hab ich dann weggeworfen.“

„Und die echte? Wie sah die aus?“ fragte Friedberg.

„Naja, wie so ein Ding eben aussieht. Schwarz mit braunem Holzgriff.“

„Und einer Trommel?“

„Trommel?“

„Ja, ein Revolver hat eine Trommel, die man drehen kann. Da stecken die Patronen drin.“

„Ach, ich dachte das wäre ein Colt.“

Spengler seufzte. „Mit anderen Worten: Sie geben zu, Jochen Kruse erschossen zu haben?“

„Das wollte ich damit ausdrücken, jawohl. Ich mußte ihm das leider antun.“

„Warum?“

„Weil er sich all meinen Wünschen widersetzt hat. Er hat sich geweigert, zwischen mir und seiner Schwester zu vermitteln, er hat sich geweigert, mich mit Drogen zu versorgen, und er hat sich geweigert, meine Tochter Sabine in Ruhe zu lassen. Er hat sie sexuell belästigt.“

„Das ist ja nun wieder ganz was Neues.“ Spengler war perplex.

„Leider nein. Ich mochte nur bisher nicht darüber sprechen. Familienrücksichten, wenn Sie so wollen. Ich habe es ja auch lange nicht für möglich gehalten. Mir ist zwar manchmal aufgefallen, daß Jochen bei Familientreffen ungewöhnlich oft die Nähe von Sabine gesucht hat, daß er auch auf körperlichen Kontakt aus war, alles natürlich unter dem Mantel verwandtschaftlicher Zuneigung. Und meine Tochter war naiv genug, diese Taktilitäten als besondere Äußerungen von Zuneigung zu mißdeuten. Ich selbst hatte immer ein betont unkörperliches Verhältnis zu Sabine, um keinerlei Mißverständnissen Vorschub zu leisten. Vielleicht war genau das der Grund, daß Jochens Annäherungsversuche auf keinen Widerstand bei ihr stießen."

„Wie weit gingen diese sogenannten Annäherungsversuche?" fragte Friedberg.

„Weiß der Teufel. Ich war ja nicht immer dabei."

„Wollen Sie unterstellen, daß es zu sexuellen Übergriffen gekommen ist?"

„Ausschließen kann ich das nicht. Denn nach der Trennung von meiner Frau habe ich Sabine ja nicht mehr so oft gesehen. Sie war ganz in der Obhut von Bärbel, und die hat alle Warnungen meinerseits als Hirngespinste abgetan. Dabei hätte sie um den labilen Charakter ihres Bruders wissen müssen. Einer der Gründe, weshalb ich immer wieder das Gespräch mit Bärbel gesucht habe, war meine große Sorge um Sabine."

„Haben Sie mal mit Ihrer Tochter über Ihren Verdacht geredet?" Spengler hatte sich wieder gefangen.

„Auf keinen Fall. Wie soll man so ein delikates Thema angehen? Ich hätte sie doch nur verletzen und damit noch mehr verlieren können. Unmöglich, meine Herren."

„Aber mit diesen Hinweisen zwingen Sie uns, der Sache nachzugehen und mit Ihrer Tochter zu sprechen." Friedberg verzog angewidert das Gesicht.

„Das verbiete ich Ihnen ausdrücklich. Niemand hat das Recht, einer jungen Frau auf diese Art und Weise zu nahe zu treten. Auch die Polizei nicht. Es ist schon genug Unheil geschehen. Wie hab ich darunter gelitten, daß meine Tochter sich nach der Scheidung immer mehr von mir abgewendet hat. Jeder Versuch meinerseits, den alten Kontakt wieder aufleben zu lassen, scheiterte an ihrer Unnahbarkeit. Ich habe immer gemerkt, daß sie unter Einfluß stand. Natürlich unter dem Einfluß ihrer Mutter. Aber auch die anderen Kruses haben alles getan, sie mir zu entfremden, und ganz besonders der liebe Onkel, der sie mit Geschenken überhäufte, sie ins Theater ausführte oder Popkonzerte mit ihr besuchte."

„Kann es nicht sein, daß Sie einfach unter Eifersucht litten und hinter Vorfällen, die ganz harmlos waren, böse Machenschaften vermuteten? Daß Sie über eine blühende Phantasie verfügen, haben Sie ja schon öfter unter Beweis gestellt." Das Mißtrauen in Spenglers Gesicht kam immer deutlicher zum Ausdruck.

„Sie haben mich gefragt, weshalb ich Kruse getötet habe, und das habe ich Ihnen erklärt. Ich kann nicht beweisen, daß etwas zwischen ihm und meiner Tochter war, aber für mich stand es fest in dem Moment, als ich abgedrückt habe. Und mein Instinkt hat mich selten getrogen."

„Erzählen Sie uns, was sich im einzelnen zugetragen hat. Das Tonband läuft wieder mit." Spengler zeigte auf den Apparat.

„Haben Sie auch aufgenommen, was ich über meine Tochter gesagt habe?"

„Selbstverständlich."

„Das müssen Sie sofort löschen. Erstens haben Sie mich nicht vorher um Erlaubnis gefragt, und zweitens darf die Information über einen eventuellen Mißbrauch meiner Tochter diesen Raum nie verlassen." Schlegel zitterte vor Aufregung.

„Also doch nur Hirngespinste?" fragte Friedberg.

„Wenn ein Mensch soviel durchgemacht hat wie ich, verliert er vielleicht das Vertrauen in die Redlichkeit seiner Mitmenschen. Wenn selbst im engsten Familienkreis nur Schikanen, Kränkungen und gnadenloser Machtkampf stattfinden, kommt einem auch der Glaube an die Respektierung sexueller Tabus abhanden. Mein Schwager Jochen kannte keinerlei Tabus, das steht fest. Und das ablehnende Verhalten meiner Tochter mir gegenüber nach der Scheidung spricht Bände. Daraus den richtigen Schluß zu ziehen, ist simpel. Jedenfalls für mich. Trotzdem steht es Ihnen frei, die Sache anders zu sehen. Ich bin meinem Instinkt gefolgt und habe gehandelt, wie ich gezwungen war zu handeln."

„Also noch mal von vorn. Was hat sich an dem Abend zugetragen?“ Spengler seufzte.

„Ich rede erst, wenn Sie das Tonband gelöscht haben.“

„Also gut.“ Spengler ließ das Band zurücklaufen und startete es dann neu. „Bitte.“

„Wie gesagt, ich fand die Schußwaffe, als ich nach Drogen suchte, während Kruse im Bad war. Leider enthielt das Versteck keine Drogen, so daß ich gezwungen war, meinen Schwager mit der Waffe zu bedrohen, damit er wenigstens Kokain herausrückte, das er woanders verborgen hatte, wie ich vermutete. Er bestritt das energisch, bot sich aber an, mich ins Viertel zu bringen und mich an einen seiner Dealer weiterzuvermitteln.“

„Die Waffe behielten Sie, und er hatte nichts dagegen?“

„Natürlich hatte er was dagegen. Aber was sollte er machen, solange ich auf ihn zielte?“

„Sie sind dann mit ihm in seinen Wagen gestiegen und Richtung Ostertor gefahren.“

„Sie sagen es.“

„Woher wußten Sie, daß der Revolver geladen war?“

„Das sieht man doch. Außerdem hätte mein Schwager bei leerer Waffe bestimmt nicht gekuscht.“

„Wie ist es Ihnen gelungen, Jochen Kruse dazu zu bringen, zum Weserwehr statt ins Ostertor zu fahren?“

„Ich hab es ihm befohlen. Die Waffe war ja die ganze Zeit auf ihn gerichtet.“

„Gefiel Ihnen die Vorstellung, Ihren gehaßten Schwager in der Gewalt zu haben?“

„Was heißt hier Vorstellung? Ich hatte ihn in der Gewalt, ja, und das war ein wunderbares Gefühl.“

„Träumen Sie oft davon, jemanden in der Gewalt zu haben?“ fragte Friedberg.

„Weiß ich nicht. Ich vergesse meine Träume immer sofort.“

„Ich meine auch mehr Tagträume, Wunschvorstellungen.“

„Ich bin gerade dabei, ein Geständnis abzulegen, und da fragen Sie mich so etwas Abwegiges?“

„Sie haben selbst von einem wunderbaren Gefühl gesprochen. Ist Ihnen das erhalten geblieben, als Sie abgedrückt haben?“

„Nein. Ich glaube, ich habe gar nichts gefühlt.“

„Auch kein Mitleid? Kein Bedauern?“

„Dann hätte ich wohl nicht geschossen. Im übrigen ging alles sehr schnell.“

„Wie viele Schüsse haben Sie abgeben?“

„Mehrere. Ich habe sie nicht gezählt.“

„War Kruse sofort tot? Hat er was gesagt? Hat er geschrien?“

„Warum quälen Sie mich mit solchen Details?“ Schlegel drückte sich die Hände auf den Magen. „Ich habe es getan und basta. Lassen Sie mich zurück in meine Zelle. Sie können ja inzwischen das Protokoll aufsetzen, damit ich unterschreiben kann.“

„Okay. Wir reden später noch mal. Sie sollten sich inzwischen alle Einzelheiten der Tat in Erinnerung rufen, damit das Protokoll hieb- und stichfest wird und auch vor dem Haftrichter und dem Staatsanwalt Bestand hat. Einverstanden?“ Spengler erhob sich langsam.

„Mir wäre es lieber, wenn wir die Sache ab sofort auf sich beruhen lassen könnten. Sie haben einen Täter und ich hoffentlich mein inneres Gleichgewicht wiedergefunden.“

„Sie haben Nerven!“ Friedberg seufzte und zog die Augenbrauen hoch. “Wo sind Sie mit der Waffe geblieben nach der Tat?“

„Sagte ich das nicht schon? Ich habe sie irgendwo in die Weser geworfen.“

Es wurde geklopft, und ein Uniformierter erschien. „Darf ich kurz stören?“

„Sie kommen wie gerufen. Herr Schlegel möchte zurück in seine Zelle.“

„Okay. Draußen wartet eine Dame, eine Frau Kruse.“

„Was?“ Schlegel sprang auf. „Was will meine Frau hier?“

„Es ist eine sehr alte Dame“, erklärte der Beamte und legte Schlegel Handschellen an.

„Ach so, meine Schwiegermutter.“ Schlegel atmete auf, nickte den Herren freundlich zu und ließ sich abführen. Friedberg folgte ihm und kehrte mit der alten Frau Kruse zurück. Sie stürzte sich sofort auf Spengler. „Gut, daß ich Sie antreffe, Herr Kommissar. Sie waren ja neulich bei uns wegen meines Sohnes, und da haben Sie, wie ich gern gestehen will, einen sehr guten Eindruck auf mich gemacht.“ Ihr bläulich getöntes Haar war etwas aus der Form geraten, und ihre Gesichtshaut war stark gealtert in der kurzen Zeit. Nur ihre Bernsteinaugen funkelten noch so lebendig durch die Brillengläser wie vor Tagen.

„Vielen Dank für das Kompliment.“ Spengler gab sich geschmeichelt. „Und was können wir für Sie tun?“

„Zunächst die Frage, ob ich mich setzen darf. Wissen Sie, ich bin mit der Straßenbahn gekommen und jetzt doch ein wenig ermattet.“

„Natürlich.“ Spengler zeigte auf den Stuhl, auf dem zuvor Schlegel gesessen hatte. Sie ließ sich vorsichtig nieder, wie jemand mit maroden Gelenken. Ihre große Handtasche hielt sie fest auf den Knien.

„Ich bin gekommen, um Ihnen etwas zu zeigen. Wissen Sie, Frau Bruns, das ist meine Putzfrau, hat etwas im Abstellraum in einer alten Schuhschachtel gefunden. Frau Bruns macht diese Woche groß reine. Muß ja einmal im Jahr sein. Sonst verkommt alles. Und da räumt sie die Schränke aus und auch den Abstellraum. Die Schachtel kam ihr ungewöhnlich schwer vor, und deshalb hat sie einfach mal nachgeschaut und sich fürchterlich erschrocken. In dem Karton lag das hier.“ Sie öffnete die Handtasche, zog einen in ein Tuch eingeschlagenen Gegenstand hervor und legte ihn auf den Tisch.

„Darf ich?“ Spengler griff danach und enthüllte eine Pistole. „Donnerwetter!“

Friedberg sprang wie elektrisiert auf und rannte zu Spenglers Schreibtisch. Beide Beamten beugten sich über die Waffe, ohne sie anzufassen, schnüffelten nur daran.

„Nehmen Sie sie ruhig", sagte Frau Kruse freundlich.

„Nein. Die muß so, wie sie ist, untersucht werden." Spengler zog eine Plastiktüte aus dem Schreibtisch, nahm die Pistole mit dem Tuch vorn am Lauf und ließ sie in den Beutel gleiten, während Friedberg per Telefon jemanden vom Labor informierte. „Es eilt! Es eilt!"

„Haben Sie eine Ahnung, wem die Waffe gehört und wie die in Ihren Abstellraum gelangt ist?" fragte Spengler die alte Dame, die in der Handtasche nach einem Taschentuch suchte und es schließlich mit einem kleinen Juchzer entdeckte.

„Daß mir die Augen tränen, ist auch eine Alterserscheinung wie so vieles andere. Es ist beschwerlich, in die Jahre zu kommen." Sie schob die Brille auf die Stirn und tupfte sich die Lider. „Entschuldigen Sie, Sie hatten was gefragt. Ja, richtig. Ich kann Ihnen wirklich nicht sagen, wem das scheußliche Ding gehört und wer es bei uns deponiert hat."

„Vielleicht Ihr Sohn? Er soll kurz vor seinem Tod eine Waffe gekauft haben."

„Der arme Junge. Warum hat man ihm das angetan? Ich kann es immer noch nicht fassen. Er war wohl manchmal etwas leichtsinnig, aber trotzdem ein zärtlicher Sohn."

„Hat Ihr Mann einen Waffenschein? Als ehemaliger Richter könnte er den beantragt haben, wenn ihm von Leuten, die er hinter Gitter geschickt hat, Gefahr drohte."

„Er hat mir nichts davon erzählt. Aber das sagt nichts. Er hat so seine eigenen Ansichten, auch über die Ehe. Vielleicht hat er befürchtet, mich zu erschrecken, wenn er mir die Waffe zeigt, und sie deshalb vor mir versteckt. Denkbar wäre das. Es hat mich schon immer gewurmt, daß er mir vieles vorenthält mit dem Argument, das sei nichts für Frauen. Er hat mir zum Beispiel nie erlaubt, eine seiner Verhandlungen zu besuchen. Auch heute ist er wieder ohne mich ins Gericht gegangen. Da läuft, glaube ich, ein Prozeß gegen eine Kindsmörderin. Das gab mir die Gelegenheit, Sie aufzusuchen, was ihm sicher nicht recht wäre. Aber ich finde, so eine Waffe gehört in die Hände der Polizei."

„Da haben Sie völlig recht." Spengler überreichte einer Frau im weißen Kittel, die ohne Anklopfen und grußlos das Zimmer betreten hatte, den Plastikbeutel mit Inhalt. „Hat absoluten Vorrang", sagte er zu der muffigen Kollegin.

„Was hat das nicht", sagte sie patzig und verschwand.

„Wissen Sie, mein Sohn hatte es nie leicht im Leben. Wenn er mehr Liebe erfahren hätte, würde er bestimmt noch unter uns sein. Mein Mann hat es bestimmt gut gemeint mit seiner strengen Erziehung, aber es ist ihm wohl nicht gelungen, hinter dieser Strenge auch seine Zuneigung zu verdeutlichen. Ulrich ist kein Mensch, der gern Gefühle zeigt. Er war immer der Meinung, daß man als Richter frei von allen Emotionen urteilen muß. Diesem Grundprinzip ist er auch im Privaten stringent gefolgt. Eine Ausnahme hat er nur bei seiner Tochter gemacht. Bärbel wußte ihn zu nehmen und so zu becircen, daß er auch mal fünfe gerade sein lassen konnte. Doch bei Jochen kannte er keine Gnade. Der arme Junge verschloß sich daraufhin immer mehr vor seinem Vater, was diesen herausforderte zu noch härteren sogenannten Erziehungsmaßnahmen. Sie schaukelten sich gegenseitig hoch, und ich mußte dem tatenlos zusehen. Jeder Vermittlungsversuch war vergeblich."

„Das klingt nach einem harten Los, liebe Frau Kruse." Spengler lächelte ihr zu, während sie sich die Augen wischte.

„Nicht, daß Sie denken, ich wollte meinen Mann hier anschwärzen. Im Gegenteil, ich halte ihn für einen grundehrlichen Menschen, der immer nur das Beste wollte, auch für seinen Sohn. Ich denke, daß es zunächst sogar eine besondere Zuneigung und damit leider auch eine riesige Erwartungshaltung in Bezug auf Jochen bei ihm gab. Aber der arme Junge war diesem Druck nicht gewachsen. Schlechte Leistungen in der Schule waren die Folge und damit ständig neue Szenen. Ulrich saß über seinen Sohn zu Gericht, statt ihn liebevoll zu fördern. Daß Jochen schließlich Musiker wurde, und das auch noch erfolglos, machte die Katastrophe in den Augen meines Mannes komplett."

„Inwiefern?"

„Sie wissen doch sicher längst, daß Jochen in schlechte Gesellschaft geriet, daß er mit Drogen zu tun hatte. Sie haben ja auch wohl seine Freundin Marion kennengelernt, eine Frau, der ich nie über den Weg getraut habe, selbst wenn sie noch so hübsch ist." Sie schaute auf die Uhr. „Oh, ich darf mich nicht verplaudern. Nicht auszudenken, wenn Ulrich mich gleich zu Hause nicht antrifft. Ich muß mich auch ums Essen kümmern. Hat mich gefreut, Sie wiederzusehen, Herr Kommissar. Ach ja, die Pistole. Wenn sie nun doch meinem Mann gehört, und er sie wiederhaben will, kann ich ihn an Sie verweisen, nicht wahr?"

„Sicher. Er soll mich anrufen. War Ihr Mann eigentlich in der Nacht, als Ihr Sohn umkam, zu Hause?"

„Das weiß ich nicht. Wir schlafen getrennt, und mein Mann, der an Schlafstörungen leidet, geht oft noch nachts spazieren, um sich müde zu laufen. Ich achte gar nicht mehr darauf, weil ich sehr fest schlafe. Vielleicht war es keine so gute Idee, Ihnen die Waffe zu bringen. Jetzt hab ich fast ein schlechtes Gewissen. Ich hab noch nie etwas hinter dem Rücken meines Mannes getan, müssen Sie wissen. Er kann sich so schrecklich aufregen. Und das ist seiner Gesundheit gar nicht zuträglich. Naja, passiert ist passiert. Guten Tag, die Herren." Sie erhob sich mühsam. Spengler sprang auf und stützte sie.

„Wollen Sie nicht lieber mit einem Taxi zurückfahren?" fragte er besorgt.

„Und wie soll ich das bezahlen? Das bißchen Haushaltsgeld reicht sowieso hinten und vorn nicht, seit alles so teuer geworden ist. Und Ulrich schätzt es nicht, wenn ich ihm mit Forderungen außer der Reihe komme."

„Darf ich Sie zu einem Taxi einladen?“ Spengler zog seine Geldbörse und entnahm ihr einen Zwanziger. „Das sollte reichen.“ Er wollte ihr den Schein in die Hand drücken.

Sie wich zurück. „O nein! Das kann ich nicht annehmen. Mein Mann hat doch eine gute Pension. Es ist nur … Ach was!“ Sie griff nach dem Geld und ließ es blitzschnell in der Handtasche verschwinden. „Sie sind ein gütiger Mensch.“ Sie strich Spengler flüchtig über die Wange und wandte sich zur Tür, die Friedberg ihr aufhielt.

„Da vorn die Treppe runter oder mit dem Lift und dann direkt zur Anmeldung. Da bestellt man Ihnen ein Taxi.“

„Danke, junger Mann. Sie haben einen netten Kollegen. Eifern Sie ihm nach.“ Sie ging.

Spengler lachte. Friedberg schüttelte den Kopf. „Weißt du, was so ein Richter für eine Pension hat?“

„Können wir nur von träumen. Trotzdem war’s mir das wert. Wetten, daß ich spätestens morgen auf meinem Boot bin?“

Der Laborbefund war eindeutig. Die Schüsse auf Jochen Kruse waren mit der Pistole, die Frau Kruse gebracht hatte, abgegeben worden.

Spengler und Friedberg machten sich sofort auf den Weg in die Gildemeisterstraße. Frau Kruse öffnete ihnen die Tür und freute sich. „Das ist aber nett, daß Sie die Pistole so schnell wiederbringen. Mein Mann hat noch nichts bemerkt. Dann kann ich das Ding gleich an seinen Platz zurücklegen“, flüsterte sie.

„Ist Ihr Mann zu Hause?“ fragte Spengler.

„Schon. Aber er hat sich ein wenig hingelegt. Da störe ich nur ungern.“

„Tut uns leid. Wir müssen ihn unbedingt sprechen.“

„Oh, Sie wollen es ihm verraten. Das wird aber sehr unerfreulich. Das hätte ich nicht von Ihnen gedacht, Herr Kommissar.“ Sie schaute Spengler vorwurfsvoll an.

„Dürfen wir reinkommen?“ fragte Spengler. Sie nickte und trat zur Seite.

Im Hintergrund des Flures wurde eine Tür geöffnet. „Was gibt es denn da für eine Unruhe?“ fragte der alte Kruse unwirsch.

„Es sind die Herren von der Polizei, die dir etwas mitzuteilen haben, Ulrich. Meine Herren, Sie kennen sich hier ja schon aus. Ich habe in der Küche zu tun.“ Sie verschwand und überließ es den Beamten, den Weg ins Wohnzimmer zu finden, wo sie Kruse mit offenem Hemd und in zerknautschter Hose erwartete. Die wenigen Haare über den Ohren standen vom Kopf ab.

„Ich habe gerade ein wenig geruht“, erklärte er sein Aussehen.

„Es tut uns leid, daß wir Sie stören müssen. Wir wissen von Ihrer Frau, daß es mit dem Schlafen nicht immer klappt bei Ihnen.“

„Soso. Hat sie ein wenig geplaudert. Naja, wie Frauen eben so sind. Wollen Sie sich nicht setzen?“ Er zeigte auf die Ledersessel und nahm auf dem Sofa Platz. „Ich hoffe, meine Frau kümmert sich um Getränke.“

„Nicht nötig.“ Spengler hockte sich nur auf den Rand des üppigen Möbels und zog die eingewickelte Pistole aus der Jackentasche. Er schlug das Tuch zurück und deponierte die Waffe auf dem Couchtisch. Kruse sah ihm ungerührt zu. Nicht mal ein schneller Wimpernschlag oder ein Zucken der Mundwinkel verriet ihn.

„Wie kommen Sie zu meiner Pistole?“ fragte er nach einer kleinen Pause. „Hat meine Frau also nicht nur über meine Schlafstörungen geplaudert?“

„Ihre Putzfrau hat die Waffe beim Großreinemachen im Abstellraum gefunden, und Ihre Frau hat sie korrekterweise bei uns abgeliefert.“

„Korrekt nennen Sie das? Diese Waffe ist mein persönliches Eigentum und geht die Polizei nichts an.“

„Haben Sie einen Waffenschein?“ fragte Friedberg.

„Ich werde meine Frau entsprechend zur Rechenschaft ziehen, darauf können Sie sich verlassen.“ Kruse strich sich die widerspenstigen Haarreste hinter die Ohren.

„Mit dieser Waffe ist Ihr Sohn Jochen erschossen worden. Haben Sie eine Erklärung dafür? Wußte außer Ihnen jemand von dem Versteck im Abstellraum und hatte Zugang zur Wohnung?"

„Was reden Sie um den heißen Brei herum? Natürlich haben Sie meine Fingerabdrücke auf der Pistole gefunden und mich in Verdacht. Fragen Sie doch einfach, ob ich meinen Sohn getötet habe, und dann antworte ich Ihnen ebenso schlicht und klar: ja, habe ich."

Spengler brauchte einige Sekunden, bis er den Mund aufbekam. „Und warum, wenn man fragen darf?"

„Das ist eine längere Geschichte. Wollen Sie sie hören?"

„Es bleibt uns wohl nichts anderes übrig."

„Sie müssen nicht denken, daß ich jetzt sonderlich erschüttert bin. Ich fühle mich im Gegenteil erleichtert und in all meinen sogenannten Vorurteilen gegenüber der Polizei bestätigt. Nicht Sie sind mir auf die Spur gekommen, meine Herren, sondern Kommissar Zufall. Die ordnende Hand einer Putzfrau und die naive Annahme meiner Frau, für Waffen sei grundsätzlich die Polizei zuständig, haben für die Aufklärung dieses Verbrechens, das im Grunde keins ist, gesorgt. Ansonsten hätte Herr Schlegel seinen Kopf dafür hingehalten. Wenn Sie den noch ein paar Tage weiterbearbeitet hätten, wäre der bestimmt geständig gewesen."

„Er hat schon heute morgen ein Geständnis abgelegt", sagte Friedberg, was ihm einen wütenden Blick von Spengler eintrug.

Kruse lachte laut. „Sehen Sie. Hat mein Plan also hundertprozentig funktioniert. Und eine Verurteilung wäre völlig in Ordnung. Mit maximal fünfzehn Jahren Haft wären dessen Verbrechen gerade ausreichend gesühnt. Allein, was er meiner Tochter angetan hat, rechtfertigt einige Jahre. Und dazu noch die ganzen Gaunereien bei Hess …"

„Aber was hat das mit Ihrem Sohn zu tun?" Spengler packte die Waffe wieder ein.

„Nicht direkt. Wie Sie wissen, bin ich Richter und war immer fasziniert von der Idee des gerechten Verbrechens, bei dem nicht der eigentliche Täter zur Rechenschaft gezogen wird, sondern jemand, der genauso Bestrafung verdient wie sein Opfer. Das einfachste Beispiel: ein professioneller Killer wird für einen Mord verurteilt, den ein anderer aus ehrenwertesten Motiven heraus begangen hat, sagen wir, um den Sexualmord an seiner Tochter zu rächen."

„Ich sehe immer noch nicht den Zusammenhang." Spengler klemmte die Hände zwischen die Knie.

„Ich mußte meinen Sohn bestrafen..."

„Wofür?" unterbrach Friedberg.

„Für eine ganze Reihe von Vergehen. Er hat Steuern hinterzogen, er hat Bauarbeiter um ihren gerechten Lohn betrogen und er hat mit Drogen gehandelt. Und letzteres ist absolut unverzeihlich."

„Woher wissen Sie davon?"

„Ist das wichtig?"

„Ja."

„Von ehemaligen Kollegen, von Freunden im Rotary-Club, von Proll selber, dem ich intensiv auf den Zahn gefühlt habe. Auch Marion Hellmann war in letzter Zeit sehr gesprächig. Man konnte beinahe den Eindruck haben, Proll und Hellmann hätten sich zusammengetan, um Jochen zu schaden. Jedenfalls verdichteten sich die Hinweise auf kriminelle Machenschaften meines Sohnes derart, daß ich nicht länger tatenlos zuschauen konnte."

„Sind Sie nicht auf die Idee gekommen, daß Proll und Hellmann Ihnen Lügengeschichten aufgetischt haben könnten?"

„Natürlich. Als Richter hinterfragt man automatisch jede Beschuldigung. Doch es gab ja andere Indizien, zum Beispiel, daß Jochen einen relativ aufwendigen Lebensstil pflegte, ohne einen ordentlichen Beruf auszuüben. Woher hatte er das Geld? Um sicher zu gehen, stellte ich ihn auf die Probe."

„Wie das?" Friedberg spielte nervös mit den Fingern.

„Ein wenig Geduld, junger Freund. Ihr Polizisten solltet endlich lernen, daß nur Besonnenheit zum Ziel führt. Ich bat Jochen, mir eine Pistole zu besorgen."

„Das gibt's nicht." Friedberg schüttelte den Kopf.

„Mit welcher Begründung?" fragte Spengler verblüfft.

„Ich sagte ihm, ich sei nun in einem Alter, in dem man täglich mit dem Schlimmsten rechnen müsse. Um einem qualvollen Dahinsiechen zu entgehen, wolle ich sowohl mein eigenes als auch das Ende meiner Frau selbst bestimmen. Dazu benötige ich eine Waffe. Ob er die Möglichkeit habe, mir eine zu besorgen. Ob Sie es glauben oder nicht, er war dazu sofort bereit."

Spengler seufzte. „Bei welcher Gelegenheit haben Sie Ihren Sohn gebeten? Wenn ich mich richtig erinnere, hatten Sie ja keinen Kontakt mehr zu ihm."

„Ich hab ihn in seiner Wohnung besucht. Er schien sich sogar zu freuen, mich zu sehen."

„Und wollte Ihnen zur Versöhnung gern einen Gefallen tun."

„Verstehe ich Sie richtig? Sie interpretieren diese beispiellose Rohheit, kommentarlos meinen Selbstmord zu unterstützen, als eine positive Reaktion? Es ist immer wieder erstaunlich, zu welchen Fehldeutungen menschliche Hirne fähig sind. Würde auch nur ein Funken von Liebe oder Zuneigung in meinem Sohn existiert haben, so hätte er mir die Selbstmordpläne auszureden versucht. Er hat es ohne Gewissensbisse akzeptiert, daß ich Hand an mich und seine Mutter legen wollte, was für mein Gefühl einem direkten Mordversuch gleichkommt. Er hätte sich weigern müssen, mir das tödliche Gerät zu liefern, er hätte versuchen müssen, mir Lebensmut und Vertrauen in die Zukunft zu vermitteln. Wer, wenn nicht die eigenen Kinder, sind zum Schutz der Alten verpflichtet? Hätte ich Krebs oder eine andere unheilbare Krankheit, wäre seine Bereitschaft zur Sterbehilfe eventuell akzeptabel, aber ich bin kerngesund, und das wußte er."

Spengler stand auf. „Würden Sie uns bitte auf das Präsidium begleiten. Vielleicht könnten Sie ein paar Sachen packen und sich von Ihrer Frau verabschieden."

„Wollen Sie gar nicht wissen, wie die Sache weiterging?"

„Uns ist bekannt, daß Ihr Sohn die Waffe besorgt hat. Er hat Sie davon informiert, und Sie haben ihn zum Weserwehr beordert und dann hingerichtet“, sagte Spengler angewidert.

„Danke. Es ist sehr verständnisvoll, daß Sie von Hinrichtung sprechen und nicht von Mord. Ich habe als Richter und Henker gehandelt, ich habe meine Pflicht getan.“

„Erzählen Sie uns alle weiteren Details im Präsidium.“ Spengler wurde ungeduldig.

„Warum haben Sie es denn so eilig?“ fragte Kruse konsterniert.

„Weil ich an die frische Luft muß. Mir wird sonst übel.“

„Werden Sie mich in Handschellen abführen? Das wäre mir vor meiner Frau und den Nachbarn sehr unangenehm.“

„Wird nicht nötig sein. Wollen Sie noch was einpacken?“

„Ich werde meine Frau darum bitten. Sie kann mir die Sachen zukommen lassen, wenn ich weiß, wo ich die Nacht verbringen werde. Es ist bedauerlich, daß Schuld nicht übertragbar ist. Jedenfalls verhaften Sie den Falschen. Ich habe nur für Gerechtigkeit sorgen wollen, als ich das eigene Kind opferte und gleichzeitig den Verbrecher, der meinem anderen Kind übel mitgespielt hat, unschädlich machen wollte. Zwei Fliegen mit einer Klappe, sagt man wohl. Darf ich vorausgehen, meine Herren?“

Im Flur trafen sie auf Frau Kruse. „Die Herren von der Polizei bestehen darauf, daß ich sie ins Präsidium begleite.“

„Hängt es mit der Pistole zusammen? Habe ich etwas falsch gemacht?“ fragte sie ängstlich.

„Nein, nein. Nur keine Selbstvorwürfe. Es wird sich alles aufklären. Sei unbesorgt.“

„Wann bist du denn zurück?“

„Das wird sich zeigen. Es wäre sehr liebenswürdig, wenn du meinen Kulturbeutel mit dem Rasierzeug und etwas Wäsche einpacken könntest. Man wird dich informieren, wo es abgegeben werden kann. Die Herren sind sicher so freundlich, dich auf dem Laufenden zu halten. Auf Wiedersehen, meine Liebe.“

„O Ulrich, wenn das man gut geht." Sie hatte Tränen in den Augen.

„Auf mich ist Verlaß, auch in Zeiten wie diesen, in denen alles drunter und drüber geht. Tun Sie Ihre Pflicht, meine Herren."

Kruse wurde zu lebenslanger Haft verurteilt und starb wenige Tage nach dem Prozeß an Herzinfarkt.

Schlegel kam mit vier Jahren davon. Er wurde sofort in die geschlossene Abteilung einer Klinik eingewiesen. Seinen fünfzigsten Geburtstag mußte er dort verbringen. Allein war er immerhin nicht: Sabine und Bärbel kamen – mit selbstgebackenem Kuchen.

Krimis im Igel Verlag:

in dieser Reihe bisher erschienen:

Jürgen Breest:
Tod auf der Wümme. Bremen-Krimi.
Br., 224 S., 12,- €
ISBN 978-3-89621-219-1.

Jürgen Breest:
Die Tote vom Domshof. Bremen-Krimi.
Br., 280 S., 12,90 €
ISBN 978-3-86815-507-5.

Bremerhavener Mordsgeschichten:

Band 1:
Johanna Kierberg: Helgoland Express.
Br., 230 S., 12,90 €
ISBN 978-3-86815-002-5.

Band 2:
Johanna Kierberg: Von Autos und Menschen.
Br., 230 S., 12,90 €
ISBN 978-3-86815-009-4.

Igel Verlag *Literatur*